我所创造的怪物

II 龙焰

[日] 乙一 著

Arknoah 2

ドラゴンファイア

赵婉宁 译

中国友谊出版公司

图书在版编目（CIP）数据

我所创造的怪物. II /（日）乙一著 ; 赵婉宁译. -- 北京 : 中国友谊出版公司，2018.7（2023.11 重印）
ISBN 978-7-5057-4263-5

Ⅰ. ①我… Ⅱ. ①乙… ②赵… Ⅲ. ①长篇小说一日本一现代 Ⅳ. ① I313.45

中国版本图书馆 CIP 数据核字（2017）第 320161 号

著作权合同登记号　图字：01-2018-6121

书名　我所创造的怪物. II
作者　[日] 乙一
译者　赵婉宁
出版　中国友谊出版公司
发行　中国友谊出版公司
经销　新华书店
印刷　嘉业印刷（天津）有限公司
规格　880毫米×1230毫米　32开
8.25印张　190千字
版次　2018年7月第1版
印次　2023年11月第2次印刷
书号　ISBN 978-7-5057-4263-5
定价　46.80元
地址　北京市朝阳区西坝河南里17号楼
邮编　100028
电话　（010）64678009

如发现图书质量问题，可联系调换。质量投诉电话：010-82069336

目录

人物介绍

艾尔·阿修比

与弟弟格雷一起误闯进 Arknoah [1]的少年。弟弟已经回到了原来的世界，但艾尔不得不继续留在这边。

丽泽·利普顿

带着艾尔一同行动的少女，因腰间挂着一把金锤，故得绰号“锤子女孩”。Arknoah 的居民们认为她会招致死亡而避之唯恐不及。

玛丽娜·金兹

误闯进 Arknoah 的少女，很少见她露出笑容。

康亚姆·康尼姆

长着狗头的男子，率领“深绿军团”，与丽泽·利普顿一起行动，不能吃巧克力和洋葱。

①文中“Arknoah”这个词，*Arknoah*指代绘本，Arknoah则指代地名。

鲁夫纳

隶属“深绿军团”的少女，带着深深的恨意追踪着“蛇”。艾尔一直误以为她是男孩子。

格雷·阿修比

艾尔的弟弟，说话尖酸刻薄，总是激怒周围的人。回到原来的世界后，他一直等待着艾尔。

蛇

从艾尔心中诞生的怪物，杀人后可以变成那个人的样子。将艾尔视为自己的父亲。

窦玛格

带着一个杂技团旅行的艺人，在旅途中遇到了玛丽娜。

寇尔拉提

隶属Arknoah特别灾害对策本部的物流管理部门，是个轻浮的男人。

布鲁克邦德

隶属Arknoah特别灾害对策本部的情报部门，是位美丽成熟的女性。

前情提要

有一部叫作*Arknoah*的绘本。

传说看过这本绘本的人都会在不知不觉中误入书中的世界。

在那个由910万9109个房间组成的异世界中，生活着一群不老不死的人。即使他们由于某些特殊原因死去，也会于第二天的晨雾中以昨日的姿态重生。

要说有什么能够毁灭这个世界的话，那就是来自Arknoah以外世界的“异邦人”，因为他们的心中会诞生出怪物。

经常受人欺负的兄弟俩——艾尔与格雷，在父亲衣柜的暗格中发现了一本叫作*Arknoah*的不可思议的绘本。在放学回家的路上，兄弟俩被欺负他们的坏孩子追赶，在迷路中不知不觉地走进了绘本中的广阔世界。

两人遇到了名叫丽泽·利普顿的少女和一位长着狗头的男子康亚姆·康尼姆，并且受到了他们的保护。丽泽对两兄弟说，只有杀死他们心中诞生的怪物，他们才能回到原来的世界。

那种与异邦人一同出现的东西，被叫作“怪物”。误闯进来的孩子们内心中无处发泄的情绪，在这里会变成有形的东西，并且想破坏这个世界。艾尔与格雷，还有丽泽和康亚姆，以及由他们的同伴组成的深绿军团，正是以打倒那些怪物为己任。

由格雷内心诞生的怪物，是一个身形巨大到高耸入云又具有怪力的“大猿”。它也是大家最先征讨的目标。然而在这个过程中，格雷知道了丽泽·利普顿被叫作“锤子女孩”的含义——如果没能杀死怪物，她就会用锤子敲碎异邦人的脑袋。丽泽·利普顿是这个世界中唯一的杀了人却不用承担后果的人。

怪物在诞生自己的异邦人被杀后便会失去力量并且死亡。怪物是抱有与Arknoah不同世界观的异物。一旦怪物在这个世界扎根下来，现在这个Arknoah就会被彻底改变。艾尔和格雷为了保住自己的性命，必须杀死怪物。

在所有攻击都无效后，为了对付“大猿”，丽泽决定采取炸毁房间来压死它的作战方式。随着作战进行下去，参与其中的艾尔逐渐与Arknoah的居民们建立了友谊。而这时，由艾尔心中诞生的怪物——“蛇”也现身了。“蛇”能够变成被它杀死的人的样子。虽然丽泽成功杀死了“大猿”，却让“蛇”溜掉了。

格雷回到了原来的世界。艾尔则留在这个世界继续寻找“蛇”。伴随着不断地旅行，新的怪物又出现在他们面前。同时那也意味着，有了新的异邦人到来……

序

玛丽娜·金兹的牙齿就像被龙卷风刮过一般七扭八歪。班上的同学都管她叫“吓人箱”。初次见面的男生一看到她的牙齿，立刻就会脸色一僵，随即眼神乱瞟，再也不敢跟她对视了。

高年级的坏孩子们总是骑着自行车围着玛丽娜边转边笑。

“把嘴张开，让我们看看吧！”

“这牙也太吓人了！你是怪物变的吗？”

“要是夜里撞上你，我肯定就吓得尿裤子了！”

为此，玛丽娜在晚餐的饭桌上试着问父母：“我想做牙齿正畸，可以吗？”

“正畸？你知道那得花多少钱吗？”

“想让牙齿变好看的话，就自己干活赚钱吧。”

迫于无奈，玛丽娜只好自己攒这笔费用。她给邻居家修剪草坪和递送东西，还把得来的零花钱全部放进存钱罐。每次跟人家说自己攒钱是用来做牙齿正畸时，那些人大概是出于怜悯之心吧，给她的报酬总会多一点。玛丽娜在墙壁上找了个洞，将存钱罐放在洞的最深处。

毕竟爸爸曾经好多次拿走她的存钱罐和钱包，用来买烟酒或者赌博。所以，玛丽娜非常小心地保护着存钱罐，希望这次不要被偷走。

牙齿正畸可是需要花费一大笔钱的。看着同班同学买了各种可爱的新饰品，或者吃着城里的商店才有的点心，玛丽娜都忍耐住了。她实在受够了被叫作“吓人箱”。只要牙齿能变整齐，班上的同学就一定不会再躲着她了，说不定课间休息时也能一起聊天了，说不定会有人愿意跟她并肩走过学校的走廊，说不定能交到知心的朋友，说不定会有人对她说“我喜欢你”……每天晚上，玛丽娜都是想象着牙齿变整齐以后的这些事入睡的。

“如果确定接受治疗的话，首先要拔掉几颗牙齿，然后戴上一种叫金属牙箍的装置。具体来说，就是用黏合剂把这些银色的金属片一个个固定在牙齿表面，然后穿过一根矫正弓丝。通过不断收紧弓丝，几年中牙齿会一点点改变位置，最终排列整齐。”

拍过 X 光片，又与医生讨论过治疗方针与费用后，妈妈在同意书上签了字，牙齿正畸开始了。玛丽娜被打上麻醉针，然后拔掉了几颗牙齿，接着在一周后，她剩下的牙齿全部被戴上了银色金属片与弓丝组成的装置。

舌尖舔过牙齿表面，有种坚硬的触感。嘴里镶满银色的东西当然很怪异，但玛丽娜却由衷地感谢这种怪异。人们终于不再关注她的牙齿，而是将注意力转移到了那些银色的金属片上。

可是，坏孩子们残酷的行为却没有多少改善。

“不管整容多少次都一样啦！你就是个‘吓人箱’！”

“你的牙齿是不会变好看的！”

“呀哈哈哈，给我们看看吧，你嘴里已经全是血了吧！”

想让牙齿变整齐，想像个普通的孩子一样，但是玛丽娜这样的上进心却好像激怒了那些坏孩子。某一天，他们把她叫住，把她带到一处工地里面。其中一人还带来了钳子。她被强行按住了脑袋，嘴巴被掰开，钳子夹住了那根连接牙齿的弓丝。

砰！

紧紧箍着牙齿的弓丝被钳子剪断，由此带来的冲击震动着下颚骨。断开的弓丝划破了嘴唇内侧的皮肤，血流如注。跑去牙医诊所的路上，玛丽娜一直在哭。嘴里实在太疼了。她用手捂着脸，坐在接待室的长椅上。太多的不甘心在胸中激荡，剧烈的感情不断膨胀，仿佛要冲破胸口，仿佛要奔涌而出，仿佛要焚尽一切。

第一章

1-1

我站在黄昏的公园中哭泣。为什么而哭已经不记得了，可能就是因为找不到喜欢的玩具之类微不足道的事。擦掉眼泪，发现有人正盯着我的脸看。是一个女孩子。

“你怎么了？不要紧吧？”

然后她握住了我的手。那是我与珍妮佛的初遇，在她刚刚搬来镇上不久的时候。她简直是位天使。我每次讲笑话，她都会发出由衷的笑声，高兴得两手来回拍打。她会在我摔倒时伸手拉我起来，还会把她跟妈妈一起做的饼干特意送到我家来给我吃。

我将草编的花冠戴到珍妮佛头上，对她说：“将来可以嫁给我吗？”

“当然了，艾尔。”

那个瞬间，整个世界都变成了耀眼的金色。然而，随着逐渐长大，她慢慢意识到了一个问题：在进入学校，接触了各种各样的男孩子以后，那个叫艾尔·阿修比的少年似乎也不是什么特别有魅力的小孩。艾尔·阿修比这个少年，普通得像路边的石子一样，而环顾四周，还有那么多与自己更加相称的人。珍妮佛长得如此可爱，轻轻松松便登上了学校里最受欢迎人物的王座。随即被帅气的男生们团团包围，跟我一起玩的时间自然也就变少了。

“珍妮佛，我买了新的游戏，我们一起玩吧？”

“抱歉，艾尔，我已经跟别人约好了。下次吧。”

但我没有感到任何不安。我和她的关系一定会永远保持下去的。

“那个，珍妮佛，要不要去看电影？”

“艾尔，不好意思，能不能请你不要再来我家了？我不想让别人产生奇怪的误会。”

过了一阵子，我再次跟她搭话。

“珍妮佛，下次到底是什么时候啊……”

“哎，你指什么？”

“你说过下次我们一起玩游戏的，不是吗？”

“……艾尔，你父亲的事我也感觉很遗憾。可是呢，这跟那是两码事。别再来我家了，也别再扔小石子砸窗户叫我出来了。你再这样我可报警了哟。还有，以后就算在街上遇到了，能不能也请你不要跟我说话？”

那之后没多久，她就开始跟高年级男生交往了。对待我的态度如同见到讨厌的虫子一般。可恶的珍妮佛。在公园里拉着我的手的、温柔的珍妮佛，她头上戴着草编的花冠，冲我笑着，宛若天使，让整个世界都闪着金光。希望她去死。

“客人，请醒一醒，这位客人……”

有人摇着我的肩膀，把我从梦中唤醒。睁眼一看，我被面前那张长着胡子的中年男人的大脸吓了一跳。

“这位客人，请出示您的车票。”列车员盯着我说道。

座位下面传来低沉的声响，那是钢铁车轮行驶于轨道上所产生的。窗外的景色向后疾驶而去，透过树木的间隙可以看到大海。貌似还没有进入我们的目的地——沙漠地带。

“这位客人……”

“车票是吧，那个……”

回忆中的珍妮佛被赶走了，隔断围出的包厢中只剩我孤身一人。

“车票应该在我同伴手上。”

列车员狐疑地看着我。包厢是需要另外付费的，但也经常有逃票的人躲在里面。想到自己可能会被赶出去，我开始不安起来。

“那边的行李是客人您的吗？”

紧挨着包厢门口放着一个银色的旅行箱，列车员指着它向我问道。箱子的尺寸大到可以装下一个成年人。虽然不知道里面放了什么，但这样确实很妨碍通行。由于它横在门口，进出包厢都变得困难了。

“我帮您把它保存到不会妨碍其他乘客的地方去吧？”乘务员退回到过道中，准备把银色的旅行箱推走。

“那个不是我的。随便乱动的话，它的主人可能会生气吧……”

我站起来追上列车员，伸手拽住了旅行箱的提手。这可不能随便让他拿走，因为旅行箱的主人是个发起脾气来相当难对付的人。然而就在此时，火车进入弯道，我随着车身摇晃了一下，袖口钩到旅行箱的锁扣，非常不幸，前盖被掀开了，里面装的东西倾泻出来铺满了过道的地板。乘务员呆立当场。旅行箱里装的是大大小小各种型号的枪支弹药，手枪、来复枪，还有一些看起来像炸药的东西和弓矢类武器，足够用来抢劫一辆火车了。

一枚弹药在地板上滚动，带着丁零当啷尖锐的金属声响经过了列车员脚边，一路向他身后滚去。通往另一节车厢的门突然打开，一只穿靴子的女孩子的脚伸出来挡下了那枚弹药。红色鞋底的橡胶靴。

少女伸手抓起了弹药："有什么问题吗？"

少女披着一件深绿色外套，头发的颜色就跟那枚弹药的弹壳一样是暗淡的金色，而眼睛则是晴空一般的天蓝色。

"丽泽！你去哪里了？"

少女的视线一一扫过前盖大敞的旅行箱，以及散落一地的武器和弹药。

"我有携带武器的许可文件。等一下，我现在就拿给你看。放在什么地方来着……"

她在外套内侧东翻西找，那里缝着无数的口袋，装满了各种各样的用品。许可文件怎么也找不到，在她粗暴的动作下，藏在外套里的东西纷纷掉落脚边，小型匕首呀，带血的钳子呀，还有标签上画着骷髅图案的小药瓶和注射器，等等。

等到少女终于找出文件拿给列车员看时，列车员已经吓得如同面对雄狮的兔子一般了。

我们两人将散落在地板上的枪支弹药全部收拾起来，重新塞回银色的旅行箱。据说这件行李是Arknoah特别灾害对策本部的人调发给丽泽的。

车窗外不同的风景飞驰而过，连绵的青山、漂浮着帆船的湖、几公里宽的垂直瀑布。然而这里并不是我所熟悉的世界，时不时就会出现巨大的平面将风景分隔开，仿佛神用宇宙级别的大刀将世界切分过似的，无论是山棱之上还是大海之中，都有可能耸立起一面凸起的绝壁。说是绝壁，表面却并非由岩石构成，倒更像是普通民居中那种贴着壁纸的平整墙面，只不过宽阔得从地面直达天际。这个世界中的人完全不知道真正的天空是什么样子。这个世界的云端之上是木质的天花板，以及由纵横交错的横梁组合成的几何图案。只不过木质天花板距地面非常高，无论鸟怎么飞都不用担心会撞到头，甚至在其中开飞机都没问题。再加上还有风吹过，完全体会不到半点关在房间里的压迫感。但我依然无比眷恋着真正的蓝天，无边无际的蓝天。而要想回到原来的世界，我就必须跟着这个名叫丽泽·利普顿的少女。

我们回到包厢，玩起扑克牌打发时间。我看着手中的牌，向她问道：“沙漠地带是个什么样的地方啊？”

“几个沙漠房间，比如‘下雪沙漠’‘遗迹沙漠’‘危险沙漠’什么的，连成一片就统称为沙漠地带。”

几天前，在一处叫“下雨沙漠”的地方，有个村庄遭到了破坏。Arknoah特别灾害对策本部收到报告后，立刻派人进行了调查，结果发现整个村庄被付之一炬。丽泽就是要赶往沙漠地带进行有关怪物的调查。如果传闻属实，那只怪物，可能是一头龙……

1-2

口中喷出的火焰，将在场所有人的脸照得通红。人们满面惊异，随即鼓起掌来。巡游艺人模样的男子口中含满了可燃性液体，然后一口气喷出去，雾状的液体从着火的棒子上掠过，于是被点燃，看起来就像口中喷出火焰一般。站在一旁的玛丽娜·金兹只觉得一阵热浪扑面而来，体会到一种令人意想不到的震撼。

男人的喷火把戏结束，接下来是他的妻子表演飞刀。之后轮到一对小兄妹登场，妹妹骑在哥哥的脖子上，而哥哥骑在一辆独轮车上，两人一起骑过一条钢丝。

“迷雾田园”村中的人们完全沉浸在眼前目眩神迷的表演中。等所有演出节目结束，喷火的男人走上前来跟大家打招呼。

“感谢各位今天前来，观看窦玛格杂技团的演出！我就是团长——窦玛格！赏钱请放到那孩子手中的箱子里！”

团长窦玛格指向玛丽娜·金兹的方向。村民们一齐涌上来，纷纷往玛丽娜捧着的箱子里投进派克硬币。

来到这个世界已经好几天了，虽然玛丽娜还没有彻底搞清迷失于此的原因，但经过这段时间的思考，她猜想或许与自己在仓库中发现的那本绘本有关。

玛丽娜·金兹出生的房子建在郊外，周围都是荒地，大屋旁边还有一座用来存放农用工具的仓库，只是平时大人不许玛丽娜进去那里。因为相传那是个不吉利的仓库。玛丽娜曾经有一个叔叔，据说他在十三岁的时候进入了仓库，自此下落不明。关于叔叔的事，都是玛丽娜的父亲讲给她的。

“他在邻居眼中可是个名副其实的小浑蛋。不是偷漫画书，就是抢小孩子的玩具惹人家哭，有时还会用锁把仓库的门反锁起来躲在里面抽烟，学着大人的样子吞云吐雾。他大概怎么也想不到，自己有一天会像一阵烟似的消失得无影踪吧。”

叔叔失踪的那天，仓库唯一的出入口被一把锁从里面锁住了。在那种状态下，如何才能消失不见，谁也说不清。

某一天，玛丽娜偷偷溜进了那个传说中的仓库，她需要类似空水桶和油泵的东西，有了这些才能把汽油从父亲的车里抽出来，然后点着坏孩子们最宝贝的自行车。

计划是这样的。她会在深夜离开家，挨家挨户地拜访那些坏孩子的家，给他们的自行车浇上汽油，然后用火柴点着。传说他们的自行车都是进口的，非常昂贵。就是要让他们尝尝重要的东西被夺走的滋味。

舌尖舔过牙齿表面，玛丽娜感受着金属贴片与弓丝的质地。被切断的弓丝已经换成了新的，玛丽娜听从牙医的建议，向警察和学校检举了坏孩子们的行为。然而他们却装作什么都没发生一样。难以置信，大人们竟然不去惩罚他们。当然了，他们成绩优异，擅长运动，是被老师寄予了厚望的学生，偏偏又像万人迷似的牙齿雪白、衣着光鲜。而玛丽娜则因为不能露出牙齿所以终日不见笑容，老师们见了她就像见了水痘一般避之唯恐不及。所有的大人都站在他们那一边，那就只能靠自己亲手制裁他们了。就算被警察逮捕，他们也会很快被无罪释放，然后继续骑着自行车围着玛丽娜打转。

“钳子我可是随身带着哟！不管修好多少次都可以给你夹断！”

“你是不可能变得跟普通小孩一样的！”

“你一辈子都只能是个‘吓人箱’！”

如果火引燃了周围的建筑物呢？如果有人因此被烧死呢？

管不了那么多了！

玛丽娜在仓库中找到了空桶，把它拽出来的时候，摞在上面的纸箱倒了下来，伴随着大量的灰尘，稀里哗啦地从里面掉出了不少东西。古旧的棒球手套、球棒和球，玩具手枪，漫画书，没用的棉线，起子，连同一本与肩同宽的大书一起落在她的脚边。球棒看上去非常眼熟，客厅里摆有一张照片，上面十三岁的叔叔拿的就是这样的球棒。这些一定都是下落不明的叔叔拥有的东西。

一阵风从仓库的入口吹进来，为玛丽娜吹开了脚下那本书上的尘埃，使她能够看清组成标题的字母。这似乎是一本绘本。

“Arknoah。”

玛丽娜轻声念出印在封面上的书名的同时，立刻听到有人叫自己的名字。但是当她望向四周，却发现仓库中依旧只有自己一人。

1-3

我一边发牌，一边说：“坐火车旅行真好啊，比开汽车旅行要舒服多了。只要方向盘不在你手上，就不会发生加速拐弯这种恐怖的事情……”

丽泽朝着我的膝盖猛踢了一脚，感觉她想踢断我的小腿骨。就在此时，远处传来了什么人的惨叫声。

“看来是康亚姆·康尼姆回来了。三个人一起玩比较有趣，重新发牌吧。”

丽泽把手里的牌一扔，向我命令道。我特意看了看那些牌面，要想赢她简直太轻松了。这一轮明明是我扭转败局的好机会。

乘客们惊恐的惨叫声沿着通道一路向我们这边接近。可想而知，是康亚姆·康尼姆那张太有特点的脸，让每个与他擦肩而过的乘客都忍不住尖叫。不一会儿，包厢的门打开，一个穿着西装的高个子动物出现在门口。他大步走进来，一屁股坐到座位上，跷起了二郎腿，然后从西装口袋里掏出香烟，叼在长满长牙的嘴上。

丽泽·利普顿立刻夸张地咳嗽起来，不过怎么看都是装的。正准备点上火的康亚姆叹了口气。

“饶了我吧，我的烟瘾就要忍不住了。”

“在包厢里？别开玩笑了，我们会被熏得满身臭味的。”

被隔断独立起来的包厢完全是个密闭空间，烟草燃烧时无处可去的烟雾自然会充满室内。

“打开窗户总可以了吧？”

丽泽·利普顿无可奈何地将窗户打开，舒服的风立刻吹了进来。但是紧接着，汽笛鸣响，火车开进了隧道。窗外一片黑暗，大量的黑烟涌进包厢。那些为蒸汽火车提供动力的煤炭在燃烧时产生的烟尘，正好被隧道墙壁囚禁无处可去。我们三人一齐咳嗽起来。火车很快就钻出了隧道，但此时我们已经被裹挟在黑烟中的煤渣弄得灰头土脸了。

丽泽冰冷的眼神射向康亚姆·康尼姆。后者老老实实把香烟放回了口袋：“忘记说了，如果听到高声拉响的汽笛，就一定要把窗户关紧，那是即将进入隧道的信号。”

康亚姆从内侧口袋中取出梳子，将覆盖在他头顶、眼睛和耳朵周围的银灰色毛发重新梳理好。他的脖子以上属于犬科，即便是在

Arknoah这样不可思议的世界，也是独一无二的异类。没人知道为什么只有他的身体被塑造成这样。

“前一站停车时你跟总部联系上了吧？有什么消息吗？”

“被隆涅菲尔德抱怨了一通，说我们买的东西太贵了。”

“隆涅菲尔德是谁？”我边掸着身上的煤灰边问。

“他是Arknoah特别灾害对策本部的部长，非常烦人的家伙。”

看丽泽脸上的表情，似乎连他的名字都不愿听到。康亚姆·康尼姆将他长满长牙的嘴凑到我耳边，近到我几乎以为他要把我咬死吃掉。

他对我耳语道：“那家伙管着部里的预算，大件的东西只有他批准了才能买。”

火车不断在沿途的车站停靠，车上的旅客上上下下换了几批，终于眼见窗外风景中的绿植逐渐减少，继而消失无踪。汽笛再次鸣响，康亚姆·康尼姆连忙关上了窗户。风景中出现了一堵巨大的墙壁，仿佛整个世界从地平线向上折叠成直角，连通着天际。甚至飘浮在空中的云朵到了这边都像被捏碎了似的四散开来。

墙壁的最下面是四方形的隧道入口，火车驶入其中，车窗外立刻变得漆黑一片。我们穿行于分割这个世界的墙壁内部。据丽泽说，墙壁厚度能达到几百米，但是跟巨大的整个房间相比，它还是薄得像纸一样。之所以它还能够支持住这个世界，大概是因为墙壁和地板都用了相当结实的材料吧。

车窗外再次变亮，突然而至的阳光晃得我睁不开眼。等到视力终于恢复，目之所及只有一望无际的沙海。列车终于带我们来到了这里——藏匿着一头龙的沙漠地带。

1-4

在仓库中发现的这本绘本*Arknoah*上，每一页都画着满满的图，有点像《沃利在哪里？》[①]，说不定也是意在让读者从繁复的画面中找出某个特定人物吧。画上描绘的是一个如同巨大建筑断面图似的东西，许许多多的房间纵横连接在一起，而且每个房间都有不同的奇妙之处。

那些房间中收纳着山川与大海、沙漠与丛林，仿佛自然界中所有的风景都填进了房间，也有一些房间中林立着各种建筑物，还有火车通行其间。画面上有数不清的人物，其中一名少女引起了玛丽娜·金兹的注意。

她跟自己实在是太像了。不只是头发、体形和衣服，少女的牙齿上也穿着银色的细线，看上去就跟她的金属牙箍一样。为什么自己会被画进绘本呢？

事后回想起来，玛丽娜·金兹总是后悔不已。如果当时能扔下那本奇怪的绘本不理，只专心于自己本来的目的就好了。如果只是心无旁骛地为放火烧毁坏孩子们的自行车做准备，也就不会误闯入这个奇异的世界了。

翻看绘本的时候，玛丽娜总是隐约听到有人叫自己的名字，那声音仿佛是从仓库深处传来的，只不过很难分辨说话人是男是女。

“谁在那里？”

没有回应。玛丽娜决定去仓库深处看个究竟。仓库被各种各样的

---

①《沃利在哪里？》（*Where's Wally?*）是英国插画作家马丁·汉福德（Martin Handford）创作的绘本，请读者在绘本中人山人海的画面里找到沃利。（译注）

东西堆得满满当当，从野营用品到烧烤工具，还有些根本不知道装着什么的木箱。比她整个人还高的货物从地上摞到顶棚。玛丽娜一面小心着不要将它们碰倒，一面向更深的地方走去。突然，她心底涌起一阵异样的感觉。

为什么仓库会如此之大呢？不过是她父母拥有的小仓库而已，绕着外墙走一圈连一分钟都用不了。可是现在，她已经朝着仓库深处走了五分钟了。

货物高耸在两边，中间留出的通道既如峡谷一般，又仿似迷宫。等注意到的时候，玛丽娜已经彻底迷路了，只好原路返回去寻找出口。她朝着刚才发现了叔叔所有物的地方走，头顶依然是熟悉的仓库顶棚，但无论如何就是走不出去，而周围的环境也开始越来越奇怪。

她的眼前出现了一座公园。就在货物中间，不可思议地摆设着秋千与长椅，旁边还有绿植和路灯。我家的仓库到底怎么了啊？想着这个问题，玛丽娜坐在长凳上准备休息一下。然后不知怎的，她突然很想坐滑梯。

身边正好有一座看起来很好玩的滑梯，是大公园里才有的那种特别款。如云霄飞车一般蜿蜒的滑道一共有两条，一条比较短，看起来一下就能滑到头；另一条则非常长，穿行在仓库的货堆中间，仿佛永无止境地向远处蔓延而去。玛丽娜登上了滑梯的台阶，在长滑道的入口处竖着一块写着注意事项的告示牌：

到达出口需花费几个小时！

这是某种夸张的玩笑吧。玛丽娜毫不犹豫地选择这条滑道滑了下去。最初一段时间她感觉相当愉快。身体随着轨道画出一道道螺旋弧线，速度飞快地滑过每一个转弯处。然而这一切从滑道钻入地面下的深洞开始，逐渐变得诡异起来。

仓库下面是一片开阔的空间，滑梯在一盏盏垂挂的灯泡间向前延伸。滑道的表面不知何时变成了木质材料，好像保龄球场的赛道一般光滑。无论滑多久依然不见着陆的趋势，而此时玛丽娜已经开始感到厌倦了。

接下来滑道突然变宽，与其说是滑道，不如说更像倾斜的地板。而她则在上面缓缓滑行。仔细看的话，她会发现有各种各样的东西也跟自己一样，在倾斜的地板上移动。兔子布偶、丝绸帽子、红酒瓶、银色旅行箱、塔罗牌和罐头，等等，等等，都飞快地与她擦身而过。

其中还有一张床垫。玛丽娜用靴子的后跟踩住地板，使自己的速度降低一点，然后身体朝床垫那边倾斜，用手够着爬了上去。她躺在床垫上，继续在地板上滑行。这时候好需要一些能打发时间的东西啊。一本画着人体解剖图的古旧素描图册刚好从旁边滑过，玛丽娜将它捡起开始翻看。

三个小时过去了，滑梯还是没有尽头的样子。玛丽娜觉得越来越困，于是在床垫上合起了眼睛。她做了一个很可怕的梦，梦中世界被火焰焚烧殆尽，长着翅膀的巨大阴影从头顶飞过……

咣当，床垫撞上什么东西摇晃了几下，冲击力让玛丽娜从梦中清醒。滑道已经恢复了原来的宽度，导致床垫的一个角在两边磕磕碰碰。不知何时四周已经亮起来，有鸟从身边飞过，玛丽娜环顾周围，吓了一大跳。

在下面很远的地方可以看到森林，她的头顶上飘着白云，滑道正向着云的彼端延伸。而她自己，此时则滑行于云间，穿梭于翱翔的鸟群之中，逐渐向地面靠近。

滑梯从森林的树木间穿过，直插入厚厚的落叶层，然后便到此为止了。床垫一经着陆，落叶就被砸得漫天纷飞。玛丽娜从齐腰深的落叶中站起来离开了床垫。落叶下面是沼泽，床垫很快沉入其中。她在森林中游荡，想拿出手机呼救，然而手机早已不知所终。

1-5

蒸汽火车继续在沙漠中行进。一打开窗户，灼热的风立刻灌进来。阳光照在连绵的沙丘上形成的反光几乎令人睁不开眼。我们买了瓶装水，以解喉咙之渴。列车停靠在沙漠中的车站时，站台上有许多卖东西的小贩，我们越过窗户，从他们手中接过购买的商品，康亚姆·康尼姆则递上派克硬币，但是一见到他那颗狗头，小贩吓得连钱都没拿就逃走了。列车接连驶过了“青之沙漠”“城塞沙漠”和“危险沙漠”。

“沙子不会盖住铁轨吗？”我想到这个问题就随口问出来。

丽泽·利普顿看着沙漠地带的地图回答道：“铁路网可是造物主创造的呢！你觉得会有这种不方便的情况吗？就算有那么点沙子落在轨道上，也远远算不上什么问题。更何况还能省下撒沙装置里的沙子，一举两得。你知道吗，火车这种东西，还要靠沙子来增加车轮与轨道之间的摩擦力呢。”

几座村庄星星点点地坐落在沙漠地带之中，车站月台就在它们附近。临近车站的地方，分道岔将铁轨分成两条，以便对向的火车通过。那些客用火车上全部挤满了身着沙漠地带特有服装，并且携带大量行李的人们，他们应该是离开自己的村庄去别处避难的吧。“下雨沙漠”的村庄遭到龙形怪物摧毁的新闻，通过广播传遍了Arknoah的每个角落。

“‘下雨沙漠’在什么位置啊？”

“在沙漠地带的西南方向。你看，就是这里。”

丽泽指着地图给我看。这个世界的地图上画着无数个房间，感觉像是一座巨型建筑的设计图纸一般。大小各异的四边形以极其复杂的方式组合在一起，最终形成了整个画面。

“这一块聚集着数百种以上的沙漠房间。‘下雨沙漠’在左下的这个位置，也就是西南方位。”

上面随处可见丽泽的笔迹，写的都是一些数字。

“这些数字是？”

“有标注的都是目击到龙的房间，而数字是从最初收到目击情报开始至今为止经过的天数。”

“经过的天数？那不如直接写上日期，岂不是更明了一些？”

“很不凑巧，这边并不存在那种概念。”

说起来这地方确实是没有日历的，是个没有圣诞节、没有春节，也没有新年的世界。造物主大概希望这里的居民忘记时间的流逝吧。

目击到龙的房间全部在“下雨沙漠”的周边，但是这几天没有任何人又见过龙，以致我们也无法推断出那家伙现在藏匿在哪里。我们乘坐的这条路线，从东至西横穿了整个沙漠地带，这也就意味着我们正在向目击到龙的情报范围内接近。老实说，我根本就不想去。然而丽泽让我跟着她，那就没办法了。

事情发生在火车穿过“遗迹沙漠”的行程中。当时我正倚在包厢的座椅上，望着窗外的风景发呆。沙漠中耸立着上千座石砌的高塔，在夕阳的照耀下，那些高塔全被染成红色。然而这并不是真正的夕阳，而是木质天空上的照明效果。

通道那边传来了争吵的声音。

“艾尔，去看看是怎么回事。”

听到丽泽下令，我马上站起来。紧挨着包厢门口放着那个巨大的旅行箱，我小心着不要碰到它，慢慢朝声音传来的方向寻去。通道的另一头，刚才那位列车员被好几名乘客围在中间，脸上的表情显得非常为难。

“这跟说好的不一样啊！”

“那样一来，今天之内就到不了‘娱乐海岸’了啊！”

“娱乐海岸”是位于沙漠地带西面的房间，听说是个挤满游客而热闹非凡的地方。

列车员不停地向大家道歉：“大家也都听到新闻了吧？这附近有怪物出没！刚刚公司用无线电发来通知，一段时间内前方是无法通行的……”

质问列车员的女性还带着一个小男孩。他似乎厌倦了大人们的争执，趴在通道旁的车窗上，看着外面的景色。根据听到的对话，似乎是铁路公司考虑到沙漠地带有怪物出没，决定停止前方路线的运营。

“Arknoah特别灾害对策本部已经将沙漠地带的西南部指定为危险区域。本次列车会避开那些危险区域迂回向西行驶。”

乘客们一阵喧哗。我准备回到包厢，向丽泽·利普顿和康亚姆·康尼姆报告。可转念一想，那两个人会不知道Arknoah特别灾害对策本部的决定吗？他们难道预计不到这趟列车不会进入危险区域吗？那么之后要怎样才能到达龙所在的地区呢？

就在我打算钻回包厢的时候，看着窗外的男孩突然叫起来：“妈妈！妈妈！那是什么？”

醉心于讨论的大人们根本没有理他。那孩子用手指着窗外，拼命想要引起大家的注意：“真的！有什么东西在飞呢！”

夕阳下的沙漠中有数不尽的石塔。从车厢通道的窗户望出去，那些塔全部都是漆黑的剪影，火车就在它们长长的影子间穿行。什么东西正从人造夕阳照耀下的天空中飞过。由于那家伙飞得太高，与地面距离太远，导致一时半会儿还看不清它的真面目。最初只觉得是风筝之类被风吹上天的东西，但随后看清了挥舞翅膀的动作，才确定那是一只生物。在石塔剪影的遮掩下，翱翔空中的它俨然是在与火车并行。长长的脖子直伸向前方，尾巴则拖在身后，翅膀从膨起的身体上伸展开来。

正在此时，别的车厢传出了惨叫与吵闹的声音。一个个包厢的门接连打开，人们纷纷探出头想看看发生了什么。天上飞翔的生物终于引起了他们的注意，让他们呆立窗前一动不动。与列车员争吵的大人们也察觉了周围的异样，终于闭上了嘴。

丽泽·利普顿不知何时站到了我旁边，取出一根可伸缩的望远镜向空中瞭望。通道的窗户边挤满了人们仰望天空的脸，一张张脸上满是不安与惊恐。如同滑翔机一般掠过赤红天空的龙，看上去是如此神秘。列车驶过了分道岔。窗外的景色豁然开朗，我们离开向北的轨道，往另一条支线行驶而去。与火车一样朝着自己鼻尖所指方向前行的龙，就此与我们分开，并与我们呈一个直角，朝着北方越飞越远。石塔的剪影将视线切分成一段段，而龙就在夕阳的这些片段间逐渐消失得无影无踪。

1-6

结束了“迷雾田园”的表演后，帐篷马车即将再次出发。村子里的孩子们挥着手追在马车后面，而杂技团里的兄妹也一起从帐篷内向他们摆手告别。四周飘荡着浓重的雾气，团长窦玛格谨慎地驾驶着马车。没有铺装的土路两边好像是野菜田，现在雾这么重实在看不清楚。

窦玛格家有两个孩子，哥哥名叫特托雷，妹妹名叫佩克。佩克捅了捅玛丽娜的肩膀，递给她几块用纸包着的石头碎片一样的东西。

“尝尝这个。是从‘砂糖点心宫殿’的墙上削下来的。”

玛丽娜试着咬了一口，嘴里立刻充满了难以形容的甜味。

越过帐篷马车中堆积的货物，能够看到驾驶席上窦玛格的后脑勺，还有前方的景色。浓雾中突然出现了巨大的墙壁，沿着墙壁往前走，可以看到一座如同城门的建筑物和一条四方形的隧道。帐篷马车一驶入其中，立刻传来了马蹄与车轮的回声。

这个世界中没有手机这种东西，当然也肯定不在信号覆盖范围内。玛丽娜被冗长的滑道扔进这个世界，继而徘徊于森林之中，最终被一辆路过的帐篷马车收容。这家的兄妹俩对玛丽娜·金兹随身携带的手机很是痴迷了一阵，哥哥特托雷盯着液晶屏幕不可思议地感叹：“这一定是某种魔法！”

“时不时就会有像你这样来自外面世界的孩子流落到这边来。我们把这样的孩子统称为‘异邦人’，如果遇到了，就要保护起来，而且必须向有关部门报告。”名叫尼纳斯的女性向她解释道，“说起来，你的嘴怎么了？受伤了吗？”

玛丽娜摇了摇头。她只是一直捂着嘴，因为不想让自己的牙齿吓到对方，所以才养成了捂着嘴和初次见面的人说话的习惯。

窦玛格马戏团的一家人决定为了玛丽娜改变原定的巡演计划，前往被称作“中央楼层”的城市，因为他们必须把迷路的异邦人送去那里。马戏团一家靠沿途表演杂技来赚取生活费，一开始玛丽娜还只是干看着，后来渐渐开始帮忙做些杂活，比如在表演结束后捧着箱子向观众收取派克硬币什么的。

她和窦玛格一家同吃同住，渐渐地也就不再对他们遮着嘴了。不过看了她那一口奇丑无比的牙齿，他们倒也没什么反应。对于周游世界、见多识广的窦玛格一家来说，仅仅是参差不齐的牙齿根本没有大惊小怪的必要。与他们见过的全身打满小洞的探险者，或者从头到脚都刺着文身的部落相比，玛丽娜已经算正常的了。放下心来的玛丽娜突然有点喜欢这个世界了。

然而就在那一天，传来了关于龙的可怕消息。

1-7

火车停靠在了“暴风沙漠”车站。被强风吹得漫天飞舞的细小沙粒，不断摩擦着车身。

车厢内播放着广播安抚等待的乘客，说火车会依旧按照原来的计划向西行驶。这是由于确认了龙形怪物自“遗迹沙漠”北上之后，警戒区域的范围发生了变化。可丽泽的目标并不单单是横穿沙漠。没办法，为了追寻龙的踪迹，我们只好离开舒适的包厢，下了火车。

大风横扫过月台，仿佛要把我掀翻似的，风中混着沙子迷得人睁不开眼。丽泽·利普顿绿色的外套被刮得扑扑啦啦地响，如同在空中起舞。康亚姆·康尼姆推着巨大的行李箱走在月台上，朝着站内大厅而去。

汽笛鸣响，火车吐着蒸汽动了起来，发出钢铁车轮碾轧铁轨的声音。长长的客车车厢在火车头的带动下跟着跑起来，一直向西而去，把我们留在了站台上。

站内大厅是一座四边形建筑，似乎是用泥巴糊成的。进入其中，我终于松了口气。内饰非常简朴，基本只有长椅。康亚姆·康尼姆像只洗过澡的狗一样使劲地左右摇晃着脑袋，把吹进毛发的沙子抖落下来。丽泽·利普顿发现站内大厅的墙上有面镜子，便走上前去重新编起自己的辫子。她好像很喜欢把锈金色的头发全部拢到左侧编成一根垂下来的辫子。

“我去看看列车时刻表吧，是要换乘北上的列车对吧？”我站起身，向康亚姆·康尼姆问道。

“没那个必要了，艾尔·阿修比。”他身上原本裹着黑色的西装，但是现在已经脱掉西装、松开领带，连衬衫最上边的扣子都解开了。狗头与人身的界线被领子遮住看不见，浓重的体毛从脖子根部向下延伸，逐渐变稀疏，直到胸口。

“不坐火车了吗？”

“坐呀。比起这个，你还是趁现在赶紧去下洗手间什么的吧。”

“身体里的水分已经都变成汗蒸发掉了，毕竟哪里都一样热。如果格雷在的话，一定会说这地方是臭狗屎。”格雷是我的弟弟，直到前阵子我们还在一起旅行，但现在他已经先我一步回到原来的世界去了。

丽泽·利普顿站在镜前哼起了歌，看上去心情很好的样子。

我那犬科的朋友说：“她这表情看起来像不像在期待礼物上门？那家伙，买了一列火车呢！”

“火车？！”

“应该马上就到了。原本我们也是要在这一站下车换乘那列火车的。”

一个小时之后，风中传来了火车的轰鸣。我走到月台上向远处张望，在风沙屏障的那一边，已经影影绰绰可以望见火车黑色的庞大身躯，如同穿着甲胄的黑骑士一般。数不清的重量级车轮排列在一起，被一根叫作连杆的金属轴连接着，发出劈砍大地一般的声音径直向我驶来。车头排放着滚滚蒸汽停靠进月台的样子，让我不由得想起鼻子里喷着白气的巨型怪兽。

在火车后面有节叫作煤水车的厢式车体，煤水车装载着燃料，上面堆的是煤炭，下面嵌着盛水的水槽。煤水车后面连着一节客车车厢，就是左右各有一排双人座席的普通车厢而已。

车头、煤水车、客车车厢，这三节构成了这列火车的全部，而丽泽·利普顿则在狂风中叉着腰，心满意足地望着它。两名火车司机走下来，一见到锤子女孩与狗头，立刻神情紧张地列队站在一旁。他们两人分别是身体健壮的中年人和大腹便便的青年。中年火车司机叫亚马德，另一个青年司机叫特朗斯哈勃，两人的左臂上都绑着绿色的袖章，他们是在铁路公司上班的深绿军团成员。据说这次将由他们来帮我们开火车。

所谓深绿军团，就是一群为了帮助Arknoah特别灾害对策本部对付怪物而自愿从各地前来的志愿兵。与我生活的世界不同，这里没有国家的概念，也没有战争。因此不存在军队这种组织，出了什么事的话，就全靠普通大众报名参战。由于志愿兵在参战期间不能上班，照顾小孩的事也要交给别人，并且很多天都回不了家，所以其亲属们对这种体系都颇有微词。

“这辆列车就叫金尖号了！”丽泽·利普顿没头没尾地说着，急匆匆登上了客车车厢，“还愣着干什么，龙可要跑远了哟。我就坐这边，康亚姆·康尼姆去前面指挥司机开车，艾尔，你去把大厅里的旅行箱搬过来。”

我奉命从车站大厅拖出了银色的旅行箱，上月台的时候康亚姆·康尼姆帮了我一把。风中的沙子像针扎在皮肤上，我边躲避风沙边对他说：“要是她能自己拿就好啦！”

“丽泽一定有其他事情要办，比如开动脑筋制订作战计划什么的。要想出把飞在天上的龙打下来的办法，考虑各种可能性，选出最佳方案。而我们只要做好辅助工作就行了。”

我们两人一起抬着旅行箱登上了客车车厢的台阶，眼前出现的是丽泽·利普顿坐在座位上晃着两条腿，哼着歌，吃着她最喜欢的花生酱的样子，仿佛小孩子终于得到了自己想要的玩具，看不出半点考虑难题的神色。我偷偷瞄向康亚姆·康尼姆，他沉默地转过身，朝前面的车头走去。

炉子里燃烧的煤炭会产生温度极高的热量，热量令锅炉中的水沸腾，制造出高压蒸汽，并且经由阀动装置进入中控的气缸。随后气缸的活塞开始运动，将力量传导至连杆上，重量级的车轮就此运转起来。连接器发出“咣当咣当”的冲击声，带动煤水车与客车车厢一同前进。

金尖号自“暴风沙漠”车站出发，原路返回“遗迹沙漠”，在铁道节点上改换道岔，驶上了去往北方的轨道。我坐到丽泽旁边的座位上，她似乎对这列属于自己的火车眼下的运行状态非常满意。

“那家伙也许是在沿着铁路线移动，所以才会跟火车并行。你看这张地图，龙改变方向的这个点，与铁轨分道向北的节点几乎是重叠的。”

丽泽指着地图让我看。确实，龙正是在分道岔附近改变了方向。

“不过，为什么它会沿着铁路飞呢？”

“我有个推测。那头龙正依次从一个沙漠房间飞到另一个沙漠房间。想要这样移动，就必须找到墙上的隧道，从那里穿过去。飞在空中同时又能寻找隧道的方法，就是沿着铁路走。为了让火车通行，铁道的尽头必然会连接着通往另一个房间的隧道。那家伙大概察觉了这一点。看来这头龙拥有一定的智力。虽然还不知道为什么，但它这么做一定是有理由的，说不定是在寻找什么。不然的话，只在一个房间内绕圈飞就可以了。”

没过多久，风沙帷幕的另一头出现了巨大的墙壁。金尖号驶入墙上的隧道，窗外立刻暗下来。

1-8

酒店大堂的广播前面，聚集着一脸沉重的旅客们。玛丽娜·金兹好奇发生了什么，也停下来听着广播。里边播送的是跟灾害有关的消息，可能是龙卷风，可能是地震，又或者是海啸吧。然而都不对。广播里说，在沙漠地带这个地方，有龙出现，摧毁了一个村庄。

玛丽娜在分发杂技团广告的时候向团长窦玛格问道：“大家所说

的龙到底是什么啊？这个世界中还住着那样的生物吗？”

被她这样一问，窦玛格反而显得有些手足无措：“你已经听到怪物灾害的新闻了吗？”

“怪物灾害？”

“拜托你不要再问我了，我没有自信能很好地跟你说明白。再过不久应该就会有人向你解释清楚的。”

玛丽娜·金兹一边散发传单，一边在“箱镇”最繁华的街道上走着。这个城镇只允许在特定的时间内进出，所以很多人会被迫留在这边好几天。无所事事的大家对娱乐都如饥似渴，杂耍艺人演出的传单受到了广泛关注。

“箱镇”是一间升降移动式房间。街道、河流，甚至天空，都装在巨大的电梯轿厢内。侧耳倾听的话，可以听到比云更高的地方传来的声响，那是机械带着装有街道的轿厢移动的声音。像这样的升降移动式城镇，在Arknoah还有不少，它们充当着这个世界的交通要道。特别是“箱镇”，由于这里可以直通“中央楼层”，因此是很多人的必经之地。

当晚的广场上，窦玛格表演着喷火，尼纳斯扔起飞刀，特托雷与佩克则继续他们的平衡杂技。所有演出结束后，窦玛格作为团长向大家问好。人们聚集到玛丽娜·金兹旁边，纷纷向她怀抱的箱子里投入派克硬币。

“玛丽娜，笑一笑！”窦玛格一边向观众们挥手，一边凑到玛丽娜耳边小声对她说。

“我一笑的话，他们就会看到我的牙齿了，那样一来大家都会恶心到吐的。”

“你想太多啦。好了，笑一笑嘛。”

玛丽娜无可奈何地露出一点笑容。装在牙齿表面的金属牙箍接触到了体外的空气。往箱子里投派克硬币的人中有几个把视线投向了玛丽娜·金兹的牙齿。其中也有那么一两个人因为没见过如此特别的牙齿，所以盯着银色的金属牙箍发呆。但是大部分人都没有任何介怀的表现，往箱子里投下钱后就快速离开了。

第二天早上，窦玛格一家的帐篷马车混在准备出城的人群中出发了。“箱镇”东侧的墙壁就耸立在前方，横向长方形的隧道在半空中张开大口等待着他们，只有在街道做升降移动时，隧道口的路障才会落下来。

“妈妈，这条路通往哪里呢？能一直走到‘起伏之海’吗？”帐篷马车中，佩克问尼纳斯。

“不行，还没有找到能够去往世界尽头的升降移动式房间呢。”

“起伏”是指这个世界以外的区域，分别被叫作“起伏之海”和“起伏之地”。

“妈妈你去过‘起伏’吗？”

“我才不想去呢。你想，那边多可怕啊，全都是未知的事物，那片地方就算在世界地图上也永远写着‘正在施工’呢。”

对孩子们来说，母亲尼纳斯就是他们的老师。连玛丽娜·金兹也从她那里学到了不少东西。其中最让玛丽娜惊讶的，就是这个世界中的人可以免于一死。

Arknoah没有饥荒、战争和疾病，人们不会寿终正寝，而是永远保持着现在的年纪生活下去。既没有月历，也不存在年、月、星期的概念。这个世界没有历史，有的只是神话。据传说，造物主在创造这个世界时，一共设计了九百一十万九千一百零九个房间。

没有人知道这个世界是在何时诞生的，当人们有了意识的时候，他们就像现在这样生活着了。也没有人知道自己是从何时开始存在的，这个世界中没有人生过孩子，虽然有孕妇，但她的肚子不会继续变大，肚子里的孩子也不会降生。不过大家一样过得很幸福，孕妇充满爱意地抚摸着自己的肚子，并且受到丈夫和家人的照顾。

“造物主让这个世界保持在最好的状态。无论是流通的派克硬币数量，还是植物的数量，甚至我们人类的数量，都被调节保持在最佳装填状态。我如此爱我的两个孩子，也是因为造物主是这样设计的。”她说。

就连自己心中的爱也是造物主设计的。玛丽娜·金兹突然想起了自己的父母。他们现在还好吗？虽然她很喜欢自己的父母，但到底自己对他们爱到什么程度呢？虽然有喜欢得不行的时候，但也有连脸都不想看见的时候。如果外面的世界也有一位造物主，人们也如此确信自己是被创造出来的，那么对爱也会更有把握吧。人们就不会为了捉摸不定的爱情而不安，也不会对它感到恐惧了。

“箱镇”的警笛声响起，扩音器中传出了播音员的声音。一眼望不到头的巨大传动轴带着整个街道移动，最终到达了“中央楼层”的高度。房间停止上升的瞬间，整个镇子都随之晃动了一下，震得大家东倒西歪。拉车的马也吓得发出惊叫，马车夫们努力把马安抚下来。路障落下，可以自由出入小镇了。人流与马车的队列缓缓前进，窦玛格一家的帐篷马车也在其中。

穿过“箱镇”外壁上的隧道，前方是一座连通着垂直悬崖的吊桥。过桥之后就进入了“中央楼层”的外壁隧道。快到出口的时候，视野终于渐渐开朗，佩克发出“哇啊”的惊叹声。在灰色的阴沉天空背景下，一座林立着高层建筑的都市尽展眼前。

1-9

沙漠中刮着仿佛能烫伤人的热风。我擦了把汗，拿着双筒望远镜对着窗外继续找寻龙的踪迹。一旁的少女那头如同古董金器般的头发也被汗水浸湿贴在脸颊上，但是不管多热，她都不肯脱下那件深绿色的外套。

“我好怀念有空调的房间啊。为什么我会在这里呢？那头龙跟我一点关系都没有啊，难道不是吗？我完全没理由待在这里啊！”

“艾尔也算是深绿军团的一员吧，如果不能参加消灭怪物的活动，现在就把臂章还给我。”

我的左臂上缠着一块深绿色的布条，那是志愿参与消灭怪物活动的志愿兵象征。这并不是普通的布条，而是丽泽外套的一部分。丽泽那件外套，下摆的一部分被撕碎了似的看起来破破烂烂，甚至少了几厘米宽的布料。

金尖号自“暴风沙漠”出发已经过去一个小时了。我们从“遗迹沙漠”北上，一路盯着天空，就这样穿过了许多房间。途中经过数个铁轨的分道岔，每到这种该决定去向的时候，我们就扔派克硬币。如此在沙漠地带中徘徊，半点龙的影子都没找到，一直来到了这个“热风沙漠”。

“有了！”

刚一驶出岩石的阴影，丽泽立刻叫起来，她眼睛一刻不离望远镜地指挥道："快去告诉康亚姆·康尼姆！龙在东面上空！"

我从客车车厢的窗户探出身去，沙漠中铺着铁轨，火车头拖着煤水车与客车车厢在上面行走。我迎着火焰一样的热风对着前面的车头大喊："找到了！东面上空！"

我的声音夹在蒸汽的喷涌声与重量级车轮碾压轨道声之中，几乎被冲散，却还是被犬科的耳朵捕捉到了。正吐着舌头躲避酷暑的康亚姆·康尼姆，从火车头的车门处探出身子向东边的天空张望。

那家伙的姿态用肉眼便能观测到。在绵延炙热的沙丘前方，耸立着切分世界的东侧墙壁，以此为背景，一个影子浮现其上。那家伙在向北移动。

丽泽拿起地图确认道："有一条沿着东边墙壁连通南北的铁道，它就是顺着那条路在飞！"

金尖号在岔道点改变了行进方向，朝能靠近东边墙壁的轨道驶去。铁路画出一条柔和的弧线，列车经由这条弧线并入了目标路线。

巨大的墙壁转至我们右手边，我们保持在龙后方一千米左右的地方，跟着它一起北上。丽泽的目的不是战斗而是观察，她从窗口探身出去紧盯着龙的身影，同时在速写本上不停地画着图。

我也通过双筒望远镜看着那家伙的样子。它飞在不高不低的位置，翅膀几乎不动，靠着风熟练地滑行。如同枕边故事中描述的一样，是头长翅膀的龙。虽然离得这么远不能确定，但目测应该有二十米长，皮肤的颜色介于灰色与蓝色之间，全身遍布着奇异的花纹。

丽泽用望远镜看过后说："是壁纸一样的图案。植物？花朵？"

已经可以看到北面的墙壁了，铁道尽头连着墙上的隧道。龙下降到几乎擦着地面的高度，速度丝毫不减地冲进了隧道。隧道内有着足够的宽度与高度，不必收起翅膀即可通行。

丽泽看着沙漠地带的地图说："前面是'龙卷沙漠'啊……"

"那是什么地方？"

"就是艾尔你现在脑中想象的地方呀。天上永远堆着厚重的云，中间还有旋涡状的上升气流。"

我们关上车窗准备钻隧道。一靠近北面的墙壁，大部分视野都被遮住了，很快窗外一片漆黑，伴随着车头发出的强烈回声，无处可去的浓烟充斥着整个隧道，列车则在其中穿行。

不一会儿视野再次放晴，我们穿过墙壁来到了"龙卷沙漠"。打开车窗，潮湿的风扑面而来，令人心旷神怡。然而天上却密布着黑色的乌云。

"哎呀！"被风抖动着外套的少女从车窗探出身去，却怎么也找不到龙的踪迹。我也打开对面的车窗搜索着天空，刚刚领先我们一千米左右先行飞进隧道的龙此时连个影子都看不到。不过，察觉到异样的康亚姆·康尼姆从车头探身出去眺望四周一圈后，先于所有人找到了那个家伙。

"在后面！"

我和丽泽一起回头望去。火车刚刚穿过的那面墙壁从天到地耸立着，那头龙就趴在上面。它收起了翅膀，四肢前端的爪子深深抠进墙内，倒竖着仰头看向我们。

龙大概发现了我们在跟踪它，所以故意装作毫不知情，把我们引入了隔壁的房间，准备在这里对我们进行伏击。我们与龙之间的距离近得连望远镜都不需要了，那张蜥蜴般的脸和口中林立的森森牙齿一清二楚地展现在我们眼前，这样的牙齿绝对算不上好看，甚至还有金属零件连接其间，让我不由得想起矫正牙齿用的牙箍。

“本打算今天就只是观察一下的。”丽泽·利普顿咂了下嘴。

龙离开了墙壁，被它抓过的墙面碎成一块块，落到了地上。张开翅膀的龙在空中乘着风，一边紧贴着铁道滑翔，一边向金尖号靠近。它每扇动一下翅膀，地面的沙粒就会被带起，扬着烟尘。

“快加速！要被追上了！”丽泽对着前方的车头大喊。

就在此时，那头戴着牙箍的龙慢慢张开了嘴，我仿佛看到它的喉咙深处在发亮，一道红色的光芒满溢出来，把头探出窗外的我看得呆住了。倒是跟我一样的丽泽突然动起来，抓住我的衣服，一把将我拽回车内。

视野之内全部被染成了红色。砰！灼热的冲击力从侧面狠狠给了列车一击，大火瞬间将整个列车吞没。幸好避开了正面，右侧的玻璃在热浪和冲击力的作用下全部飞了出去，火焰涌进车厢，点燃了窗帘与座席。

丽泽在遍布玻璃碎片的过道上跑起来，顺路还抓起挂在墙上的灭火器朝我扔来。我捡起灭火器，顾不上看使用说明，稀里糊涂地冲着火焰乱喷一气。

丽泽冲向放在过道上的银色旅行箱，打开锁扣，手枪、来复枪、霰弹枪、弓箭等各种各样的武器以及大量的弹药如同雪崩一般倾泻到地板上。她挑中的是一把来复枪，猎人狩猎时常用的那种长枪。丽泽拉动了枪身右侧一个圆形杠杆的零件，把五个一组火箭形状的子弹送进了弹仓，然后将杠杆归位。手法看起来相当熟练。

座席上的火焰终于被扑灭了，我又将灭火器的喷口对准了窗帘。

此时，传来一阵低沉的声音。

嘎噜呜呜呜呜呜呜——

声音从列车的后面向我们接近，龙那巨大的身体也随之自后方出现，接着就来到了客车车厢的侧面。它在破碎的车窗外与火车并驾齐驱，龙的脸朝向我们，如爬虫类一样的眼睛仿佛在观察车内情形，牙齿间还呼哧呼哧地冒着热气，那些热气甚至涌进了客车车厢的内部。它的牙齿长得实在是乱七八糟，以致连接那些牙齿的金属丝也像是翻绳游戏中编出的绳花一样七扭八歪。

一声子弹发射时火药炸裂的爆响。丽泽整个人趴在座椅上架起来复枪，枪口朝着窗外。她再次拉动圆头的枪栓，弹壳带着“咔嚓——叮”的声音跳了出来，下一发子弹随即填充进枪膛。丽泽又开了第二枪。一瞬间，她的肩膀和后背像被重物撞击似的猛然晃动了一下。那是子弹发射产生的反作用力。咔嚓——叮，又一枚金色的空弹壳滚落在地板上，这是第三枪了。所有子弹都被厚厚的龙皮弹开，龙看不出有任何致命伤的样子。不过龙还是忌惮地瞪着丽泽，似乎为了躲避攻击，它飞离了车厢侧面，不断上升，转移到了列车的正上方。

从窗口已经看不到龙的踪影了，周围也稍微变得安静了一些。说不定它已经逃走了，又或者是打算放过我们了。正这么想着，一道长如鞭子的影子打在车身侧面。那头龙飞在我们头顶上，用它的尾巴拍打着客车车厢。

车厢受到冲击，一部分侧面车体瘪进来，整个车厢都变形了。一头的地板翘起来导致车厢倾斜，我跟丽泽摔倒在地，还撞到了头。一阵刹车般的车轮摩擦声响起，龙只是尾巴一扫，就把一侧的车轮掀了起来。我以为这下肯定就要翻车了，还好在前车的拖动下它挺了过来。等到车厢恢复水平状态，丽泽绝望地大喊：“这可是新买的！”

几张座席已经脱离了车身，还被火烧得焦黑，比起修理，彻底废弃的可能性更大些。而我则因为恐惧愣在当场，说好了远距离观察的，这也差太多了吧。

“跑……跑……跑吧！快点……想办法……逃跑吧！”

“你以为它会让我们逃掉吗？而且说到底，我们也只能沿着铁道走啊。”

窗外景色飞逝而去的速度比刚才更快了，火车似乎在提速。天上覆盖着灰色的云层，在连绵起伏的沙丘另一边，矗立着许多带着不祥颜色的巨大柱子，它们像水中植物一样来回摇摆着在沙漠中移动。是龙卷风。

“艾尔，帮我做件事。”丽泽靠在窗边寻找着龙的踪迹。

“我可以拒绝吗？”

“不行。帮我把这个拿给康亚姆·康尼姆，就射击技术来说，他比我还厉害，所以让他来干。”

丽泽将来复枪交给我，又从脚边抓起几枚小火箭似的弹药塞进我的口袋，然后指着车厢前方的门，让我去煤水车那边。要想把枪交到身在车头的康亚姆·康尼姆手上，似乎也只有这个办法了。

“别胡说了，这太危险了吧！”

“待在这边会更危险哟。”

正说着，咣的一声，顶棚塌陷下来。车厢再次剧烈摇晃，地板上的弹药滚得到处都是，发出清脆细碎的响声。龙的利爪插进了顶棚的材料，天花板嘎啦嘎啦地裂成碎片纷纷落下。龙就在车厢顶上，为了不被甩出去，用爪子死死抓住了车身。这里确实很危险，要是那家伙在顶棚上开个洞，把头伸进来喷火的话，就没有活路了。

“只要跟康亚姆·康尼姆说把那家伙打下来就行了吧？！”

“不是打那家伙！你告诉他改变路线往西走！”丽泽边从地上捡起弓矢边说道。

我背上来复枪，在车厢的通道间跑起来，往车门而去。背后传来令人心惊胆战的响声，龙用它的利爪与尖牙在车顶上开了个洞。随着大量碎片噼里啪啦地掉落，龙的头也从那个洞中探挤了进来。这头怪物到底为什么将丽泽视为敌人呢？是因为她用来复枪打了它，还是说不把眼前的一切全部破坏掉它就不能解气呢？丽泽藏在座席之间回头看向我，打着手势让我快走。接着她把弓箭搭好，对准了正努力把天花板上的洞弄得更大的龙头。

我打开车厢门，走到车厢之外的连廊上。车轮强力的运转声听起来就像地底的轰鸣一样。狂风吹得我左摇右摆，我紧紧抓住扶手，抬头仰望煤水车的后部。垂直平坦的壁面上只挂着一架简易的铁质梯子，连客车车厢这样的连廊都没有。

我抓着扶手探身出去往下看，可以看到车厢之间的连接器。连接器由两只各从前后车厢底部伸出的钢铁手臂组成，手臂前段呈L形弯曲，好像祈祷者的双手一样贴合着，上面套着一个带锁的铸铁环套。连接器的下面就是高速移动的地面。如果不小心掉下去的话，是不可能平安无事的。

来复枪上装有皮质的背带，我将它挂在肩上，越过了连廊的扶手。先用一只脚晃晃悠悠地踩上了连接器，然后慢慢转移重心，把另一只脚也踩上去。我伸手够向煤水车上的梯子，就在即将要爬上去的时候，传来了龙的咆哮声。

接着便是车厢顶棚被破坏的声音，列车剧烈摇晃，我抓着扶手的手掌中全是汗，一下就滑脱了，哪里都够不到的双手在空中乱挥，我站在连接器上，像个滑板初学者似的，前后摇摆着身体眼看就要摔倒了。连接器突然咣当一声剧烈地晃动起来，我想都没想就朝着煤水车纵身一跃，好在胳膊够长，没有摔下去。

我几乎是哭着爬上煤水车的梯子，登上车顶堆积的煤炭山的。视野变得豁然开朗，可以将整个“龙卷沙漠”尽收眼底。铁路在绵延的沙丘间无尽延伸着，远处是许多龙卷风令人不安的身姿。

“康亚姆·康尼姆！给你来复枪！”

烟囱里冒出的滚滚浓烟从我头顶掠过，在后方的天空中甩出长长的尾巴。身后上演着令人惊愕的一幕，巨大的生物趴在车厢顶上，每次它倾斜身体，就会有一侧的车轮随它离开轨道，让火车脱轨似乎只是转眼间的事。不断有箭矢从顶棚上开出的洞中射出，应该是丽泽干的，然而那些箭甚至没能在粗厚的龙皮上留下一道伤痕就被弹飞了。

我沿着煤炭山往列车行进的方向爬去，不一会儿衣服就变成了黑色。爬到煤水车正中间时，前方出现了一颗犬科脑袋。

“艾尔·阿修比！”

康亚姆·康尼姆也爬了上来。为了运送煤炭和控制刹车杆，煤水车前面有一点可以立足的空间，比我这边要好爬得多。他一面瞄着客车车厢顶上的龙，一面压低了身子在煤炭山上移动。

“哎呀，你怎么变成条黑狗了？”

“帮忙开蒸汽机车就是这个下场啦。”康亚姆的毛发从灰色变成了黑色，看来他负责的是往炉子里填充煤炭的工作。

我将来复枪交给他："丽泽说了，不是用枪来打龙。还有，她想让你们往西面开。"

康亚姆·康尼姆检查了弹仓中的子弹数量，我连忙把丽泽塞进口袋的子弹也一起递上去。

"意思就是要打道岔开关对吧？"康亚姆·康尼姆把剩余的子弹也填进了弹仓。

"道岔开关？"

"就是分道岔上用来切换线路的杠杆。"

本来是要把火车停下才能进行操作的，但现在没那个时间了，只好从开动的火车上用来复枪射击杠杆进行切换。

"为什么要去西边呢？"

"可能那边有'花生酱沙漠'吧。"

花生酱。那是这个世上丽泽最爱的食物。话是这么说，狗头还是把来复枪架了起来。他那样的高个子和端庄的神态，再配上杀手一样的眼神，还真挺有模有样的。

趴在车顶上的龙对准裂口张开了下颚，龙的喉咙深处开始变红。它要喷火了。

"丽泽！"我大叫起来。

这时，丽泽的箭出现了。从车厢中飞出的箭穿过顶棚上的裂口，直插进龙上颚那些乱七八糟的牙中间。箭上连着一根细细的金属丝，金属丝另一头吊着炸药似的东西。那支箭穿过龙牙之间的缝隙飞了出去，消失在天空中，但炸药却留了下来，挂在牙齿上，就像一粒白芝麻卡在牙缝中。

"趴下！"

康亚姆·康尼姆压低了脑袋，我也学着他的样子。

冰冷的爆炸声传遍了整个沙漠。

1-10

“中央楼层”是一间东西二十公里、南北三十二公里面积广阔的房间。一条运河由北向南流淌，将大地一分为二。河西面是商业区，河东面则是大片居民区。玛丽娜·金兹从帐篷马车中看到的高楼都是商业区的高层建筑，那些建筑外形古典，如同黑白片《金刚》中的场景一样。

“这座城市也是全世界的经济中心。这附近没有能获取食物的场所，所以生活在此处的大家都要努力赚派克硬币，然后去其他区域购买罐头囤积起来。”尼纳斯这样告诉玛丽娜。

街道两旁各种店铺鳞次栉比，从卖土特产钥匙链与挂毯的商店，到卖棉花糖的路边摊，应有尽有。佩克想吃棉花糖，于是窦玛格停住马车，孩子们立刻跳下去跑向路边摊。玛丽娜也打算用自己的钱买一个，系在她腰间的布口袋里还有不少硬币，那都是她给杂技团帮忙赚来的报酬。

买到的棉花糖一经入口，周围突然暗下来。

“哇哦！快看！”佩克指着头顶叫道。

透过高层建筑之间的缝隙，可以看到阴云密布的天空中飘浮着一个鲸鱼一般巨大的形体——是飞艇，它正以非常缓慢的速度徐徐经过那些高层建筑。

“玛丽娜！我们去坐那个吧！”

“不行哟。玛丽娜有她要去的地方。”

特托雷拉住了妹妹。为了回到原来的世界，玛丽娜必须去一个叫Arknoah特别灾害对策本部的地方。

然而，玛丽娜陷入了沉思，自己真的想回到原来的世界吗？

大家回来以后，帐篷马车继续在大路上行进，前方渐渐出现了运河的影子，帐篷马车沿着运河北上。如雾般的细雨下起来了，周围建筑的轮廓变得模糊起来。玛丽娜由衷地感谢窦玛格一家，一想到去了Arknoah特别灾害对策本部就要跟他们分离，心中不由得感到阵阵不舍。

“那个，能不能一直住在Arknoah特别灾害对策本部啊？以前有没有借住在别人家里的异邦人呢？”她向身边的少年问道。

“没有哟。异邦人都必须回到外面的世界。如果破坏规矩的话，就会在睡觉的时候被锤子女孩带到不知道什么地方去啦。”

“还有这种传说吗？”

“是真的啦。锤子女孩是个非常可怕的人，我爸爸说起她的时候，脸上的肉都会抽搐呢。我们只要一不听话，爸爸就会用‘要被锤子女孩抓走了哟’来吓唬我们。”

锤子女孩……

虽然还不知道是不是真实存在的人物，但是能让窦玛格吓得面部抽搐，那应该是个长得相当威严的人吧。

1-11

列车很快甩开了炸弹爆炸产生的烟雾。爆炸没有影响到龙，甚至看不出它有哪里受伤。然而，它身下的车顶和车厢墙壁却开始崩塌，脚踩的地方破裂开来。龙失去平衡，从疾驰的火车上掉了下去。不过它张开双翼拍打着空气，在摔到地面之前飞上了天。

“丽泽！”

我们在煤水车上看着后面客车车厢面目全非的样子，车顶与墙壁都只剩下一小部分，特别是后半部分，甚至连地板都消失了，整个车轮裸露在外面。

“艾尔·阿修比，你在这里藏好，虽然这边也安全不到哪里去。”

康亚姆·康尼姆观察着头顶上空变成一个小点的龙，在煤炭山上小心翼翼地移动，回到了前面车头的位置。我稍微犹豫了一下，还是决定往客车车厢那边走。我要去确认一下丽泽是否平安无事。

我从煤水车的梯子上爬下来，谨慎地走过两节车厢之间的连接器。这次没有想象中那么晃，非常顺利就通过了。客车车厢面朝行进方向的这堵墙没有损害，门也好好地关着。拉开把手向里看，却是一片破烂不堪。

大部分墙壁都不见了，只有一个个座位还留在与车轮相连的地板上。装武器用的银色旅行箱敞开着倒在过道上，在它下面我看到了深绿色外套的一角。

“丽泽！没事吧？”

我大叫着将旅行箱掀开，发现了少女的身影。看来她是用旅行箱当盾牌保护了自己。丽泽满身都是灰尘，头发也如乱麻一般。尽管她行动有些蹒跚，但还是慢慢捡起地上的左轮手枪，开始填弹。丽泽·利普顿将视线扫向四周，最后停在了空中的那个小点上。长脖长尾，再加上张开的翅膀，从正下方看就好像一个十字架。

少女坐在旅行箱上，咬着拇指的指甲，自言自语似的说：“那家伙，现在并不是不想喷火，只不过第一次喷火之后……过去了多久来着？五分钟？七分钟？这期间它就只能用爪子和牙齿攻击。看来那火焰是不能连续喷射的。”

少女望向我，蓝如碧空的虹膜中浮着黑色的瞳孔。

“艾尔，如果接下来我死了，你要把这些告诉明天的我。”

“如果我还活着的话。”

Arknoah的居民是不会死的。虽然难以置信，但即使不小心丢了性命，也会在第二天清晨的雾霭中重返人间。对他们来说，这甚至算不上什么奇迹，只是造物主设计的世界机制。但是丧命当天的记忆会全部消失，所以要想把已经了解到的龙的信息传达给明天，就必须保证有人能够幸存下来。顺带一提，我并不是这个世界的居民，所以死了也就死了。多么不公平啊！

“不如写在什么地方吧？”

“那我给你点零钱，你去买纸和笔回来吧？”

枪声响起了，随即又是一声金属物体被子弹射中的尖锐响声。似乎是康亚姆·康尼姆在火车头那里用来复枪开了一枪。道岔开关的杠杆动起来，完成了路线变更。

列车速度不减，驶上了去往西方的轨道。进入弯道时车体发出了惨叫一般的声音，外面的景色也来了个大回转，由于车厢墙壁所剩无几，我感觉就快要被甩出车外，只好死死抓住座位。那头龙也在上空改变了方向，追着列车扭头向西。

过了弯道，列车开始直行。这时可以看到无数的龙卷风挂在西方的天边，细长如蛇般的旋涡状上升气流在列车行进的方向上空摇摇晃晃，而被其卷起的沙尘让这些龙卷风周围笼罩着淡淡的暗灰色。

“你打算利用龙卷风从龙口下逃生？”

龙卷风一定会给那对宽阔的翅膀带来巨大影响。虽然对我们自身来说也有危险，但火车的重量能满足在龙卷风附近行驶的要求。

“今天的龙卷风似乎主要聚集在西边。穿过龙卷风最密集的地方，正好就是隔壁房间的入口。”

“那家伙就会被风拦住不再追赶我们吗？”

“并没有十足的把握。祈祷我们的火车不要脱轨吧。”

就在这时，丽泽的侧脸变得通红。不只是她的脸，就连我，以及车厢中的座席，所有一切的侧面都开始泛起红光。紧接着爆炸式的热浪从侧面撞击过来。来自上方的火焰倾泻在临近金尖号的地面上，溅起的烈焰冲着列车侧面扑来，眼看就要将我们吞没的时候，丽泽一把将我按倒在地。

她掀起摊在地板上的银色旅行箱盖到我们身上，狭小的空间内上一秒还是漆黑一片，下一秒就变得亮如白昼，彼此的脸都能看得一清二楚。就在这个瞬间，火焰的光芒从旅行箱与地板之间的缝隙间照射进来。丽泽端正的脸庞，近得我都能感觉到她的呼吸。温度陡然升高，我们仿佛置身于烤箱之中。然而就在几乎要被烧死的时候，火焰减弱了，空气摩擦碰撞的声音也随即消失。看来火焰所维持的时间已经达到极限，再维持哪怕十秒，我们的情况就危险了。

爬出旅行箱，我战战兢兢地站起来。眼前是一片火海，残存的墙壁、固定在地板上的座席等，所有的东西都在燃烧。

“这可是新买的啊……”丽泽伤心地嘟囔着。

煤水车方向升起了异常的浓烟，可能是堆积的煤炭被火点着了，如果我之前选择留在那边的话，现在必死无疑。列车就这样在火焰的包围下继续前行。

升腾的黑烟直指天空，而龙则在比黑烟还要高很多的地方飞行。它闭着嘴，仿佛审视着我们。如果丽泽推断得没错，那么再过五到七分钟，我们又将迎来一波火焰攻击。

砰！一声火药爆炸的声响传来。我和丽泽各提着银色旅行箱的一角，有什么东西咣的一声撞在了箱面上。那是滚落在地板上的弹药在火焰炙烤下开始爆炸导致的。爆炸并不是一次性结束，而是像加热中的爆米花那样，接二连三不断发生。我们将旅行箱当作掩体，慢慢沿着通道向列车行进的方向退去。客车车厢前方的墙壁和顶棚都还保留着，火也没有烧到那边。

“我不想在回家之前就死掉啊！”

“放心吧，明火引爆的子弹初速并没有那么大，就算打中了你，也不过流点血而已。”

我抓着旅行箱的手突然感觉一阵发麻，就在我鼻尖前方，箱子内侧出现了一个凸起的圆锥形，怎么看都是嵌着一枚子弹的样子。

“当然，根据爆炸的方式不同，初速变大也是有可能的。”

客车墙壁上的裂缝正好可以用来观察外面。细长的龙卷风依然在沙漠中交叉移动，它们相互碰撞纠缠，有些就此相互抵消，有些则合体变成巨人一般的庞然大物。而我们即将进入龙卷风最为密集的地带。

就在此时，客车车厢剧烈摇晃起来，发出吱吱嘎嘎的响声，各种各样的东西变成了碎片，不断掉落在铁轨上。

嘎噜呜呜呜呜呜呜——

地震一般低沉的声音从正前方传来。龙降落在失去了大部分墙壁与顶棚的客车车厢上，四肢上的爪子牢牢抓住了座席和地板，翅膀折叠回来包裹着低伏的身体。它巨大的身躯毫不介意地压在火焰与爆炸的弹药上，全身覆盖着和大象一样的皮肤，表面浮现的花朵图案让我不禁想起奶奶家中的壁纸。如此充斥暴力的形体，偏偏又带着花朵图案。

由于无法承受龙的重量，地板渐渐被碾碎，与分离开的座席一起碎片纷飞，那些碎片被风卷起，消失在乌云密布的天空中。龙卷风就在近前。周围可怕的狂风便是证明。它撕扯开包裹列车的火焰，挥舞着沙做的长鞭。

龙在车厢地板上竖起了爪子，一面抵御着狂风，一面向我们这边步步逼近。它的两只眼睛紧紧盯住丽泽，脸上的表情分明已经将这名少女认定为自己的敌人。丽泽将银色的旅行箱朝着龙抛过去，在强劲的风势作用下，箱子正砸在龙的脸上，发出“咣当”的声响后飞出了车厢，向着远方的天空而去。暴怒的龙张开上下颚发出威吓，尖锐的声音简直要在耳膜上开个洞出来。

“快跑！”

丽泽拉起我的手，我们迅速穿过了身后的那扇门，来到客车车厢连廊上。连接器的另一边就是煤水车的车尾。

丽泽指着梯子大喊：“你先走！”

我伸手去够对面的扶手，在连接器上小心移动着。这已经是我第三次通过此处了。虽然在狂风中很难保持平衡，随时都有要摔倒的感觉，但我还是抓住了煤水车上的梯子。挨着梯子的铁板热得仿佛能把人烫伤，车上拉的煤炭冒出滚滚黑烟，燃烧的煤堆让人根本无处下脚，因此这里就是我们逃跑的终点了。

回头看时，丽泽也开始通过连接器往这边走，红色鞋底的橡胶靴踩在从客车车厢伸出的钢铁手臂上。然而丽泽却停了下来。

“快点过来！”

“马上就去！”头发和外套都在风中摇摆的丽泽喊道。

丽泽站在连接器上观察着，似乎打算把固定连接器的环套卸下来。如皮带扣一样的正方形环套上焊着锁，丽泽抓着锁向上拔起。

“嗯——”

然而毫无动静。行驶中的车厢重量加在上面，想必是很难拔开的。我觉得凭女孩子的力量根本不可能做到，但是丽泽却没打算放弃，坚持不懈地拽着那把锁。

少女背后传来了大肆破坏的声音。客车车厢那惨不忍睹的墙壁从内侧一下子被吹飞，变成了四处纷飞的碎片。而对面出现的正是那头趴低了身体的龙。它一面与狂风争夺着自己翅膀的控制权，一面用爪子紧紧抓着地板追赶我们而来。龙的牙齿间冒出炙热的吐息，长长的脖子伸向前方，一副要将连接器上的丽泽生吞活剥的样子。卡车般大小的脑袋慢慢逼近的样子还真像经典恐怖片情节。

丽泽在被攻击的瞬间躲开了，她肚子紧贴着连接器，掏出了刚才填好子弹的左轮手枪。连续数枪全部命中，却没有对那头龙造成丝毫伤害，所有子弹都从它的皮肤和牙齿上弹开了。最后她将手枪直接砸过去，也仅仅是更加激怒了龙而已。

“丽泽！这边！”

我伸手过去，然而她只是一门心思地想要拔起锁打开连接器。

“嗯——”

那头龙冲着横扫过来的风继续逼近。它巨大的身形膨胀了好几倍，仿佛要将一切碾碎似的，下颚张开的样子让人感觉地狱的入口就在眼前，箍在牙齿上的金属线与风摩擦发出恐怖的声音。注意力全在连接器上的丽泽，这次躲避的动作慢了一瞬。

龙颚经过她站立的地方一直伸到了煤水车后部，带来如同巨大铁锤锤打般的冲击。车轮上火花四溅，我死死抓住梯子，努力不让自己掉下去。龙牙撬起了煤水车的一部分，扭曲变形的铁板上豁开一道口子，燃烧的煤块从四周散落下来。

“丽泽？！”

等到冲击过后，我马上确认周围的情况。连接器上已经不见丽泽的踪影。不过她也没有掉下火车，而是靠着两条胳膊挂在连接器下面，橡胶靴子的鞋底与高速行驶中的地面不断摩擦，她的表情看起来非常痛苦。

“呼哧”，龙吐出一口气，几乎要把人烫伤的吐息擦过我的脸。它与我对视片刻，似乎判断出我对它没有威胁，没有对我摆出丝毫的攻击架势。

丽泽将手指放在口中，吹了声口哨。龙的长脖子立刻扭转回去，搜寻着声音传来的方向。它几乎是从正上方睨视着挂在连接器上的丽泽。

丽泽一边用鞋底在地面上减速，一边说：“好，这就对了。”

一颗龙牙上似乎挂着什么东西。是锁扣！在它张嘴进攻的瞬间，丽泽把锁挂到了龙牙上。当龙抬头的时候，锁被拔起，发出“咣当”一声沉重的响动。丽泽怎样拼尽全力都无法打开的连接器环套，就这样解了锁。

车头拖动着煤水车，而客车车厢的轮子则在摩擦力与风的作用下开始减速。两节车厢下面伸出的钢铁手臂逐渐分离，并且越离越远。那头龙从客车车厢上伸长了脖子想要攻击我们，却刚好差那么一点点，够不到了。

少女筋疲力尽，眼看要从连接器上摔落下去，我慌忙伸出手，死死抓住被风吹起的深绿色外套的一角。丽泽爬上来，抓住梯子，终于松了一口气。

龙卷风在四周作祟，就算是那头龙，也不可能追上我们的火车了。但是它用爪子抓着破破烂烂的车厢，低伏着身体，张开了大口。喉咙深处泛起朦胧的红光，是火焰。我们紧抓住梯子摆好架势。

烈焰从龙的喉咙深处喷出来，同一时间，一股强劲的风横扫过来撞在龙的翅膀上，让它一下失去了平衡。龙脚下的车厢有一侧车轮随它离开了铁轨，而它长长的脖子也被身体拖开，火焰沿着煤水车周边画出了一条弧线。带着恐怖的金属摩擦声，客车车厢脱轨了，与地面撞击引起的巨大轰鸣和烟尘翻腾至半空。随后，龙与车厢一起，消失在漫天风沙的另一头。

金尖号继续在令人窒息的暴风中前行。抓着梯子的手腕连带肩膀都仿佛要被扯断了一般，视线也被龙卷风中夹杂的大量沙粒遮蔽，堆积在煤水车上的煤炭到处乱飞。狂暴的风沙将我和丽泽·利普顿的身体卷起来，让我们几乎变成倒立的姿势。沙子在空中相互碰撞，不断释放出雷电。然而这种状态并没有持续多久。视野瞬间明亮起来，风势也逐渐减弱，又能顺畅地呼吸了。我们重新找回了体重，双脚站回到煤水车突出的部分上。

周围变得平稳安定。回望身后，铁轨上竖立着一根风柱，火车就是从那里面钻出来的。丽泽站在我身边，头发和衣服都在风中飞舞，她终于笑起来。我想说点什么，张开嘴却发不出任何声音。我们两个的样子狼狈到了极点，没有死掉简直不可思议。一下放松下来，我忍不住笑出了声。

在火车行进的方向中出现了巨大的墙壁，那是“龙卷沙漠”的西侧墙壁。火车没有减速，直接驶入了通往隔壁沙漠的隧道。

语言功能总算恢复过来的我大叫起来：“得救了！得救了！我们，得……咯……咯咯咯……咯咯咯……”

驶出隧道的时候，我们浑身黑得跟煤炭一样。

1-12

在离“中央楼层”商业区一段距离的地方，不知为何有一片孤立的小树林。穿过铁质的大门，帐篷马车在枯木交错的林间前行。前方可以看到一座有趣的建筑物，那就是Arknoah特别灾害对策本部。从建筑的设计上看仿佛是中世纪贵族的宅邸，石砌的墙面和窗户周围都刻有植物图案的浮雕，建筑的侧面有个信号塔似的东西。窦玛格一家从马车上走下来，站在建筑正面的大门前。

“据导游手册上讲，直到门厅都是可以自由进入的，毕竟这边也是旅游观光的胜地。”

一走进去就是开阔的八角形大厅，由冰冷的大理石建成。既有看似游客的中年团体，也有拿着拖把的保洁员，还有一处贩卖土特产的柜台，玛丽娜和兄妹俩一起围过去。商品是柔软的玩具小锤子、花生酱口味的点心、印有犬类图案的红茶套装、绿色的斗篷、绿色的臂章，等等。这些商品的销路看起来都不是很好，每一样都贴着降价的标签。

团长走过去向接待处的女士说明了来意，那位女士立刻露出紧张的表情，朝玛丽娜·金兹的方向瞥了几眼，然后给不知什么地方打了通电话。不一会儿，出入口附近的红灯就开始闪烁，站在大厅里的数名工作人员彼此交换过眼神，渐渐往出入口的位置移动。

“玛丽娜，到这边来。来吧，还有，你们也过来。”窦玛格招了招手。伴随着一阵皮靴的响声，两个男人出现了。

穿着高档西装、系着领带的中年绅士走在前面。他胸背宽厚，比一般人都要大的脸上洋溢着自信的表情，手腕上戴着一块金色的机械手表，从厚度上看感觉能变形成机器人。这个男人身后跟着一个怀抱文件的瘦削青年。

大脸绅士带着如能量块一般耀眼的笑容扫视众人一圈：“长途旅行辛苦了。本来应该由专门的负责人来迎接各位，不凑巧这边有点急事要处理。”

窦玛格清了清嗓子，上前一步：“我叫窦玛格。之前就是我护送着异邦人，并且打电话跟这边联系的。”

“您好，我是隆涅菲尔德。”

“隆涅菲尔德？”窦玛格皱起了眉头，他的表情好像正努力回想在哪里听过这个名字，“我想起来了，你是Arknoah特别灾害对策本部的部长！”

叫隆涅菲尔德的男人喜怒不形于色地整了整领带。尼纳斯凑到玛丽娜耳边小声说：“他可是非常有名的人呢。因为很少抛头露面，所以我一直很好奇他到底会是个什么样的人。”

隆涅菲尔德站到了玛丽娜面前。近看，这男人的脸还真不是一般地大，整个视野都被那张脸占满了，让人忍不住想要后退。

“你来到这边的大致经过我都在电话中听窦玛格说了。今后还请多多关照。”

Arknoah特别灾害对策本部一层的最里面有间内部人员专用的酒吧，从酒吧的窗户向外望，可以看到内庭中的杂树丛，吧台后面不知为何排满了花生酱的瓶子。在这里，玛丽娜与窦玛格一家度过了最后的时光。

“请确保玛丽娜能够平安无事地回到原来的世界。”

听到尼纳斯这样说，隆涅菲尔德立刻用确信无疑的口吻回答：“明白了，我向你保证。”他一打响指，跟在身边的瘦削青年立刻取出一个布口袋。

“这是旅行花销和报酬。”青年用毫无气势的声音说道。

袋子里装的似乎是派克硬币。然而窦玛格并没有接过来：“还是用这些给玛丽娜买点好吃的吧。”

“知道了。”青年点点头将袋子收起来。

分别的时刻到了，窦玛格一家站了起来，纷纷与玛丽娜握手。隆涅菲尔德对青年说：“我送大家出去，你带玛丽娜去她的房间吧。”

“好的。”

脸与笑声都很大的绅士带着窦玛格一家走出了内部人员专用酒吧。佩克与特托雷直到最后还在向玛丽娜挥手。终于，大家都离开了，只剩下自己一人，玛丽娜心中泛起阵阵不安。

青年稍微离开一点距离观察着玛丽娜的脸。他似乎是隆涅菲尔德的秘书，却没做任何自我介绍。灰色的鬈发看起来像刚睡醒还没来得及整理一样翘着，西装下面的衬衫皱皱巴巴的，年龄大约在二十岁。

“玛丽娜·金兹小姐，我带您去房间。”

“房间？我要住在这里吗？住多久？”

“现在还不知道，不过应该不会太久吧。”

在青年的带领下，玛丽娜走过通往房间的走廊。走廊上铺着深绿色的地毯，墙上挂着装饰画，摆放的家具和日用品看起来非常高档。

走廊里有一间敞着门的房间，从屋内传来了嘈杂的声音。路过时，玛丽娜向里面望了一眼，宽敞的房间中整齐地坐了三十个人左右，全部在接电话。

“全世界所有目击到怪物的情报都会汇集到这里。真正有意义的电话其实并没有多少，大多数不是看错了，就是打给我们的投诉电话。”青年叹了口气，将房门关上。

通过楼梯上的平台时，他们遇到了几名谈笑风生的员工，似乎是翘了班聚在这里聊天。可能是担心青年向部长告状，一看到他的身影，那几个人立刻止住话头，脸上的笑容也消失了。他们贴着墙壁站成一排，好让青年与玛丽娜通过，直到青年离开，才露出松了口气的神情。

两人走在三层的走廊中，迎面过来了一位美丽的女士。那是位都市职业女性打扮的大美人，擦身而过时她对青年露出友善的笑容。

“早安，部长。您今天过得好吗？”

“还不坏。”

美人踩着高跟鞋轻盈地走开了。玛丽娜继续跟在青年身后，边走边问：“刚才那个人……”

“是情报部的布鲁克邦德。”

“她叫你‘部长’来着。”

青年斜眼瞄了玛丽娜一下。他的眼睛也是灰色的，跟卷翘的头发一样的颜色。恐怕这名青年不管任何时候，永远都只会用这种毫无气势的声音说话吧。

“我经常拜托部下假扮成我的样子。”

“什么意思？”

“与窦玛格家的各位握手的，是我的部下。”

将玛丽娜带到走廊尽头的房间后，部长隆涅菲尔德向她行了个礼，然后就回去了。

1-13

“休息沙漠”在沙漠地带的外围，以绿洲为中心的草原点缀其间，沙色与草绿组成的斑驳图案遍布整片地区。而这个地区的特色，大概就是到处翻倒着平常人家客厅中摆放的那种沙发吧。有些是皮革质地的，有些是布艺的。并不是谁扔在这边的，而是不可思议地从沙子下面自己冒出来的。一般常会在森林中见到植物从地底下钻出来慢慢生长的情景，这边也基本就是那样。

绿洲的岸边有一处度假村风格的旅店，在“龙卷沙漠”中被龙袭击过的我们决定到那里休整一下。从龙口下脱险的振奋感经过一晚后就彻底消失了，剩下的只有心中挥之不去的恐惧。我从被龙焰烧烤的噩梦中醒来，而金尖号的两名火车司机则因为梦到龙卷风造成的脱轨事故从床上掉了下来。我坐在床边，盯着窗户上挂着的窗帘，发了一天的呆，除了拿杯子喝水以外，再没有干劲做任何事。这大概是因为经历了太强烈的刺激吧。

青年司机特朗斯哈勃浑身都是油腻的汗液，却还是止不住地发抖，中年司机亚马德和我一直摩挲着他的后背安慰他。相比起来，只是一边流泪一边叫老婆名字的亚马德倒还要好一些。而我则每隔几个小时就会突然恐慌起来，大喊着“快浇水！要烧死了！”，把杯子里的水全淋到自己头上。我们这个样子肯定没办法立刻出发了。

这期间，丽泽·利普顿与康亚姆·康尼姆用旅馆中的电话联系上了位于“中央楼层”的Arknoah特别灾害对策本部。他们将目击到龙的地点画进地图，并且商量着今后的作战计划。那头龙当然不会轻易因为卷入龙卷风就丧命，各地继续不断地传出目击到它的报告。据说在龙离开沙漠地带后，避难的沙漠居民们又都返回了原处。

我和两名火车司机直到三天后的白天才恢复正常。康亚姆·康尼姆跑过来给我们喝了加入烟草的果汁，然后对着满脸通红、使劲咳嗽的我们说：“要出发喽。龙的造物主已经被Arknoah特别灾害对策本部保护起来了，我们去见见吧。”

据康亚姆·康尼姆说，异邦人的名字叫玛丽娜·金兹，是与我有着同样肤色的女孩子，现在就滞留在“中央楼层”。

在水池边洗过脸，我开始做出发前的准备。旅馆的主人给我们拿来了食物，我就着水把硬面包吃下肚。一直没看到丽泽的影子，所以我向康亚姆·康尼姆打听了一下。

“她在绿洲中进行冥想，说是绝对不要接近那边。一定是为了与龙对决而在做意象训练吧。”

出发的准备已经做好了，丽泽还是没有回来，康亚姆·康尼姆和两名火车司机都在为发动火车而忙碌着，没办法，只好由我去叫她。

绿洲的湖畔草木丛生，水几乎清澈见底，手伸进去能感觉到一阵清凉。沿着绿洲走下去，我看到了一张沙发，沙发背上搭着眼熟的外套等衣物，旁边还扔着一双鞋底磨损严重的橡胶靴。

一阵水声吸引我往绿洲深处看去。出现在眼前的正是丽泽，她穿着泳衣趴在跟旅馆租借的巨大救生圈上，双脚拍着水，吃着水果。那样子分明就是个享受假期的游客。

“你不是在冥想吗？”

听到我的声音，救生圈上传来回答：“艾尔，你的精神好些了吗？”

“已经没事了。不过看到插着烟花的海岛风鸡尾酒，我也许还是会想起龙的火焰而跳到绿洲里去。”

“鸡尾酒？明明还是个不能饮酒的小孩子。”丽泽进到水中，推着救生圈走过来。她一站起来，水中便扩散开一圈圈的波纹。

“就你自己享受真是太狡猾了。我还挺期待的呢。”

“明明是你自己傻啊。比起这个，如果你不想被杀，就转过身去。”

上岸的丽泽身上不断滴着水，她伸手抓起了绿色外套。本来就不好意思的我立刻移开了目光。但是一瞬间映入眼帘的景象还是令我非常介意，于是装作看别的地方，然后偷偷用余光瞄向丽泽。她穿着连衣裙式的白色泳衣，背后大敞着，露出了整片皮肤。

这个世界的居民，就算受了很严重的伤，只要死一次，就会在翌日清晨的雾霭中完好如初地返回，因此可以永远保持没有伤痕的完美状态。所以，如果他们重生时身上带有伤痕，那么这个伤痕一定就是他本来模样的一部分。这个世界对这样的人就是如此认知的。

丽泽·利普顿的背上，有无数被小刀划伤的痕迹。似乎是为了遮掩这一点，她迅速地披上了外套。

在距离度假村风格的旅馆几分钟路程的地方，有着贯通“休息沙漠”的铁路。用组织经费购买的火车在康亚姆·康尼姆以及两名司机的收拾下已经做好了准备。煤水车上装载着足够保证运行的煤炭，这也多亏了大家在逃离巨龙之后迅速的灭火行动。

两名火车司机点燃了锅炉中的煤炭，高温令水沸腾，等到生了高压的蒸汽后便可发车。丽泽·利普顿打出信号，汽笛响起，金尖号出发了。目的地当然是异邦人少女所在的“中央楼层”。已经没有什么客车车厢，我跟丽泽乘上了煤水车。

煤水车的上半部分堆放着煤炭，下半部分则是水箱。用来给水箱注水的取水口周围有一片可以立足的空间，我们就在这里坐下来。列车以平稳的速度行驶着，吹来的风令人感觉舒适。

“要怎样才能到达这个叫‘中央楼层’的地方呢？那边通着铁路吗？”我问丽泽。

“因为楼层不同，所以必须经过‘超级中转站’。”

“超级中转站？”

“是一座升降移动式城市。它会在纵向贯通Arknoah的庞大空间中连续好几天上下往来，就像是装在电梯轿厢里的城市。”

那个房间中也铺设了铁轨，因此每辆火车都可以搭乘它去往别的楼层继续旅行。

不一会儿我们就穿过了沙漠地带，金尖号在沿途的一个无人车站停下来。站内储备着煤炭，还有装着补给用水的水箱。两名火车司机马上动手添加补给。打开补给水箱上方的水龙头，水就会顺着软管流进煤水车上的取水口。煤炭则是用靠滑轮运转的木质起重装置运输。

康亚姆·康尼姆一边在站台上监督作业，一边抽着烟。丽泽到无人车站内的接待室转了一圈，找到了一台固定式收音机，并立刻接通了电源。

“听听新闻吧，看看龙有什么新动向。”她转动收音机的旋钮，寻找着怪物灾害新闻的波段。

“打电话给本部问一下不就好了？”

“如果碰巧是隆涅菲尔德接电话，那多讨厌。”

虽然不是很清楚，但感觉丽泽似乎相当避讳那个人，一直都让狗头与本部联系大概也是出于这个原因吧。有不少电台都在播放与怪物灾害相关的咨询节目，每个电台都以自己独特的观点解读着Arknoah特别灾害对策本部的报告。听着喇叭中传出的混着杂音的广播，我跟丽泽交换了一下眼神。

“康亚姆·康尼姆！”丽泽从候车室探出头去，呼唤着站台上同伴的名字。康亚姆·康尼姆把香烟扔在地上用鞋底踩灭，然后又非常守规矩地将烟头捡起，扔进了站台上准备好的烟灰缸。

“你能不能用那边的电话给本部打过去一下？刚才我在广播里听到了一条有意思的消息。”

丽泽指了指候车室，里面墙壁上装着一台电话。与我家里的电话设计不同，是那种电线连在圆柱形的话筒上、话筒架在底座上、底座摆在桌面上的古典造型。听了广播中的新闻，康亚姆·康尼姆说：“行进方向一致是怎么回事？”

根据最新的目击情报，龙在今天白天侵入了“超级中转站”的纵向隧道，而“超级中转站”正是我们现在打算前往的地方。龙入侵的纵向隧道好像是电梯传动轴所在的地方。康亚姆·康尼姆用电话与Arknoah特别灾害对策本部取得了联系。

“超级中转站”会像电梯一样在纵向隧道中做垂直移动。如果龙撞到上面，会不会导致整个城市掉下来呢？我不由得担心起来。不过根据新闻报道，这种可能性几乎为零。它们之间的体积相差实在太大了。与装在轿厢里的城市相比，目击到的龙大小就跟一粒芝麻似的。

能容纳整个城市移动的纵向隧道是一片异常广阔的空间，龙在其中也不过就是只小飞虫。更不用说那条隧道贯穿了整个世界，长达几百公里。

“龙是打算到前面去伏击我们吗？”

“它只是沿着铁路走到了那里。‘超级中转站’是铁路旅行中重要的转换点，许多线路都集中在那边，所以我觉得这并不是偶然……”

丽泽从外套里取出了几张地图，有沙漠地带的地图，还有周边区域的地图。我在旅馆里迷糊度日的时候，地图上目击到龙的地点标记又增加了不少。

“那头龙也许知道自己的造物主在什么位置。怪物和造物主之间是被看不见的脐带连着的，那是一种能穿越一切障碍而不会被我们感知的联系，但是那头龙却可以看见。以前也出现过这种怪物。如果联系非常强的话，还有可能造成意识上的连通。”

如果怪物拥有某种程度的智能，就会寻找自己的造物主。听说是这样的。丽泽咂了咂嘴，走到正打电话的康亚姆·康尼姆旁边，一把抢过了电话。

“喂喂？”少女对着看起来像台式麦克风的话机部分说，“这里是锤子女孩。告诉‘中央楼层’的各位，龙有可能往你们那边去了。避难通知？那种事随便交给谁就行了。嗯，也许会死很多人。不过，那都不重要。现在最要紧的只有一点，就是把那个异邦少女藏起来。”

第二章

2-1

在睡梦中听到有声音呼唤自己而醒转过来，仿佛是婴儿呼唤母亲回头的声音。玛丽娜·金兹从床上坐起来望向四周，一个人都没有。

分配给玛丽娜·金兹的房间位于Arknoah特别灾害对策本部的三层，非常宽敞，由客厅、卧室和洗手间三个屋子组成，所有家具看起来都很上档次。她一边闭着眼假寐，一边回想着那个呼唤自己的声音。应该只是做梦吧。可是，那声音听起来又是那么真切。

靠近窗边，从铁栅栏的间隙向外张望，在密集的枯木之外，林立着“中央楼层”的高层建筑。通往走廊的门从外面被锁住了，能够自由活动的区域仅限在这三个屋子之内。外出散步的时候也必定有什么人陪在身边。到了吃饭的时间，会有人送饭菜过来。房间里摆着新牙刷，每次吃完饭她总会特别仔细地刷干净牙齿与牙套。可惜的是，在Arknoah并没有外面世界那种尼龙质刷毛的牙刷，一般都是在木柄上植入动物硬毛做成的牙刷。虽然现在已经习惯了，但是刚到这个世界的时候，一想到自己在用动物的毛刷牙，她就会忍不住想吐。

玛丽娜·金兹大部分时间都只能独自度过，不过偶尔那位名叫布鲁克邦德的美丽女士会来房间陪她聊天。她负责照顾玛丽娜，同时也负责教育她，将这个世界、怪物以及异邦人等知识尽数传授给她。据布鲁克邦德说，现在徘徊于世界某处的龙就诞生于她的心中，如果不把它杀死，玛丽娜便无法回到原来的世界。

“你与那头龙之间有看不见的联系，就像被脐带连着的胎儿和妈妈一样。所以，你是无法放着龙不管，自己离开这个世界的。”

就在不久之前，他们刚刚在“大森林房间”结束了一场讨伐巨大怪物的战斗，并且最终取得了胜利。异邦少年被送回了外面的世界，不过那名少年的哥哥却还留在这边。

“名字叫艾尔·阿修比，说不定什么时候你就能见到他了。”

据说艾尔·阿修比的怪物是以蛇的姿态出现的，现在不知道待在什么地方，她说应该潜伏在这个世界的某处。

布鲁克邦德是一位穿着西服套装的成熟女性，讲话时能够从她的嘴唇间隙看到排列整齐的雪白牙齿。玛丽娜不由自主地就会盯着那些牙齿看。

“怪物是你心灵的影子。如果你在故乡时能以更坚定的意志赋予它形状，那么它就不会变成怪物了。”

“那会变成什么？”

“变成更为积极的创造物，绘画或者雕刻，音乐或者文学，等等，也被称为‘艺术’。来到这里的异邦小孩都还不能熟练地掌控自己的内心，不知道该如何面对心中的怪物。”

异邦人带来的怪物会侵蚀和伤害Arknoah的世界观，并且改变它的存在方式。最终有可能会破坏这个世界的稳定性，如刺破肥皂泡一样造成世界毁灭。所以，这个世界的居民总是小心留意着与怪物相关的新闻，祈祷着尽早铲除怪物。

布鲁克邦德一直很注意玛丽娜的精神状态。每次她来房间造访，都会带着唱片或书，帮她打发掉长时间待在屋子里的无聊。然而随着日子一天天过去，无聊的感觉还是越积越多，跟现在的状态比起来，以前随窦玛格一家旅行时要自由得多。

玛丽娜站在窗边叹气，呼出的气穿过铁栅栏，在玻璃上留下一片白色。她忽然注意到下面走过一个黑人少年，少年的腰上挂着擦窗户的工具，肩上扛着长长的梯子，正朝建筑里面走去。

“喂，那边那个！”

玛丽娜打开窗户，从铁栅栏的间隙中向少年打招呼。少年停下脚步，注意到了在三层窗边挥手的玛丽娜。她将食指贴在嘴唇上，打出让他安静的信号，然后招了招手，少年于是一脸讶异地走到窗下。

“你是这个组织的人吗？”玛丽娜额头抵住铁栅栏望着下面跟他说话。

“不是啦。我只是个擦窗户的。”

“那，我想请你帮个忙，我给你派克硬币，你能帮我拿一些可以拆掉这个铁栅栏的工具吗？除此之外，要是你能把梯子也忘在这个窗边，我就太感激了。”

“也就是说，姐姐你想从里面出来？你被关起来了吗？到底犯了什么错啊？”

“我也不是很清楚，大概是擅自饲养危险动物还放任它到处乱跑吧。”

少年将信将疑地哼了一声，架起梯子爬了上来。就算被人看到了，他也可以用擦玻璃当作借口。少年来到了三层的窗边，与夹在铁栅栏中间的玛丽娜脸对脸看着彼此。这是个眼睛很大、看起来非常聪明的黑人少年。玛丽娜尽量捂着嘴说话，她怕对方看到自己这样的牙齿，吓得从梯子上摔下去。

“这东西有合适的工具应该就能拆下来。”黑人少年观察着铁栅栏，“是焊住的，不过不要紧。姐姐你做好从里面出来的准备吧。我来想办法解决这东西。”

“你会救我吗？”

“是啊。如果帮姐姐逃跑会给这里的人添麻烦的话，那我很乐意干。我很讨厌这里的人。”

玛丽娜离开窗边，将放着私人物品的布口袋系在腰上，里面是没电的手机和派克硬币。她眼睛离开窗边也就十秒左右，这么短的时间，铁栅栏已经被扭曲变形，打开了一道宽度足够玛丽娜通过的缝隙。

“……你是怎么弄弯它的？”

“这是有窍门的。只要下点功夫，就算没有工具也可以把栅栏弄弯。”

“欸，我一点都不知道。”

“不要管那些了，姐姐，快点出来。”

少年先爬下去，然后两手扶住梯子防止它倒下来。三层楼的高度还是挺让人害怕的，玛丽娜下定决心钻出了铁栅栏，小心地沿着梯子往下爬。

“谢谢，总算得救了。这个给你，我们说好的。”不知道应该给多少合适，玛丽娜从袋子里抓了尽量多的一把派克硬币。然而少年没有接。

“我不需要这个。说起来，姐姐你接下来打算去哪里啊？”

“去街上吧。我想逛逛服装店，再沿着河边走一走。”

“嗯……那你多加小心。”

与黑人少年分手后，玛丽娜走进了杂树丛。只要在茂密的树枝间笔直前行，应该就能走到满是高楼的繁华地区。走了一会儿，玛丽娜回头望去，黑人少年还站在建筑旁边看着这边，便冲他挥手，那少年也同样朝这边挥了挥手。

2-2

分配给异邦少女的房间在三层走廊的尽头，走廊上铺着绿色的绒毯，所以穿着高跟鞋也不会发出声音。布鲁克邦德这次带来了全套桌游设备，是她从城里的玩具商店买来的。玛丽娜·金兹被限制了自由，那么至少自己应该多来探望她，陪她说说话。

布鲁克邦德站在门口，敲了敲门。

“玛丽娜，今天感觉怎么样？我是布鲁克邦德。”

平时总是很快就有回应的，然而今天等了半天也没有听到她的声音。还在睡觉吗？侧耳一听，屋内传来踩踏地板的声音。应该是醒着在房间里走动，那么为什么不回话呢？

“玛丽娜？”

传来一阵奇异的声音，仿佛是某种湿答答的物体落到了地板上，让人联想起四溅的液体在空气中蒸发的样子。只有很少一部分人拥有异邦人房间的钥匙，而布鲁克邦德正是其中之一。

“我开门了哟！”

她打开房门走了进去。最初映入眼帘的是正面的窗户，她的视线随即不由自主地被吸引住了。风吹起了窗帘，扭曲变形的铁栅栏上开了一个足够人通过的缝隙。

“玛丽娜！”

布鲁克邦德跑到窗边，外面架着梯子。玛丽娜逃掉了。布鲁克邦德叹了口气，确认了这一事实。疑问随之而来：她到底是用什么方法弄弯栅栏、搬来梯子的呢？

一股来路不明的味道传到鼻腔中。像是血的味道，但又夹杂着鱼腥味。布鲁克邦德环顾四周，寻找着味道的源头。卧室的门关着，所以她先查看了开着门的卫生间，在那里看到了不寻常的景象。

铺着白瓷砖的地面上躺着一个人，并不是玛丽娜·金兹，袖口伸出的手腕皮肤是黑色的。从身材比例来看，是个少年或者少女。没能从长相判断出性别是有原因的。布鲁克邦德捂住了嘴。

横躺在地上的尸体的脖子以上的部分都消失了。不，不仅如此，就连脊椎、肋骨和内脏也好像全被剔除了。衣服被撕裂，从脖子到胸口开了一个大洞。而就在此时，所剩的肉体与衣物也开始相继变形。因为有气体散发出来，布鲁克邦德躲到了卫生间外面。

到底出了什么事？她想着，首先还是应该向隆涅菲尔德报告。布鲁克邦德向走廊跑去，房门就在眼前了，然而她最终没能到达那里。卧室的房门不知何时打开了，一条覆满鳞片的青铜色巨蛇悄无声息地从里面滑行出来，爬上了天井。在她注意到这条青铜色巨蛇的同时，巨蛇发动了攻击。长着牙齿的上下颚大张着自她的头顶扑下来。

布鲁克邦德死的时候甚至没来得及叫出声音。

2-3

一辆汽车带着引擎的轰鸣从玛丽娜·金兹的身旁驶过，是那种禁酒令时期黑帮经常驾驶的车辆样式。

“中央楼层”与其他房间不同，看到汽车的概率非常高。她向窦玛格打听过，这个世界没有制造汽车的工厂，街上跑的这些，都是在某个房间的土地里挖掘出来的。汽车数量与人口相比要少得多，而且也没有提供燃料的设施，所以通常大家还是更喜欢驾马车。而“中央楼层”这边之所以汽车比较多，是因为这里有能够稳定提供燃料汽油的设备。在这样的大都市中，买汽油可要比给马找饲料容易多了。

街角的路边摊销售着面向游客的导游手册，玛丽娜买了一本，打开看看，上面刊登着“中央楼层”的详细地图，商场、好吃的餐厅一应俱全。她决定先去商业区那条叫作中央大道的街上看看。

“中央楼层”的地面是用石板铺成的。为了防止城市在下雨的时候被淹没，道路两边留有用于排水的沟渠，就连花店门口流出的废水等都可以流进排水沟的窟窿，避免弄脏行人的鞋子。导游手册上说，这座城市地下铺设着用来疏通雨水的下水道。在十字路口看到的窨井盖，让她想起外面的世界而倍感亲切。

走在楼宇之间，玛丽娜发现了一家卖女性服装的商店。她在其中找到了一件怀旧风格的可爱外套，忍不住试穿了一下。外套长度到膝盖处，正好能将她身上所穿的外面世界的衣服遮挡严实。手上的派克硬币还算充足，她决定买下这件衣服。

一个人在街上闲逛实在是开心。这一带都是比邻而居的电影院和剧场，她在咖啡店点了杯外带咖啡，然后坐在喷泉广场的长椅上，一边欣赏方舟主题的雕刻，一边喝咖啡。

她还去了运河岸边。由于河面极其宽阔，使得对岸看起来若隐若现。河面上往来的船只很多，导游手册上说，这条河的尽头是南端的一条瀑布，一直流向下一层房间。

有许多人在野餐，还有带着小孩子散步的家长。欣赏着美景的玛丽娜，心中总是有点惴惴不安。自己偷偷溜出来这件事，希望没有引起太大的骚动才好。

然后再一次地，她听到了呼唤自己的声音，与睡着时听到的声音一样。玛丽娜站起来，环顾四周，没有找到任何看起来像声音来源的人或物。再看看周围行人的样子，她明白过来那是只有自己才能听到的声音。

2-4

醒来的时候，它的肉体已经发生了改变。它原本的身体对人类社会来说实在太大了，虽然能够贴着墙壁垂直爬行非常方便，但也容易被人看到，不方便做小范围的回旋。所以，在室内探索的时候最好还是借用人的外形。它所拥有的变形能力，只要杀死对方，就能变成对方的样子游走于这个世界中。

蜕下的乳白色躯壳落在脚边，那是青铜色的鳞片皮肤变质后的袋状物，虽然已经干燥萎缩了不少，但还是有一人环抱那么粗。这些被塞进床底藏了起来。伴随变身产生的残留物真是多余。肉体的部分可以蒸发掉，可鳞片依然会留下来。

它站在镜前检查着自己的容姿，应该可以算是个美人吧。头发是棕色的，眼睛是茶色的，穿着贴身剪裁的西服套装和高跟鞋。获得对方外形的同时，它也会获得对方的记忆。新肉体的名字叫布鲁克邦德，是Arknoah特别灾害对策本部情报部门的人。

它对操纵人类身体的方法已经很熟练了，不过由于每次变身后的视线高度、手臂活动半径等都会改变，所以一不留神就会撞到家具。它整理一下衣服上的皱褶，随后离开了房间。放在入口处的桌游设备，是布鲁克邦德买了带来的。它凭着临死前的记忆可以得知这一点。它把桌游设备放到屋内的桌子上，然后锁住了门。刚刚逃走的那名少女的真实身份它也已经知道了，她现在应该还在街上观光吧。这样的自由不会持续太久的，少女的私人物品中已经被安装了可以查明所在位置的跟踪器。

来到铺着绿色绒毯的走廊，它对这座建筑的构造已经了如指掌。擦身而过的人的名字和职业，以及对方搭话时该如何应对，都不成问题。它一面扮成布鲁克邦德的样子，一面朝着目标房间走去。那是保管机密情报的地方，根据布鲁克邦德的记忆，位于地下深层，附近都有警卫员把守，只是布鲁克邦德并没有进入那个房间的权力。

“啊，布鲁克邦德。”

戴着厚重的金色腕表的男人叫住了它。他的脸和声音都非常大，名字叫作汀布拉。他旁边站的青年名叫寇尔拉提，面相上还残留着年少稚嫩的影子。这两个是物流管理部门的人。

“午安，两位近来可好？”

寇尔拉提走上前一把抓住了“布鲁克邦德”的手：“我跟你说啊，今天从早上开始就没一件好事，还把咖啡洒出来弄脏了衬衫。不过，就在刚才，我的心情突然放晴了，因为遇见了你。”

在布鲁克邦德的记忆中，这个青年已经上千次做这种爱的告白了，不过她一直都是采取听而不闻的方式应对。

“之后准备外出吗？”它向汀布拉问道。因为他们都披着外套，一副要出门的样子。

“去跟商人吃饭。前阵子那件事他们在物资上帮了不少忙，所以说好了要请大家吃一顿当作谢礼。”

前阵子那件事应该是指讨伐大猿吧。

“要小心别在城里撞到杂技团一家哟。我听隆涅菲尔德先生说了，之前汀布拉先生假扮部长来着。”

“啊啊，对啊，对啊。他们说不定还在‘中央楼层’呢。在他们看来，我还是部长。要是碰上那可就麻烦了。”汀布拉发出男中音的笑声说。

“祝两位吃得开心。”

“没有你在的饭局，又有什么可开心的呢？”

它无视寇尔拉提的话继续往前走，背后传来了悲伤的叹息声。布鲁克邦德并不打算接受青年的爱意，而且其他不少男人也曾向她求爱，但都被她拒绝了。她的整颗心都被对隆涅菲尔德的爱占据着。

地下室是坚固的石砌结构，目的地在沿台阶下行的更深处。它走到最里面，眼前是一条阴凉黑暗的通道，高跟鞋踏在地面上发出脆响。途中站着两名警卫，在他们背后的通道尽头处，有一扇看起来非常牢固的大门。那就是保管着机密文件的房间。无论怎样在布鲁克邦德的大脑中搜索，它都看不到进入里面后的相关记忆。

“布鲁克邦德小姐，有什么事吗？”警卫员问。

它向前踏出一步，一举挖出了其中一人的心脏，血液飞溅，警卫的生命迹象就此消失了。肉体的轮廓逐渐分解，变成白烟，飞溅出来的血液也一同蒸发了。

在Arknoah，人的身体是非常奇妙的东西。一旦死亡，血与肉都会分解在风中被这个世界回收。所谓肉体的容器，不过是给魂魄以形状。之所以死后会变成烟，也是因为认知中的自我消失了，就没有保存容器形状的必要了。而自己那带有青铜色鳞片的肉体能够在变身时增减质量，一定也是因为这个世界中的肉体定义非常奇妙。只要自己吸入了死后变成烟雾的他们，就能拥有他们的记忆，也能变成他们的外形。

另一个警卫呆滞地看着这边，它转身一击放倒了他。这次只是减轻力度攻击了腹部，即便如此，警卫的身体也在地板上滑出几米后不动了，但是他并没有死。从他昏迷的身体上找到钥匙串后，它就用高跟鞋踩穿了他的脑袋。

对着门上的锁孔依次尝试，它最终找到了正确的钥匙。打开电灯开关，宽敞的室内整齐排列着许多架子，上面存放的正是打字机打出的记录文件。

这些资料都是关于迄今为止流落到Arknoah的异邦人，以及相伴出现的怪物的。它从一头开始看起这些资料。以前那些被消灭的怪物，全都如同它的兄弟一般。虽然父母不同，但大家的境遇是一样的。它们都是什么样子、拥有何等能力，又是如何被杀死的呢？存活至今的怪物真的一个都不剩了吗？它心中不由得期待着，希望在了解其他怪物的同时，多少也能更加了解自己一点。

怪物到底是什么呢？

为什么自己会出现在这里呢？

它总是如人类的思想家一般想着这些事。异邦人如果不消灭自己创造出的怪物，就无法回到外面的世界。所以，艾尔·阿修比也和这个世界的居民一样想杀死它。真是没处说理。全世界都讨厌它，连父母都希望它死掉。尽管如此，它为何还会被这样生下来呢？为什么会想要活下去呢？所谓自我的存在，究竟有什么意义呢？

每次心中涌起无法承受的不安时，它就会脱口叫出“爸爸”。就算他那么盼着自己去死，它也还是会一直想着他。怪物与造物主之间有着看不见的联系，不管距离多远，都是与造物主的灵魂深深连接在一起的。这多少是一种安慰。自己并非诞生于虚无，而是因为他的创造才有了这样的自己。如此一想，就能减轻一些存在于世所伴生的孤独感。

正当此时，警报响起了。它检查着房间入口与通道，最终在房顶上发现了闪烁的红色灯泡。是不是自己的入侵行动被发现了？又或者玛丽娜·金兹的失踪已经被察觉了？不管怎样，它还是尽快脱身的好。

它穿过警卫所在的通道开始上台阶。沿着曲折的阶梯走了很长一段，它才终于来到地面上。铺着绒毯的一层走廊中很多人忙碌地走来走去。建筑外面也回响着警报声，如同爆发了战争一般。

“布鲁克邦德小姐，您去哪里了？大家都在找您呢！”有个声音突然叫住它，它回头看看，是情报部的后辈女孩。

“出什么事了？为什么会如此混乱？”

“锤子女孩发来联络，说龙有可能会来‘中央楼层’，还说龙的目标是那个异邦女孩。”

它表面上装出一副惊讶的样子，内心却松了口气。原来警报并不是为自己而响的，太好了。它跟这个女孩一起朝情报室走去。虽然也可以甩下她逃走，但是到了情报室，它也许可以打听到更多关于怪物龙和丽泽·利普顿的情报，以及更重要的，关于艾尔·阿修比的信息。

情报室中布鲁克邦德的同事们都在对着无线电台讲话，他们正忙着把最新的情况传达给分布于Arknoah各地的电台。根据电话中报告的最新目击情报，龙已经出了“超级中转站”的纵向隧道，直奔此处而来。

人们都把视线投向布鲁克邦德，仿佛在征求她的意见。情报部的最高负责人是部长隆涅菲尔德，不过当他不在场的时候，布鲁克邦德就要代替他成为负责人。布鲁克邦德小心地选择着即将说出口的话。

“大家继续坚守岗位，直到最后一刻都不要离开无线电台。如果龙真的到了这里，就要将它的姿态与特征用电波传达出去。即便各位今天死去，你们传达出的信息也可以留到明天。”

听她这么说，大家又埋头做自己的工作。

窗外竖立着电波塔，之后就去把它破坏掉吧。只要没有了电波塔，无线电设备也就用不了了，他们的话无法留到明天，他们只会白白死去。人类姿态的怪物蛇这样想着。

2-5

警报响起的时候玛丽娜·金兹还在街上，鸟被吓得全部飞起来，逃往楼顶上空。运河沿岸的餐馆里有许多工作人员跑出来，冲着街上的行人大喊："快去安全的地方！龙要来了！"

就在刚才，收音机里播放了要求"中央楼层"的居民前往避难的通知。怪物龙正朝着这座城市移动。被母亲带出来散步的小孩子，都因察觉到大人的异常而哭起来。

"还有多远啊？"

"马上了！很快就会出现的！"

看来还是回Arknoah特别灾害对策本部比较好。虽然不知道那边是否安全，但大家一定都在找她吧。想到这里，玛丽娜·金兹跑了起来。

"中央楼层"的居民们都开始了自主避难活动，不断有包袱行囊从高楼的窗口扔下来，然后装进汽车。与平时的热闹气氛不同，夹杂紧张的喧嚣充满了整座城市。一辆汽车撞在了大厦侧墙上，可能是逃命时太过着急，以致掰坏了方向盘。这样的事故在运河对岸也频频发生，黑烟从各个地方升腾起来。玛丽娜与其说不安，不如说内心深处产生了一种疑问。龙真的会出现在这里吗？该不会搞错了吧？从没想过日常平和的生活会这么简单就被破坏掉。

避难的人群最终堵住了道路，场面混乱拥挤不堪，连跑都跑不起来。有的人因为被撞到而大声呵斥，有的人则因为与同伴走散而高声呼唤，玛丽娜就被包围在他们之间。要想从"中央楼层"逃出去避难，就必须穿过东、西、南、北四面墙上开着的数个出入口。由于出入口数量有限，所以越接近那边，人群就越密集。

突然，一声惨叫传来。有个女人站在原地，用手指着南方的天空，眼睛因恐惧而瞪得老大。许多人都注意到了她注视的东西。玛丽娜依然带着难以置信的心情，看着眼前的光景。

盘旋于都市上空的飞艇正燃着大火坠落，飞艇大约是接到了避难通知正准备驶往停机坪，然而就在降落前，它遭到了未知目标的攻击。阴郁的天空中，红色的火焰从飞艇中喷薄而出，又随着飞艇一起急速下降，大量黑烟滞留在空中，飞艇往楼群最密集的地方落去。即便在这么远的地方，也依然能看出火势的猛烈，高层建筑被整个吞没，升腾的烈焰将人们的脸照得通红。稍微迟了一点，爆炸的声音才逐渐扩散开。

而在耸立半空的黑色烟柱之中，顺火焰往下的地方悬浮着一个被照亮的小点。定睛细看，才发现那是只长着翅膀的生物。巨大的双翼扇着风，慢慢降落下来，站在高层建筑的顶端。带来的冲击令窗户上的玻璃一下子全部碎裂，混在大厦的一部分残片中纷纷散落。

那家伙俯视着整座都市，发出震耳欲聋的咆哮，仿佛上千把乐器一起奏响的声音在被火焰照得通红的楼宇间回荡。恐惧的神色遍布在每一个人的脸上，仿佛世界末日就在眼前。自飞艇坠毁点升起的黑烟覆盖了整个区域，就连盘踞在高楼顶端的龙的身影也被遮住了。

玛丽娜的双腿朝着与Arknoah特别灾害对策本部完全相反的方向迈了出去，她想从更近的距离看看那个身影。不知为何她完全感觉不到恐惧，倒是有种奇妙的熟悉感，仿佛自己很久以前就认识那头生物似的。

她并不觉得是第一次见它，就连那个声音，也感觉在哪里听过。也许很久以前，在外面的世界，当自己伴随着那些悲惨的回忆生活时，它就已经存在于心中了。只是现在清楚地看到了那样的外形，她才第一次注意到。

黑烟背后的高楼开始倾斜，继而崩塌坠落，引发的巨响传遍了

“中央楼层”的每一个角落。爆炸接二连三地发生，周围的地面与道路在火舌的舔舐下犹如正被巨大的火焰喷射器攻击一般。一道影子以恐怖的速度横扫过去，卷起的风将黑烟变成了一个旋涡。

玛丽娜夹在试图逃跑的人群中，被人流冲着往前走，人们的推搡冲撞让她好几次险些跌倒。大人们的身形要比玛丽娜高很多，让她视野受限，各种声音都混在一起，最后连浓烟的味道都涌过来，众人的头顶上纷纷飘落着灰烬与火花。是火势蔓延了吗？又或是自己正在接近火灾的中心？

混乱的人流突然出现一个断口，玛丽娜跳到了开阔地带。逃跑的人群背后是一片地狱般的景象，黑烟遮蔽了天空，烈焰从每一个窗口喷射出来，城市被染成了红色。被这样的景象震慑住的玛丽娜，甚至没能第一时间发现正朝自己驶来的汽车。

玛丽娜站到了机动车道上，这也是人流突然消失的原因。而等到她看见汽车的车头时，身体却没有跟着动起来，两腿因害怕而发软，几乎迈不开步子。经典造型的汽车已经冲到眼前，这样的速度就算现在踩刹车也来不及了，透过前挡风玻璃已经可以看到驾驶席上握着方向盘的男人的眼睛。就在她以为要被撞倒的瞬间，一个巨大的物体从头顶垂直落下来。

冲到眼前的汽车瞬间消失了踪影，不，并不是消失，而是连同坐在里面的男人一起，被踩成了几厘米厚的薄片，嵌进了地里。冲击造成地面整个儿凹陷下去，断裂的石板翻卷起来，被冲击波的气流带着在地面翻滚，擦着她的身体飞向后方。

玛丽娜一时间无法呼吸，耳朵里的感觉也非常奇怪，完全听不到任何声音，不断有小石子落下来砸在头上。她睁开眼，确认自己还活着，虽然手上有一点划伤，但比起被汽车撞飞简直微不足道。她起身望向自己刚刚站立的地方，压成扁片的汽车上腾起了白烟，上面踏着一只会让人联想到爬虫类的脚，脚上长出的利爪感觉能轻易撕裂一辆面包车。

背景是一片火海的城市，前景是巨大的生物俯视着玛丽娜·金兹。它的样子有点像图鉴中画的恐龙，只不过背上生出了蝙蝠一样的翅膀。长长的脖子顶端是一颗蜥蜴般的脑袋，满口尖牙朝着四面八方龇出来。多么可怕的一口牙。玛丽娜不由自主地笑了起来。它的牙齿表面还贴着金属片，柔软的钢丝将它们一个个串联起来，仿佛是一个特大号的牙箍。但是那些牙齿长得实在太任性了，以致钢丝都被拧得七扭八歪。

四周的人都在逃命，玛丽娜·金兹则面对着龙站着。龙巨大的身形带着吱嘎作响的声音趴伏下来，头部降到了非常低的位置，脖子往玛丽娜的方向伸过来。那颗巨大的脑袋上最先凑到玛丽娜面前的不是鼻子，而是突出向前的牙齿。等它到了伸手可以够到的距离，玛丽娜试着摸了摸那颗牙。不至于烫伤，但还是很热，大约是喷火后留下的余温。龙那张威严的脸上看不出任何表情，但它的长尾巴却高兴得啪嗒啪嗒左右摇摆，把身边的石板全拍裂了。

“是你救了我吗？”玛丽娜看着被毁的汽车问道。她心里还是觉得很对不起死去的司机。

“一直在呼唤我的，是你吗？”

嘎噜呜呜呜呜呜呜——

龙的嗓子里发出一阵轰鸣。看来它听懂了玛丽娜的语言，对她回答了“Yes”。

“好奇怪的花纹啊。”

大象皮一般粗厚的皮肤表面浮现着细微的花纹，看起来是那么眼熟。那是与玛丽娜·金兹房间的壁纸一样的白百合图案。

正在此时，有什么东西突然从旁边飞出来。圆筒形的物体发出咣啷啷的金属响声，骨碌碌滚到了龙的脚边，然后喷射出大量的白烟。

稍远一点的地方传来鞭炮似的声音，玛丽娜随后才意识到那是枪声，立刻尖叫着蹲下身。龙巨大的身体瞬间转了个圈，对准了响声传来的方向。踩在脚下的汽车残骸被拧成两段，而伴随它的身体抡出去的尾巴打在路灯上，使整根路灯杆立刻变了形。

刚刚还人流密集的运河沿岸，此时已经一片空旷。道旁路边摊的阴影中站着一个男人。那人是玛丽娜第一次到Arknoah特别灾害对策本部时见到的、假扮成隆涅菲尔德的人，脸和声音都很大的中年绅士。他正握着一把小型手枪朝龙射击，然而子弹全都被龙皮弹开了。这期间滚到脚边的圆筒还在持续喷射着白色烟雾，将玛丽娜完全淹没其中。烟雾中突然伸出一只手抓住了玛丽娜的手腕。那只手的主人不发一言地用着力，把玛丽娜拽向远离龙的地方。

“是谁？！”

“安静一点，可爱的小姐。”

离开龙一段距离后，烟雾变得稀薄，总算可以看清拉着她手腕的人长什么样了。是个二十岁上下的青年，恐怕也是Arknoah特别灾害对策本部的人。

枪声还在继续，白烟中的龙仿佛一个飘浮于半空的巨大剪影，那个剪影张开双翼扇起气流，形成的旋涡将周围的烟雾卷起带去了远方。龙的脸转向了玛丽娜，以及拉着她手腕的青年。

“做好准备，要跳了哟！”青年大喊道。

眼前就是运河岸边的护栏，距离水面有十米左右的高度。就在玛丽娜犹豫的时候，青年用手臂环住她的身体将她抱了起来。她还没来得及出声制止，就被扔进了运河。

2-6

化身成布鲁克邦德的蛇眺望着窗外。杂树丛对面就是被火焰包围的城市，飞艇的坠毁、黑烟中盘旋的生物，都能透过情报部的窗户看得一清二楚。楼宇间不断腾起因爆炸而引发的火焰，后辈的女孩子用手捂着嘴轻声哭起来。一个隶属其他部门的男性一脸凝重地走进了情报室，眼睛一直留意着窗外的情景。待走到布鲁克邦德近前他对她小声说："异邦少女现在下落不明，部长正亲自指挥寻找她的下落。"

"知道了。应该很快就能找到吧。"

"还有，部长让我带话给您，请您到异邦人的房间去一趟。"

"有什么事吗？"

"似乎有外面的人帮助玛丽娜·金兹逃跑，部长正为这个发愁呢，所以想问问布鲁克邦德小姐有没有从那名少女身上打听到什么信息。"

梯子依旧留在房间的窗边没有搬走。看见此番景象，当然会联想到有人帮助她逃跑。传话的男人转身离开了情报部门的房间。他特意凑到耳边来说，看来玛丽娜·金兹下落不明这件事目前只有少数几个人知道。

商业区的火势随时间推移不断扩大，说不定什么时候就会蔓延到这里来。火焰将一切焚烧殆尽需要多久的时间呢？守在无线电台旁的人几乎是声嘶力竭地喊着，根据对话内容来判断，避难工作依然没有结束。邻近的房间都接收了一些难民，几天后救援物资就会抵达。之后的分配与沟通工作也都要由Arknoah特别灾害对策本部来负责。

龙的咆哮乘着风传了过来，声音仿佛能撕裂空气一般刺耳。“如果我也有那么强大的力量就好了。”蛇这样想着。跟龙一比，它是多么渺小而孱弱的怪物。但是，有些事也只有自己才能做到。作为境遇相同的伙伴，蛇希望自己能够对它有所帮助。

布鲁克邦德的记忆中有着武器保管库的信息，使用从警卫那边抢来的钥匙串就可以进入其中。它打算利用里面保管的炸药炸掉信号塔。

蛇走出情报室，沿着铺绒毯的走廊向武器保管库的方向进发，然而又在中途停住了脚步。它稍微想了想，改变了目的地。难得有这样的机会，不如在准备炸药前去见一见隆涅菲尔德吧。

名叫隆涅菲尔德的青年是与丽泽·利普顿、康亚姆·康尼姆比肩的Arknoah特别灾害对策本部的重要组成人员，说不定他手上会有对自己非常有利的情报。如果能够变身成他，得到他的记忆，那就太好了。

走上楼梯，来到异邦人的房间门口。风中飞舞着无数的灰烬，如同雪花一般从窗口飘落进来。蛇觉得这幅景象无比美丽。它站在屋子前，敲响了木质的房门。

“我是布鲁克邦德。”

“请进。”

一踏进房间，就看到客厅的椅子上坐着一个青年，灰色的头发四处翘起。他正摆弄着放在小圆桌上的小型无线电台。整间屋子就只有他一人。

蛇瞥了一眼卧室。门大开着，可以一直看到最里面。床上没有任何动过的痕迹。看来藏在下面的蛇蜕还没有被发现。如果被发现了，引发的骚乱也应该比现在大得多才对。

隆涅菲尔德黑色的西装下面是一件脏兮兮的衬衣，并没有系领带。声音没有一点气势，整张脸看起来很忧郁。是个好像阴天一般的男人呢。蛇想着。

“居民们的避难工作安排得怎么样了？”隆涅菲尔德问。

“稍微有些混乱，不过只是暂时的，不可能一直持续这个状态。”

“但也还是要持续一阵吧。根据锤子女孩的推测，那头龙似乎可以感应到玛丽娜·金兹的确切位置。所以，只要玛丽娜·金兹还在地下，它不会离开商业区。”

“地下？”

派去寻找她的人发回了报告，已经将她保护起来了。根据隆涅菲尔德的说明，正在外出的汀布拉和寇尔拉提两人受命搜寻少女的下落，最终在运河附近找到了她。寇尔拉提与少女一起跳进了运河，逃进了一条横向的下水道。

在“中央楼层”的地下，铺设有疏通雨水用的地下水道。地下水道的宽度还不够龙在里面通行，所以它应该不会追到那里去。

隆涅菲尔德关上了无线电台，屋子里立刻安静下来。窗帘被风吹得飘摆不定，扭曲变形的铁栅栏外面是一片杂树丛，更远处便是火海中的城市，吹进房间的风都夹杂着浓烟的味道。

“到底是谁帮助那孩子逃跑的呢……”

蛇说着走到了窗边。铁栅栏上覆盖着细微的粉末，那是采集指纹的痕迹。没用的，最终也只会发现黑人少年的指纹而已。

背后响起了咔嚓一声。跷腿坐在椅子上的青年拿出了一把手枪，枪口正对着这边。保险栓已经拉开，食指扣在扳机上。

“部长？”

隆涅菲尔德灰色的眼睛里没有任何感情。

“我赌上了自己的命呢，布鲁克邦德。”

他的话音刚落，砰的一声爆响。就在蛇意识到枪口喷出了一阵烟的时候，腹部突然感到一阵尖锐物体带来的冲击。布鲁克邦德那件贴身的西服套装上慢慢洇开一片红色的血迹，从那里传来了灌入岩浆一般的疼痛。如果是覆盖着鳞片的身体，如此小口径的子弹本可以轻松挡住，可是人类的肉体太脆弱了，即使能使出掰弯铁栅栏的力量，也不能弹飞子弹。

咔嚓，金属碰撞的声音再次响起。隆涅菲尔德懒散地单手举着枪，根本没有从椅子上站起来的意思。

“布鲁克邦德，你走进房间的时候看了眼卧室对吧？明明应该看窗户才对啊，毕竟铁栅栏被破坏得如此严重。”

蛇明白过来，这个男人，一早已经发现了床下的蛇蜕，但他故意装作不知情的样子，为的就是射杀进入房间后将视线投向卧室的人。

“请……住手……我……”

这个男人真的清楚自己在干什么吗？如果开枪打中的人并不是怪物呢？如果是真真正正的人类呢？

Arknoah的居民是不会死的。然而复活的权利在犯下杀人这种重罪后就会被取消，那时便难逃一死。造物主设计的世界中，有着这样的法则。

“隆涅菲尔德……住手……”

枪口对准了它的额头。如果以这个肉体的姿态被打中，很有可能会死。蛇也是惧怕死亡的，所以它努力寻找着躲避射击的机会。

“我……我是爱你的啊，隆涅菲尔德……发自内心的……”

眼里饱含着热泪，声音开始发抖。面对爱的告白，这个男人说不定会有所动摇。然而枪口连晃都没晃一下。

隆涅菲尔德淡淡地扣动了扳机。砰，一瞬间，蛇觉得自己死定了。然而子弹没有打中额头，反而射中了肩膀。并非有意的，而是这个男人的枪法很差，或者说根本就是个枪术白痴。在下一枚子弹被送进枪膛前，蛇动了起来。

它跳向背后那扇铁栅栏被扭曲变形的窗户，从三层高的楼上跳了下去。落地的冲击力折断了腿骨。穿着高跟鞋的脚朝奇怪的方向扭曲着。只要通过变身舍弃掉布鲁克邦德的肉体，腹部、肩部以及脚上的痛苦也能一同消失吧。

脊椎骨和内脏纷纷剥离开来，蛇几秒之内就恢复了原始姿态的骨骼和肌肉纤维。蛇变回了自我认知中的那个自己。贴在头部的皮肤也脱落下来，全身的重量不断增大，青铜色的鳞片在身体表面铺开。窗边传来手枪开火的声音，然而子弹完全偏离了目标。

2-7

听到跑上楼梯的脚步声而清醒过来时，门已经咣当一声被撞开了。我连忙从床上跳起来，想确认发生了什么事。

“好歹敲个门吧，如果我在换衣服可怎么办。”

走进屋来的是丽泽·利普顿。

“需要被敲一敲的只有艾尔你的脑袋，现在可不是睡觉的时候，刚才通过电话跟‘中央楼层’联系过了。”

披着深绿色外套的少女大大咧咧地走进我投宿的房间，交叉双臂靠在窗边说：“蛇出现了。”

出现的地点是“中央楼层”的Arknoah特别灾害对策本部。说不定现在也还潜伏在那附近，但已经没有余力去搜索它了。“中央楼层”目前的状况，已经通过广播通知了所有Arknoah的居民。蛇到底是趁着骚乱混入Arknoah特别灾害对策本部的，还是仅仅是时间上的巧合而已呢？

从旅馆二层的窗户望出去，可以看到满是煤灰的街景。火车在其中交错往来，煤炭燃烧的烟雾覆盖了整座城市。铁轨铺设在一座座公寓楼间狭窄的道路上，人人都乘坐火车移动，简直将其当成私家车一般使用。丽泽·利普顿拥有的那列金尖号，就停在旅馆窗户的正下方。

这座叫作“超级中转站”的城市，位于一个数千平方米的巨型四方电梯轿厢中。用于升降的机关不时就会从遥远的天空上方传来“咣当咣当”的低沉轰鸣。

一夜没有合眼，就这样到了早上。中午之前，丽泽跟商人模样的人见面进行了会谈。签约之后，她正式买下了一节二手的客用车厢。过不了多久那节车厢就会被运到旅馆前面来，然后跟金尖号的煤水车连接在一起，以便我们能尽早出发。

城镇的东、西、南、北方各有一个出入口，我们的目标出入口在北侧。在“超级中转站”的路面上闲逛的野猫、野狗对于来来往往的火车已经司空见惯，只在火车眼看就要轧到自己时才将将躲开。没过多久，就已经可以从高层公寓楼的间隙望见北侧耸立的巨大墙壁了。

接近正午的时候，警笛声响了起来。被烟雾遮盖的天空中传来金属摩擦的声音。一段时间之后上升速度渐渐归零，在完全停止的瞬间，地面下方传来一阵轻微的冲击感。开在墙壁上的“超级中转站”出入口是一条很长的隧道。火车司机发动了金尖号，我们就此告别“超级中转站”的城市街景。

沿铁路北上，朝着叫作“运河车站”的房间进发。之后还要乘船在运河上航行，无论如何，这似乎是到达“中央楼层”的最短途径。

在到达“运河车站”之前，我们还通过了几个房间，每一间的景色都令人感觉有些许异样。人们都是一脸疲惫地走在路边，有带着孩子的家长，有乘坐货物马车的老人，还有西装上面沾满了污泥、两手空空的男子。他们应该都是从“中央楼层”怪物引发的灾害中逃出来的人吧。道路与铁轨交会的地方，鸣响的汽笛打断了他们的步伐，金尖号先开了过去。我和丽泽从客车车厢的窗口向下望着他们，他们疲惫的眼睛也一直盯着我们的脸。

龙飞到“中央楼层”已经整整一天，飞在空中的怪物就这样赖在大都市中不走了。逃出来的人们都分散躲去了附近的房间，大家能做的也只有期待龙会飞去其他什么地方。分布在周边地区的农家给难民们提供了食物与床铺。

田园小镇的车站到了，人们聚集在站前广场上。深绿军团成员架起炉灶为大家提供饭菜，摊位前排起了长龙。到处可见人们围坐在帐篷周围，或者披着毯子聚在燃着篝火的铁桶旁边。有个很小的孩子在哭，不知是不是跟家人走散了。丽泽用手肘撑在窗边，这些景象全部映入她天蓝色的虹膜与瞳孔。金尖号继续前进，车窗外各种各样的光景也渐渐被抛在了后方。

在落日西沉前，我们到达了“运河车站”房间。林立的砖砌建筑之间，有许多小船沿着纵横交错的水路行驶，让我不由得想起以前看过的意大利小城威尼斯的照片。

为了避开水路，铁道铺在小镇头顶的高架桥上。就好像云霄飞车刚出发的那一段，铁轨一直向上倾斜，随着火车行驶，视野变得越来越宽阔。等到达了与住户的房檐齐平的位置，铁轨才变回水平方向，火车开始在半空中运行。鸟群鸣叫着从车窗外飞过，丽泽打开窗户，吹进来的风掀起了她的长发。火车在小镇上画着平缓的弧线，家家户户的烟囱中都飘起了烟柱，大概在做饭吧。金尖号就在这些烟柱中穿行。

水乡一侧是辽阔的河岸，再往外则是宽阔的运河，一座岛屿浮在其中。铁道开始向下倾斜降低高度，岛的中心有一座车站，我们一边减速一边滑进了站台。等到车完全停好，丽泽伸了个懒腰。

“先去填饱肚子吧！”

我们走下火车，前面车头上的康亚姆·康尼姆和两名司机也走了出来。狗头拍打着毛发间的煤灰，抬头望着火车。

“至此就要暂时分别了，金尖号。”

按照预先的安排，火车将被保管在岛上的仓库中，两名火车司机也会一同留下。我和他们紧紧地握了握手。

告别金尖号与两名司机后，我们走进了一家餐厅。以往被游客挤满的店内如今空空如也，因为担心怪物来袭，大部分人都不敢出门。吃完肉酱面，我们沿着运河欣赏了一会儿水乡小镇的景色。已经过了日落时间，天色渐渐暗淡下来，运河映着住户与路灯的点点橙光，仿佛河面上漂浮着星辰一般。

填饱了肚子，我们来到了岛上的港口，几名工作于船舶公司的深绿军团成员已经等在那里，他们为丽泽准备好了一艘小型蒸汽船，是那种靠船尾的外轮划水前进的类型，仅仅我们三人乘坐就已经满满当当的了。丽泽先登上去，我和狗头紧随其后。船体中央的烟囱里发出有节奏的突突声，同时冒出一股股浓烟。

“出发喽，艾尔，小心别掉下去啊。”

不知何时，丽泽已经握住了船舵。少女的眼神熠熠发光，而我则有种不祥的预感。乘坐丽泽驾驶的汽车是我有生以来最恐怖的经历。康亚姆·康尼姆巡视甲板一圈后咂了咂嘴：“糟糕，救生圈的数量不够每人一个啊。”

他的话很快得到了验证。出发的瞬间，船体猛地撞上了栈桥，列队站在那边的深绿军团成员全都掉到了水里。

运河流经多个房间，蒸汽船穿行于分割世界的巨大墙壁下面，一路北上。我们奇迹般地没有发生翻船事故，只不过我跟康亚姆·康尼姆都曾数次大叫：“受不了了！”

终于，上游渐渐出现大量的灰烬与煤渣，致使运河的水开始变得浑浊，这象征着我们总算到达了目的地。穿过墙壁下方继续沿运河向北，可以看到水面上倒映着耀眼红光。那正是“中央楼层”熊熊燃烧的大火。

2-8

昏暗的房间中央，堆积着许多银色的罐子，里面装的都是电影胶片。这些电影胶片不是在这个世界拍摄制作出来的，而是用从各地挖掘出来的胶片剪辑而成。

玛丽娜·金兹的旁边放着一台放映机，其中已经装好了胶片，就差按下“开始”按钮了。

“那么，可爱的小姐，今天的电影即将开始了。”

“请不要再叫我可爱的小姐了。”

他的名字叫寇尔拉提，头发看起来非常柔软，有着较为偏中性的外表。他那自成一派的言行已经让玛丽娜·金兹不知叹了多少回气。而且，玛丽娜还没忘记从龙眼皮底下逃亡时被他扔到运河里的仇。

“我们来看电影吧。我最喜欢的就是女孩子和电影了。不，等一等……”他思考了一会儿说，“前言撤回，比起电影，我果然还是更喜欢女孩子啊。”

“老实说，我并不关心……”

投影机在黑暗的房间中铺开了一道光线，影像被投射在墙面上。没有声音，偶尔会从地面传来一些震动，小石子啪啦啪啦地从头顶上掉下来。又有不知哪里的高楼被剥掉了外墙吧。

从运河岸边进入地下水道的入口后，龙就不会再追过来了。对龙来说，地下水道实在太窄了，最多只能从入口往里张望一下而已。据寇尔拉提和汀布拉说，龙现在还在地面上徘徊。汀布拉就是那个扮成隆涅菲尔德与窦玛格一家见面的、脸和声音都很大的中年绅士。在地下水道中会合后，他重新做了自我介绍，并且为前几天的事道了歉。

三个人埋头在地下水道中走着，穿过了检修用的通道和铁门，甚至四肢并用爬过了一条布满灰尘的通风管道，最终到达了这个地方——“卡斯尔顿剧院”地下的胶片仓库，位置大概在“中央楼层”商业区的正中。他们接到的命令是让玛丽娜·金兹老老实实待在那边待命。

这里连通着水管、电线和电话线，就居住条件而言还是相当舒适的。特别是由于深居地下，不管地上正发生着怎样的惨剧，都跟这里无关。可见造物主创造这里时也充分考虑到了人们的舒适度。汀布拉负责调配从水路运来的食物，玛丽娜·金兹非常感谢他，但仍然隐瞒了一些事没有对他说。她一直能听到那个来自地面的呼唤自己的声音。

“没有屋顶的世界多么奇妙啊！你不会觉得害怕吗？”寇尔拉提一边看着投影在墙上的电影一边说道。

胶片中记录的是玛丽娜·金兹生长的那个世界的情景。这些似乎是第一次世界大战时的纪录影片，画面上能看到螺旋桨式战斗机飞过空中。

“Arknoah是有屋顶的，所以会有一种被造物主保护着的感觉，让人很安心。没有屋顶的世界，就好像被全裸着放置在空旷的荒野，总觉得有点无依无靠啊。”

“可惜胶片都是黑白的，好想看看蓝色的天空。”

“整个世界都没有墙壁的话，那飞机就可以飞到任何地方去了？”

“啊，要是能飞进布鲁克邦德小姐的心中就好了……”

“快停止吧。你这样只会给布鲁克邦德小姐添麻烦啊。”

正在这时，天井的通风管道中传来了铁板受压变形的声音，应该是外出运输食物和报告情况的汀布拉回来了。不一会儿，汀布拉的剪影从四方形的管道口滑了下来。为了放电影，屋子里一片黑暗，他整个人就是个黑色的影子，不过单凭落下时那声“哎哟”也能认出是汀布拉没错。只不过他并非独自一人。

“我带客人来了，是在运河岸边碰到的，为了不被龙发现所以走了水路，其实本打算搞个热烈的欢迎仪式的。”

这时，另外一个影子随着汀布拉落了下来，那人动作异常灵活，一出四方形的管道口便毫不客气地踩在汀布拉的头上将他当成了踏板，并且在他晃晃悠悠还没站稳的时候已经稳稳落到了地面上。那个剪影与玛丽娜的身高相仿，它慢慢走进放映机的光亮，褪去了覆盖全身的黑影。背景中的墙壁上还在放映着战争纪录片，披着深绿色外套的少女被晃得皱起了眉头。

“那边是寇尔拉提吗？好久不见啊，能帮忙开下灯吗？”

锈金色的头发拢到左边编起了一根辫子，放映机在屋中咔啦咔啦作响，辫子上映射着光芒。

“还有就是，你可以走了，我可不想听你那些寡廉鲜耻的发言。”

“还是那么刻薄啊，不过我却觉得你那冰冷的眼神对我是一种褒奖哦。”

“行了我懂了，现在就让你断气。”

“开玩笑的啦，锤子女孩，快把那把金锤收起来。”

寇尔拉提打开了胶片仓库中的灯。玛丽娜在明亮的室内与少女四目相对，她那漂亮的蓝色虹膜仿佛似曾相识。那个颜色，就像外面世界的天空一样。

铁板变形的声音再次响起，又是一双脚从方孔中垂下来，接着一个穿军装的男人落了下来。银灰色的毛覆盖着他的脑袋，这个眼神如同杀手般的男人长着一颗犬科脑袋。某处传来了一声惨叫，随后玛丽娜才意识到惨叫声来自自己的口中。

“不要怕，我不会吃了你的。”犬科脑袋说着人类的语言，感觉更可怕了。

站在一旁的汀布拉抬头望着天井，突然打招呼说："喂，艾尔！你不要紧吧？"

"是，勉强还算……"

四方形的通风口传出了回答，是一个少年的声音。接着他的脚也出现了，下一个瞬间，他整个人就哧溜一下滑落下来。少年"哇啊"一声大叫，摔在地板上。掉落的地点刚好是胶片盒堆砌的小山，一阵乱响，胶片盒如同雪崩似的散落到房间各处。

一个就算当同班同学也留不下任何印象的土气少年出现在眼前。

"没关系的！我马上就收拾好！"

少年揉着脑袋和屁股站起身，把捡起的胶片盒抱了满满一怀。然而一个不小心，盒盖被打开，里面的胶片又撒了一地。

2-9

自从龙飞来"中央楼层"后已经过去了好几天，商业区的大火依然没有得到控制，火舌从一个又一个窗户中伸出来招摇着。

然而，还有另外一些区域几乎没有受到任何破坏，那就是运河东岸大片的居民区。蛇就躲在居民区中的公园里，它登上攀登架，用双孔望远镜观察着对岸的火灾。

可以看到Arknoah特别灾害对策本部的建筑物。虽然周围的杂树林已经被焚烧殆尽，但那座仿佛贵族宅邸般的建筑以及信号塔都平安无事。蛇一直很奇怪他们是如何躲过这场火灾的，不过最近它总算搞清楚了其中的原因。这还是从深绿军团成员的口中听到的。

按照部长隆涅菲尔德的指示，在火势蔓延过来之前，他们抢先一步把本部周围的杂树林点着了。因为是人为放火，可以轻松控制火势，所以只将杂树林烧成了灰烬，而本部没有受到任何影响。这种在控制山火时会用到的方法叫作“以火攻火”。等到商业区的大火烧过来，Arknoah特别灾害对策本部周围已经没有可以燃烧的东西了，剩下的只是用最小限度的劳动力控制住空中飞舞的火星，这样就躲过了火灾。

建筑物与信号塔在焚烧过的荒野中非常醒目，龙却没有专门来攻击这边。大概是因为龙的注意力全被潜伏在地下不出来的玛丽娜·金兹吸引了。龙执着于那名少女，这个结论在几天内已经通过广播中的怪物灾害新闻传播开来。

“伽瓦，总算找到你了。休息时间结束，我们差不多该走了。”

声音是从包围公园的金属网对面传来的，那边站着一个戴绿色臂章的男人。叫伽瓦的人正是刚刚被蛇杀死不久的那个青年。青年的肉体化为白烟，被蛇吸收进了体内。蛇花了很长时间才完成整个变身过程，中途没有被别人发现还真是幸运。

“你先走吧。我改变主意了，要留在这里。”蛇装成伽瓦的样子回答道。“你快从那个攀登架上下来，给我坐到卡车里去。你不来的话，我不是只能一个人驾驶了吗？本部的人都说了，因为不知道会遇见什么情况，所以要两人一组行动。”男人指着停在公园前的卡车说道，车斗里装满了要运往临近避难所的罐头。

“没必要特意送食物过去吧，临时避难只会造成周边短时间内的供需失衡而已。经济活动被破坏的只有‘中央楼层’，周边地区还都是正常的。就算我们没有特意跑过去，过不了几天，周边的物资也会流通过来的。”

“根本没人要听你的意见，让你走就赶紧走。”

蛇从攀登架上下到地面，让那个男人闭上了嘴。

变成独自一人后，蛇离开公园朝商业区走去。它徒步过了横跨运河的大桥，那座桥全长数百米，全部由石头砌成，桥墩部分是一列排在运河上的拱门，一条笔直的道路铺在上面。

蛇搜集着消息，所以便收听电台广播。这么做并不单单是为了打探情报，它也很喜欢新闻间隙播放的音乐。孤身一人徘徊在这个世界上，只有音乐能够慰藉它的孤独，陪伴它度过那些没有倾诉对象的夜晚。无论是欢快的曲子，或者寂寥的曲子，它都能静下心倾听，并且总是在听着音乐时想起自己究竟能活到什么时候这种问题。

商业地带充斥着黑烟和飞舞的火星，偶尔能在楼宇的缝隙间瞥见从空中飞过的龙。每当那巨大的身体经过，便会将浓烟卷成旋涡，压住熊熊的火焰。龙似乎还要在这座城市停留一段时间，只要它的造物主玛丽娜·金兹没有移动到其他地方。如此一来，屠龙作战就一定会在这座城市进行。蛇想着，可要占好特等观众席的位置。

2-10

“卡斯尔顿剧院”位于一圈摩天大楼的中心位置，顺着台阶上到屋顶，围拢在四周的高层建筑仿佛都在低头俯视着它。康亚姆·康尼姆与汀布拉正趴在那里观察周围的情况，而我作为深绿军团的一员，也跟在他们两人身后，匍匐前进来到电影院屋顶的梯子这里，探头眺望空无一人的街道。

“卡斯尔顿剧院”内部的火灾已经被扑灭，但周围的建筑还在持续燃烧。有些楼层的玻璃全部破碎，浓烟从里面滚滚而出，使整座大楼看起来就像一炷巨大的焚香。

双孔望远镜只有一副，我们轮流用它寻找着龙的踪迹。

传来一阵瓦砾落下的声音，汀布拉将双孔望远镜对准声音源头，终于在几个街区之外的一座高楼楼顶发现了一个活物的影子。巨大的爬虫类尾巴从屋顶上垂下来，让我想起曾在沙漠地带与自己面面相对的那张威风凛凛的脸。

“枪对它没用，而且它飞在空中时也很难瞄准，这家伙瞬间就能移动几个街区，简直是雷鸣般的速度。”汀布拉小声嘀咕着。

康亚姆·康尼姆用手指挠了挠下巴底下那一片毛，说：“我们去找车子吧，速度越快越好。这次作战时必须有一辆。”

在与玛丽娜·金兹会合的第二天早上，丽泽·利普顿向大家陈述了整个作战计划，她在胶片仓库的地上铺开一张“中央楼层”商业区的地图，以此向大家说明。

“作战相当简单。在几栋大厦之间用挂着炸弹的钢丝编成一张网，然后把龙引过去。你们可以想象一下飞进蜘蛛巢穴的鸟的样子。”

挂着炸弹的钢丝会在一定负荷下离开大厦外墙缠绕在龙的身上，几秒钟之后炸弹爆炸。如果冲击波杀死了龙，那么作战结束。如果它还剩一口气，那我们就继续对它进行火力攻击，直到干掉它。

“炸弹的数量毕竟还是有限的，所以要集中设置在一个点上，并且保证龙飞到准确的位置。”

“要怎么把龙引过来呢？”康亚姆·康尼姆问。

“几个人乘坐一辆车，一边佯装攻龙一边往商业区的中央大道开，炸弹网就设置在中央大道两旁的高楼间，汽车可以从炸弹网底下穿过去，不过龙那样庞大的身体就不一样了。炸弹会缠到它身上，然后，砰！”

“火车之后是汽车吗……”

商业区的中央大道是以喷泉广场为起点，向东延伸的一条宽阔马路。它越过横跨运河的大桥，直通对岸的居民区。

“中央大道的路面状况如何？”丽泽向汀布拉问道。

“有一些比较大块的瓦砾需要避开，但也并非不可能。只要驾驶上不出错，应该可以保持足够的行驶速度。”

“问题是火焰。”丽泽在胸前交叉双臂说道。

“如果在追赶的过程中被那家伙喷上一口的话，汽车可承受不住，而且炸弹也会被吹飞。不过那头龙不可能一直喷火，两次喷火之间会相隔5—7分钟，这期间会一直用牙齿和爪子攻击。我们必须在那时一决胜负。”

最后，我们决定用汽车进行诱捕之前，先在安全的地方对龙发动攻击，让它喷一次火。喷火结束的瞬间发动汽车，处于只能进行物理攻击状态中的龙为了摧毁汽车，只能追上来。

我们将丽泽·利普顿的计划称为蛛巢作战，并且通过电话报告给了本部，以便加紧制造挂着炸药的钢丝。

狗头与汀布拉带着数名深绿军团的人离开了电影院，他们要去寻找作战用的汽车。我被下令留在屋中待命，于是就顺着楼梯来到了地下。在走廊中溜达的时候，我看到了走进一条死胡同的玛丽娜·金兹。

在这几天的相处中，我跟她聊了很多。巧合的是，我们都来自同一个国家，所以像超市里卖的点心呀，电视上放的动画片呀这种共同话题，能找到不少。而且，我们也经常跟那个叫寇尔拉提的青年一起打扑克牌，或者在本子上画迷宫给对方解。

我往死胡同里看了一眼，发现玛丽娜正背靠墙壁蜷坐在地上。感觉到我的存在后，她睁开了眼睛。

“艾尔，龙怎么样了？”

“很老实，没有胡乱喷火，也没有破坏建筑物。”

“看来暴走只是在最初的几天。听说你弟弟的怪物闹得更厉害些？”

“只要是它看到的东西，它全都会摧毁。也不知道格雷那家伙现在在做什么。”

我想起了先一步回到外面世界的弟弟。格雷应该会跟大人们解释Arknoah的事吧，妈妈、老师和警察都会问他失踪的这段时间去了哪里吧。希望他能平安地回归到社会中去。

“如果这里时间流逝的方式跟外面的世界不一样就好了。”

“什么意思？”玛丽娜·金兹歪了歪头。

“如果Arknoah中的数百天，在外面的世界不过是一眨眼的工夫，那该有多理想啊！等回到外面的世界时，时间只过去了一点点。我们就可以装作什么都没发生似的回到家中，与家里人一起吃晚饭了。这样就不会有人质问我们了，对吧？不过实际情况会怎样，谁会知道呢。”

她愣了一下，然后说道：“咦？想知道那个，不是很简单吗？有办法可以确认的。”

我大吃一惊。她的表情仿佛在说“为什么这么简单的事你都想不到呢”。

“告诉我你进入Arknoah开始旅行的时间。在外面的世界那一天是几月几号来着？”

我回想着自己和弟弟一起被不良少年追赶、逃进无人居住的大屋的时间。

“我记得好像是9月17日吧。差不多就那个时间。”

“那么下一个问题，你在Arknoah已经待了多长时间？”

“稍等一下，我算一算。”

这个世界没有日历这种东西还真是麻烦啊。我一边回想着大猿讨伐作战中花费的时间，一边掰着手指数自己在Arknoah度过的日子。

“我想大概一共是60天吧。”

“知道了。我进入Arknoah是11月5日，至今已经10天了。”玛丽娜·金兹这样说着，眼睛看着空气仿佛在心中计算，“你的旅行是从9月17日开始，而我是11月5日，也就是说，我比你晚了50天进入这个世界。”

“好像是这样。你很擅长计算吗？我是完全不行啦，一想复杂的事就会头疼。”

“先别打岔。你在Arknoah度过了60天，我在这边度过了10天，中间的间隔就是50天。而你比我早进入Arknoah50天。你看，这不就清楚了吗？我们两个从外面的世界进入这里的时间差，和我们在Arknoah停留的时间差是一样的。”

“所以，这说明了什么呢？”

“普通世界的时间跟这边的时间是没有区别的。这边过去一天，外面的世界也会过去一天。”

详细的道理我还是不太懂，但她说得那么肯定，我想应该没错吧。

胶片仓库那边传来了丽泽·利普顿的声音：“玛丽娜，你在哪儿？快回来！休息时间结束了！”

2-11

玛丽娜·金兹从早到晚都要受丽泽·利普顿的支使调配。丽泽对她的提问可谓五花八门，从喜欢的食物和气味，到讨厌的动物与声音，有什么特技或情结，在外面的世界生活时一天都是怎么安排的，家庭成员还有幼年时经常做的梦，等等，而且必须是知无不言，言无不尽。这当然也是为了消灭怪物而收集不可或缺的情报。

“怪物是造物主内心的影子，所以你们喜欢的东西和讨厌的东西都是共通的。通过对造物主的研究，能够让我们更了解怪物。”

玛丽娜还说起了她的那个在十三岁时失踪的叔叔。

“叔叔的物品中有本绘本，名字和这个世界一样，叫Arknoah。我看了那个之后就误闯进这里来了。”

“来到这个世界的异邦人都说过类似的话。看来那本绘本或许是连接两个世界的钥匙。实际上，本部的仓库中就保存着几本从外面带来的那本绘本，我们也做过详细的调查，并没有发现这些绘本使用了什么特殊的纸张或墨水。而且不管怎么看，我们都不能通过那些绘本去外面的世界。似乎是条单行线呢，真不方便。”

“虽然我这么说有点不好听，但这简直就是捕捉猎物的陷阱嘛。该不会是有人为了把小孩子送进Arknoah而特意做的吧。”

“可以问一下你叔叔叫什么名字吗？我觉得他以前有可能来过Arknoah。”

“叔叔到最后也没有回到外面的世界，会不会他现在还生活在这个世界中呢？”

“不，应该是死了。”

“你怎么知道的？”

少女天蓝色的眼眸望着玛丽娜·金兹，她的五官仿佛洋娃娃一样。结果，玛丽娜并没有得到明确的回答，而对方也没有追问下去。她们似乎彼此都有所隐瞒。

独自一人的时候，玛丽娜总是喜欢来到走廊尽头，靠着墙壁坐下，闭上双眼。如此一来，她就能听到呼唤自己的声音。既不是声响，也不是语言，而是一种结合了思想与情感的波动，从闭眼时沉入的黑暗中一直传到内心深处。

她很清楚那个呼唤自己的东西到底是什么。曾经它就在自己心中，炙热地翻滚，无处可去。到了这个叫作Arknoah的世界，那家伙从灵魂中分离出去，获得了作为容器的肉体。然而它并没有跟玛丽娜的灵魂完全断开，即便现在也还是有看不见的脐带联系着。

之所以没有把这件事告诉任何人，是因为产生了感情。丽泽·利普顿是要杀死怪物的。寇尔拉提也是，汀布拉也是，康亚姆·康尼姆也是，Arknoah所有居民都向往着把那只怪物从这个世界中抹杀掉。然而玛丽娜却感到了迷茫。

某一天，结束休息回来时，她遇到了寇尔拉提。

“不行了。丽泽已经到极限了，完全不能工作。所以我早就跟汀布拉说过，其他一切物资的补给都可以延后，唯独花生酱的供给一定不能断啊。”

“你说谁不能工作？”

丽泽从胶片仓库中摇摇晃晃地走了出来，烦躁地朝着寇尔拉提的小腿踹了一脚。仿佛是对什么东西的依存症爆发了一般，她的手不停颤抖。地上的罐装花生酱只剩一个空瓶了。

“我不是说了没事嘛。只是脑袋有点晕而已，我很正常，也很平静，东西也都看得清。”

“真的吗？”

“不信的话，寇尔拉提，你可以考考我啊。你把手指伸到我面前，我马上就能告诉你有几根。”少女转着眼珠说道。

“丽泽，我在这边啦。你对着墙壁说什么啊！”

当天下午，翘首以盼的补给队总算到了。十人左右的深绿军团成员携带着装满食物的行囊，从胶片仓库屋顶上的通风管道中滑下来。这时候的丽泽·利普顿已经因为头晕眼花而倒下了，康亚姆·康尼姆把成块的花生酱喂到她口中，她的手立刻就不抖了，眼睛也有了光彩。

从Arknoah特别灾害对策本部运来的物资中包括罐头、替换衣物、通信器材与其他工具。运送补给的深绿军团成员随后便留在地下，他们研究过地图后，开始了在墙壁上打洞的工程。地下水道与电影院原本是互不相连的两个区域，只不过通风管道跟水道的检修通道是连在一起的，发现这一点后，大家强行打开了通风口的铁板，才进入了建筑内部。由于龙还在地面上，为了保证运送物资的安全，大家决定继续使用地下水道。不过每次都爬通风管口实在太麻烦了，所以计划在墙壁上开出一个连接水道的洞口。

在“卡斯尔顿剧院”地下的日子变得舒适起来，没事时还可用他们搬来的收音机和录音机听听音乐。向水道管内拓宽后，连浴室都有了。总共有十六个人左右在这边来来往往，地下的胶片仓库已经无法提供适当大小的生活空间，所以有时候也会住到地上的楼层去。

“这个人数差不多就可以了。蛛巢作战并不需要太多人手。如果再增加人员的话，就把寇尔拉提赶出去。”丽泽说道。

蛛巢作战的准备工作一直在继续，在此期间玛丽娜很想跟艾尔谈谈，问问他有没有可以不杀死龙的办法。但这毕竟是不能被其他人听到的事，所以有其他人在场时总是没法开口。就在寻找机会的过程中，日子一天天过去了。玛丽娜能做的就只是在心中默默祈祷龙“不要再暴走了，老老实实待着吧”而已。

2-12

中央大道西侧的起点是一座喷泉广场。爬上电影院的屋顶，便可俯视广场全貌。圆形喷泉的周围摆放着长椅，而喷泉中心则是一座巨大的方舟雕塑。据寇尔拉提说，女性游客经常在这附近的咖啡馆买外带咖啡，然后坐在长椅上看导游手册，所以是个搭讪的好地方。作战开始的当天，玛丽娜·金兹必须通过地下水道移动至喷泉广场的正下方。而我们深绿军团成员早已经把整个作战计划深深刻在了大脑中。

现在的状况是，龙非常老实。它将凶恶的本性隐藏起来，如同雕像一般耸立在“中央楼层”的大厦顶端，一动不动。虽然偶尔也会在空中飞一会儿，但并没有为了寻找玛丽娜而做出挖掘地面之类的行动，仿佛在店前等待主人的狗一样乖顺。不过一旦玛丽娜开始移动，龙必然会感知到而前往喷泉广场的。等龙到达了喷泉旁边，深绿军团成员就会开始攻击。队伍被分成几支，每支都跟龙保持一定距离，在龙开始喷火之前分散开从不同角度进行射击。

一旦龙喷了火，就意味着赛跑开始了。油门全开的汽车会从“卡斯尔顿剧院”一层大厅冲出去，而电影院正前方就是中央大道，喷泉广场近在眼前。到时会使用架在后座上的来复枪对着喷完火的龙射击。

汽车边攻击边以最猛的速度沿中央大道往东行驶。不能喷火的龙想摧毁汽车就只能进行物理攻击，它会张开双翼，在高楼大厦的缝隙间如缝衣针般穿梭着追赶汽车，最终飞进设置好陷阱的地点。

中央大道经过横跨运河的大桥后，便会直通对岸的居民区。计划中陷阱就设在桥的前方一点。如果汽车没有在中途被龙击中，也没有因为轧过瓦砾而侧翻出去，那么就能吸引着龙冲进钢丝制成的蛛巢，从而被那些钢丝包裹着飞上横跨运河的大桥。

龙那急速飞行的巨大身体，是无法避开极细的钢丝的。钢丝上挂着足以把巨型高楼炸成碎末的炸药，而这些都会在缠上龙的脖子和翅膀之后爆炸。

不过，我是没机会亲眼看见那番景象了。当天，我被安排与玛丽娜·金兹一起行动。我要带领她沿地下水道前往喷泉地下，并且在那里等待作战结束。这是因为我特别向丽泽请求过，给我安排些简单而安全的任务。

准备工作逐一就绪。密切关注着龙的动向，康亚姆·康尼姆与汀布拉以及数名深绿军团成员运来了一辆可以行驶的汽车。他们将汽车搬进“卡斯尔顿剧院”大厅进行调整，为了更方便向后方射击而拆掉了后挡风玻璃，并且用铁板加固了车的外围。

那么该由谁来驾驶呢？引诱着龙在中央大道上疾驰，对于这个作战计划来说可是最为重要且危险的工作。在被龙追击的过程中只要挨一下攻击，车辆就会报废，并且导致整个作战计划以失败告终。不但没有踩刹车的机会，还要在躲避瓦砾的同时维持高速行驶，这是需要很高超的驾驶技术的。

“我来。对于驾驶汽车我还是很有自信的。”

丽泽刚一开口，康亚姆·康尼姆就猛摇他那颗犬科脑袋：“不行，丽泽一定要活到最后来指挥整场作战。这么危险的任务还是交给我吧。”

了解丽泽疯狂驾驶技术的人纷纷表示赞成狗头的提议。

参加作战的一共有十六个人，与之前消灭大猿的作战相比，人数可谓少之又少。参战人员被分成了四组。

一组带着玛丽娜沿地下水道移动，在喷泉正下方待命。

一组在喷泉广场攻击龙，让它喷火。

一组开着车在中央大道行驶，由康亚姆·康尼姆做司机。同时这一组还安排了两名在后座进行射击的射击手。这些日子他们每天都会在中央大道上来回数次，一边警惕龙的动向，一边想象着作战当天的情形进行训练。

最后一组负责设置钢丝和炸弹。他们要在作战实施的当天早上移动到计划中的位置，给钢丝装上炸弹。之后他们就带着武器在运河岸边待命。如果龙在爆炸之后幸存下来，他们就要进行后续攻击将龙消灭。

补给部队已经经由地下水道把乌龙博士研究所制造的钢索炸弹搬运了过来。外观是缠着一捆钢丝的弩型弓矢，一共二十把，装在填满锯末的箱子里。根据使用说明，只要对准距离数十米以外的墙壁扣动扳机，钢丝的一头就会飞出去刺入墙壁，然后固定住。丽泽他们先将炸药取下来，对着墙壁反复进行了钢丝发射的练习。

一到吃饭时间，大家就听着收音机里的音乐，坐在胶片仓库的地上，狼吞虎咽地吃起罐头。说是罐头，但里面的东西可谓相当丰富。奶油烤菜、牛排、新鲜的黄油炸鲑鱼，甚至还有巧克力芭菲，无论哪种都是一流餐厅的味道。这些罐头并不是在某家工厂中由人工制作出来的，而是这个世界的造物主为了不让人们挨饿创造的。神创造出的味道又怎么会不好吃呢？

不过，转念一想，像是让人类免于一死那样，让他们也感觉不到饥饿不就好了？面对我这样的提问，丽泽给出了答案。

“可是如果肚子不会饿的话，也就不会感觉到花生酱如此美味了呀？你不知道那句格言吗？‘饥饿是花生酱最好的调味料。’”

有十六个人在这里来来往往，男人们的汗臭很快充满了地下空间。虽然换气扇还在工作，但它的作用毕竟有极限。终于在某一天的晚饭时间，丽泽捏着鼻子站了起来。

“人太多了！赶紧消灭了龙回到地面上生活吧！明天中午，开始蛛巢作战！”

作战开始的时间应该是配合着天气与多方考虑来决定的，不过既然丽泽·利普顿说明天，那就是明天了。如此突然的决定让所有人都手忙脚乱起来，开始进行最后的战前准备工作。我把大家没吃几口便扔下的罐头收拾起来，将周围打扫干净。

“我有点事想跟你说，现在方便吗？”

我正站在洗手池边，用蘸了洗洁精的海绵清洗餐具，玛丽娜走过来，站到我身边卷起了袖子，开始帮我洗碗。

“如果那个女孩的作战计划顺利的话，明天这个时候，我的怪物就已经不存在了吧？”

“你就可以回到外面的世界了。真羡慕你啊。”

“艾尔，你想回到外面的世界去吗？”

“当然了。”

“可是，班上的同学会跟你开很过分的玩笑吧？那个人是珍妮佛吧？即使被喜欢的人冷酷对待，你还是想回去吗？”

“妈妈和格雷都在等我啊。珍妮佛的事虽然很遗憾，但也没办法了。现在想来，珍妮佛也没有那么好啦，慢慢地我就会忘了她的。虽然目前想起来胸口还是会像针扎一样地疼，不过人生还很长，说不定会有更好的女孩出现在我面前，一个不会把我当成恶心的虫子的温柔的女孩子。我是这么想的。”

“你真是乐观啊。”

“以前我是绝对不会这么想的。上学的时候满心都是要把所有人都杀死的情绪。但是，在这个世界中接触过各种各样的人以后，我就觉得以前那些事都无所谓了。现在想想，我以前生活的世界多么渺小啊！”

“我也略有同感。为什么要为了那些无聊的事烦恼呢？上学的时候，我觉得那里就是整个世界。可那根本不对。能来这里真是太好了。老实说，我越来越搞不懂，自己到底想不想回到外面的世界去……”

玛丽娜·金兹的眼睛盯着被排水沟吸走的洗洁精泡沫。过道中大家都在忙忙碌碌，根本没有人注意我们这边。

“有没有办法可以不杀死龙？那孩子曾经救过我，就在我快要被车撞到的时候，它保护了我呢。在外面的世界时也是，每当我感到失落的时候，它都在我心里。怎么能把这样的龙杀死……能不能再给我一点时间，这感觉就像要杀死自己的孩子一样让我无法承受……那个，就不能放龙逃走吗？有那双翅膀的话，它应该能逃到很远很远、丽泽够不到的地方去吧？”

“不行的。不管它逃得多远，也还是有立刻杀死怪物的方法，而且这个方法只有丽泽能够执行。”

玛丽娜似乎还不知道，为什么消灭怪物的重任会交给那名少女。可能也是有意隐瞒她的。大概觉得有些事还是不知道的好吧。

“那头龙之所以存在，是因为你在这里。如果你死了，龙也就会消失。而此事关系重大，将由丽泽来担任处刑人。”

跟她说这些话时，其实我内心也是很犹豫的。可毕竟她是这个世界中我唯一的同乡了。

“只要她有这个意思，随时都可以杀了我们。这个世界的神是允许她这么做的。她是唯一一个无论犯下何种罪行都不会被剥夺重生权利的人。即使杀人，也没有人能处罚她。只要她把异邦人杀死，怪物也就会被强制消除。不管那只怪物有多么强大，又或者生有翅膀能逃到天涯海角。”

这个世界既没有国家，也没有宗教，更没有法律这种东西。这是因为人人都确信有救世主存在于这个世上。一旦杀人，就会被剥夺永远的幸福。然而丽泽·利普顿是唯一能够无视这条自然法则存在的人。说不定，她就是救世主为了消灭怪物而制造出来的特效药。

玛丽娜陷入了沉默。所有餐具都洗完后，她又走到通道的尽头坐了下来。关于她不想杀死龙的念头，我没有向任何人报告。因为我担心如果周围的人知道了她有这样的想法，说不定会引起不必要的风波。

2-13

人来人往的声音让玛丽娜从梦里醒过来。胶片仓库里亮着灯，深绿军团的人正在灯泡下面做着出发前的准备工作。靴子的鞋带全都重新系过，衣服的口袋里也塞满了来复枪的子弹。

她洗过脸开始吃饭，打开了三明治的罐头。最开始总是用不惯的罐头起子，现在用起来已经很顺手了。在外面的世界还从来没吃过这种必须用起子才能打开的罐头呢。

“那么，就拜托各位了。”上午9点，丽泽对着集合在胶片仓库的成员说道。

蛛巢作战开始了。各组先后离开了胶片仓库，一面留意着龙的动向，一面朝自己的位置进发。康亚姆·康尼姆他们到了“卡斯尔顿剧院”一层大厅，对改装车辆进行最后检查。他们相互之间用无线电联络，报告着各组的情况。

“玛丽娜小姐还是放松心情休息吧，等发出准备完成的信号后，再到这边来待命。”

在胶片仓库的角落里操作通信器的哈罗盖特说道。他戴着一副镜片超厚的眼镜，是个体形健壮的男人。他头发稀疏，留着“一”字胡。他不擅长用枪，但很会看地图，对于错综复杂的地下水道图，他比任何人都熟悉。听说他平日是在某个地方的小镇上当教师。

“哈罗盖特先生，我给您倒了茶。”

“谢谢，艾尔。好香啊。”

艾尔·阿修比用银色的茶盘端着红茶杯子走进了房间。植物的香气借着水蒸气四散开来，为煞风景的地下空间平添了几分色彩。三个人慢慢喝着红茶。玛丽娜手中端着茶杯的托盘，眼睛直直地盯着室内发愣。

“大家都走了以后，这里显得好空旷啊。”

“等消灭了龙，就要跟这个地方告别了。”

艾尔这样说着，偷偷用眼瞄向这边。他小心留意着玛丽娜的样子，毕竟还是有些在意昨晚的对话。玛丽娜冲他笑了笑。

“好想早点出去啊。希望作战能顺利进行。”

“啊啊，太好了。昨天听你那么说之后，我还有点担心呢。”

少年像是由衷地松了口气的样子。真的这样就相信自己了吗？若是那样的话，这孩子也未免太单纯了。说不定，他是真有点傻呢。玛丽娜觉得心里有点隐隐作痛的感觉。

哈罗盖特仔细留意着通信器中混合着杂音的声音。丽泽·利普顿率领的队伍已经到达了喷泉广场周围。汀布拉与寇尔拉提的队伍选择了一条不会被龙发现的路线，在出发一个小时后，也小心谨慎地到达了目的地，开始设置钢丝炸弹。

“你们两个都做好出发准备了吧？如果忘了东西的话，就只能等作战结束后再回来取了哟。”哈罗盖特用教导小学生一般的口气说着。

收到了钢丝炸弹设置完成的报告，对讲机中立刻传来丽泽·利普顿的指令：

“准备工作已经完成。现在请将玛丽娜带往喷泉广场下方。异邦人转移的同时，龙应该就会活动起来。其他小组在行动时要特别留意龙的动向。”

“明白。我们出发了。”

哈罗盖特背着装满水和食物的行囊站了起来。

“卡斯尔顿剧院”地下的墙壁上被深绿军团成员开出了一个洞，可以直接进入地下水道。潮湿的空气擦过皮肤，留下一阵清凉的感觉，玛丽娜的心脏在胸腔内剧烈跳动。连续多日被关在电影院地下，她早已经厌烦了。直到昨天晚上她还在为了龙的事心情低落，但是今天已经豁然开朗。因为入睡前躺在被窝里的时候，她终于下定了决心。

地下水道是由管状隧道构成的，哈罗盖特举着煤油灯驱赶黑暗为大家照亮前进的方向。到喷泉广场的距离并不远，哈罗盖特毫不迟疑地向前走着。

水道中流淌着20厘米深的积水，因为都是雨水，所以还算干净，也没什么味道。他们就穿着鞋，哗啦哗啦地蹚着水。艾尔·阿修比一路上滑倒了好几次，全身都湿透了。

些微的震动感使三人停下了脚步，下水道的顶棚上啪啦啪啦地落下了些许灰尘。

“应该是龙在移动吧。”哈罗盖特推了推眼镜说。

艾尔也不安地抬头看着上方，而玛丽娜则盯着他们两人的背影。

自己与怪物之间那条看不见的联系穿过了下水道的墙壁，传达着龙所在的准确方位与距离。龙正张开双翼在空中盘旋，它感觉到了移动中的玛丽娜，变得非常兴奋。刚才的震动应该是大厦的外墙掉落地面而引起的冲击。停在大厦顶端的龙突然飞向天空时，脚会用力往下蹬，楼体也因为无法承受这样的负荷而崩塌。玛丽娜能够感觉到头脑中龙的声音更为清晰了，那么自己的声音也能明确地传给它吧。如果两颗心更加接近的话，也许信号会变得更强，那么所见所闻、心中所想，说不定就能更直接地传达给对方了。而越是对龙敞开心扉，就越能感觉到彼此之间的联系变得越发坚固。

在哈罗盖特的带领下，他们继续沿地下水道走了一阵，随后来到一处半圆形的开阔空间。贴着墙壁有一片可以站立的区域，终于能从水中上岸了。

“这里就是喷泉的正下方。接下来我们只要在这里等到一切结束就行了。”

他们把通信器和毛毯搬上了沿墙的落脚处。哈罗盖特立刻打开通信器的电源，报告了三人已经到达目的地的消息。一张地下水道的地图摊开放在哈罗盖特脚下。

“一定会顺利的，你不要担心啦。”艾尔说道。他指的当然是蛛巢作战。

“谢谢。马上就要开始了吧？我也要尽快下定决心……”

通信器中传来了声音，根据其他小组的报告，龙已经开始在喷泉广场上空盘旋。水面反射着煤油灯的灯光，头顶上的阴影摇摆不定。

“艾尔，小心！”

“啊？”

龙在三秒后着陆。玛丽娜很清楚，她已经感应到了，那个双翼扇动着气流逐渐降低高度的姿态。三、二、一……一阵强烈的震动。半圆形的穹顶在摇晃中出现了一条裂痕。哈罗盖特跌坐在地上，脑袋碰到了墙壁。艾尔·阿修比摇摇晃晃地掉到了水中，溅起一大片水花。

“啊，疼疼疼疼疼……”

玛丽娜走近揉着屁股和脑袋的哈罗盖特，捡起了地上的地下水道地图和煤油灯。

不祥的声音随着震动在地下空间中扩散开来，地面上龙的咆哮，不知顺着哪里的间隙传至此处引起了回响。哈罗盖特急忙操作通信器，想了解一下地面上的情况，然而听到的只有杂音。落汤鸡一般的艾尔·阿修比站了起来。

“玛丽娜，你没受伤吧？我不要紧的，早知道会发生这种事，我还特意带了替换的短裤呢。”滴着水的少年说道。

“准备得真周到。说起来艾尔，有件事想问你。”

枪声随着丽泽·利普顿的号令响起。细小的颗粒不断打在皮肤上引起些微的刺痛，龙的这种感觉也传递给了玛丽娜。虽不至于受伤，但是让人相当不快。

“你要不要一起来？”

她看着艾尔·阿修比的眼睛问道。如果他肯一起来的话，就不用发愁没有聊天对象了。

“哎，去哪里？”

“从这里逃走啊。”

“逃走？啊啊，我知道了。不用担心，这里不会发生塌方的，这是很聪明的人设计出的结构。不管龙怎么折腾，我们都不会被倒塌的顶棚埋在底下的。”

“不是啦，我不是说这个。我果然还是不希望龙死去。继续拖拖拉拉下去是很危险的，所以我要走了，再见。”

玛丽娜抱着地下水道地图和煤油灯跑了起来。哈罗盖特察觉后想抓住她，但被她轻松闪开了。艾尔还是一副没搞清状况的样子，呆呆地站在水中。

龙喷出火焰攻击丽泽·利普顿率领的小队。它长长的脖子扭动着，把火舌甩向四周，打算烧死分散在各处的深绿军团成员。地面上龙的行动全在玛丽娜掌握之中。火焰的威力造成了顶棚和墙壁小范围地震动着，下水道中的水漾起波纹。等到喷火结束，速度竞赛就要开始了。玛丽娜不顾身后制止的喊声，在下水道中拼命地奔跑。

2-14

那是真正的不堪一击。蛇的心中充满了恐惧，那家伙认真起来，就算是顽强的深绿军团成员也没有任何生还希望。即使有人侥幸活下来，也会永远记住这种恐怖吧。龙口中火焰的光辉将附近建筑的外墙照得一片通红。

蛇躲在中央大道旁的高层建筑中，用双筒望远镜往下看。窗户上的玻璃全都碎成了粉末，烟尘被风席卷着吹向四周。从这个位置可以望见由喷泉广场延伸出来的中央大道。蛇用手指调节着双筒望远镜上的焦距旋钮。就操作工具而言，果然还是人类的手指更方便。如果是蛇的身体，连把唱针放到唱片上这种事都很困难。

火焰全部喷完后，大家甚至来不及确认多少人活了下来，下一阶段的作战就已经开始了。一辆汽车从“卡斯尔顿剧院”一层的大厅中冲出来。蛇已经大致了解了蛛巢作战的整个流程，因为与它擦肩而过的深绿军团成员对此进行了详细解说。枪声在中央大道上响起，来复枪的枪口从后挡风玻璃的位置探出来，伴随子弹发射不断地闪着光。龙注意到了汽车，随即蹬离地面腾空而起。

竞赛开始了。轮胎打磨着地面全速旋转，龙也紧紧贴着地面滑行。双翼驭风，它做了个搔扒似的动作，飞行速度立刻大幅提升，一下缩短了与汽车之间的距离。与汽车那地震一般的引擎轰鸣声相比，龙的飞行相当寂静。

蛇将身体探出窗户的同时，小心着不让自己跌落下去。它不禁暗暗赞叹起康亚姆·康尼姆的驾驶技术。在星罗棋布的瓦砾之间穿行，操纵方向盘时稍有不慎就会造成车辆侧翻，但他还能做到速度不减。只可惜龙的飞行速度完全凌驾于汽车之上。

离设置钢丝炸弹的地点还有一段距离，龙的鼻尖就已经追上了车尾。它张开双颚，似乎打算把不断射击的汽车后部一口咬掉，好在康亚姆·康尼姆用他的驾驶技术将将躲了过去。然而并不是每次都这么幸运。龙在追击中咬住了汽车后面的保险杠，后车轮一瞬间被抬离了地面。

汽车几乎是旋转着重新找到了平衡，并且在康亚姆·康尼姆的驾驶下冲进了瓦砾筑成的隧道。低空飞行的龙也一头扎进隧道，带着无数纷飞的碎片继续追赶汽车。

蛇能观看的比赛也就到此为止了。双方渐行渐远，双筒望远镜中剩下的只有沙尘。不消一会儿，他们应该就能到达设置好陷阱的地方了，挂着钢丝炸弹的龙则会在运河附近爆炸。

然而，事态并没有如此发展下去。沙尘的另一边出现了垂直上升的巨大影子。龙在中途放弃了比赛。也许是它察觉了大厦之间极细的钢丝炸弹，也许是它打算放过一直在攻击自己的汽车。

龙在高楼之上盘旋，随后开始沿着中央大道往回飞。它的头朝向地上的一个小点。

沉重的下水道井盖一点点挪开，一个少女的身影从那里爬上了地面。正是那名叫作玛丽娜·金兹的异邦少女。她站在地面上，长发被风吹起，露出了开心的笑容。

龙轻轻扇动翅膀减慢了速度，仿佛捧着件柔软的宝物一般，用后爪抓起了少女，从蛇的眼前掠过，升到空中。他们就这样飞向了远方，消失在黑烟的另一边。

第三章

3-1

整个丘陵地带都被青草的味道覆盖着。鲁夫纳背着来复枪，走在山丘之上。一阵小孩子嬉闹的声音传来，农家的院门被猛地推开，孩子们跑了出来，他们指着远方的天空，对屋内的母亲叫喊着什么。

鲁夫纳停住了脚步，朝小孩子们手指的方向回头望去。云间有一个移动的影子，由于距离太远，看起来仿佛一根小树枝的尖端划过了天空。但那其实应该是相当庞大的生物。

鲁夫纳继续朝“中央楼层”前进。她已经从梅洛斯那边听说了蛇出现在Arknoah特别灾害对策本部的消息。

“虽然没有报道出来，但据说它已经侵入了本部。鲁夫纳平时这么照顾我，所以我才特意来告诉你的。”梅洛斯在乌龙博士的研究所工作，鲁夫纳总是定期跟她联络一下。

“真是帮了大忙，关于蛇行踪的线索对我来说太珍贵了。”

“其实我呢，更希望鲁夫纳你能忘记蛇的事，回到父母身边去。那条蛇到底从你身边夺走了什么？”

空中的影子消失在北方，小孩子们失落地返回家中。鲁夫纳继续沿着山丘向“中央楼层”走去。忽然，她想起了自己的家人——慈祥的父亲、擅长烹饪的母亲，以及那个被蛇用尾巴拍碎的婴儿。

3-2

我们从“卡斯尔顿剧院”的地下撤离了。沿火灾后满目疮痍的商业区北上，视野开阔的前方出现了一片被火烧过的原野，它的中心是几乎毫发无损的建筑和信号塔。他们向我介绍说，那里就是Arknoah特别灾害对策本部。

本部的玄关处站着一位名叫布鲁克邦德的美丽女性，她把我们带到了建筑内部的酒吧兼餐厅处。丽泽·利普顿立刻坐进窗边的沙发，跷起了一条腿。我从卫生间出来后，没有回到大家身边，而是找了个放清洁用品的储物间把自己关在里面。过了很长一段时间，有人敲响了储物间的门，我打开门一看，是个穿西装的青年。

“你是艾尔·阿修比吧？你在这里做什么呢？”我想他可能是餐吧的服务生之类的吧。

“我没脸见大家了，作战失败都是因为我。”

“因为你？”

“我是知道玛丽娜想救那头龙的，也是我把丽泽处刑人的身份告诉她的，可能玛丽娜就是因为这样才想要逃走……”

“不要自责了。谁都不会想到那孩子会对龙抱有这么深的爱意。他们一定是用特殊的方法进行了意识上的沟通，甚至连锤子女孩都没有察觉。”

“你对怪物很了解啊。”

他大概感觉到了我打量的视线，于是主动报上名来：“我是这里的部长隆涅菲尔德。”

青年给人印象最深的就是他灰色的头发和灰色的眼睛，以他的外形，比起部长这样的官员，更像是做家庭教师一类工作的人。我们一起来到大家待命的餐吧，最先说话的是康亚姆·康尼姆。

“两人一起散发着厕所味道登场了呢。”他说着，犬科的鼻子抽动了几下。

隆涅菲尔德跟他握了握手：“还好吗？跟锤子女孩相处很不容易吧？”

“幸亏还可以领工资嘛。”香烟的白雾从康亚姆·康尼姆的牙齿间漫出来。原来会付给他工资啊，我暗暗吃了一惊。

丽泽瞪着那张属于犬科的脸：“既然是这么辛苦的工作，那还是别干了吧。凭你那个鼻子，当只寻找走失孩子的搜救犬也不错嘛。”

“好提议，不过还是算了。放着丽泽不管的话，实在太危险了。”

“好久不见呀，丽泽·利普顿。”隆涅菲尔德打了个招呼。

丽泽依旧跷腿坐在窗边的沙发上：“只是刚好走到附近，所以顺便过来看看而已。而且现在又要出发了。”

隆涅菲尔德如同抓西瓜一般，伸手按住了起身要走的丽泽的脑袋，把她重新按回到沙发上：“也不用这么着急吧，慢慢休整一下比较好哟。”

丽泽打掉了那只手，瞪着面前的青年。

“你有没有好好吃饭啊？可不能只挑喜欢的东西吃，蔬菜和肉也要均衡摄取哟。”

“当然了。还有人能比我更注意饮食吗？倒是你隆涅菲尔德，为什么说话的口气好像是我老妈一样？”

“我要是有你这样的女儿，早就没米下锅了。想办法搞到买火车的预算有多不容易啊。”

“那是必要经费。而且接下来为了复兴城市可有的忙了，身为领导在这里闲聊真的好吗？”

“我也有同感。每次跟你进行这种毫无意义的对话都会让我陷入自我嫌恶。然而怎么能不接待一下远道而来的客人就让人回去呢？”

“你准备怎样接待呢？”

隆涅菲尔德把视线投向门口，一辆手推车等在那里，推车上面堆积着几乎够到房顶的文件。刚才向我介绍过的那位叫布鲁克邦德的女职员马上将推车推到了丽泽面前。能够把堆得如珠穆朗玛峰似的文件安全运到这边而不发生雪崩，她也是相当厉害了。

“这些都是需要你签字的文件。我只是个受聘的部长，Arknoah特别灾害对策本部原本的主人是你啊，锤子女孩。”

隆涅菲尔德从胸前的口袋中拔出钢笔递了过来。丽泽·利普顿交叉起双臂：“可是这些要全部处理完毕，要花好几天的时间呢。好吧，我懂了。康亚姆·康尼姆，现在就把壁炉的火点上，今天之内我们就把这些全烧掉。”

康亚姆·康尼姆仿佛没听到一样，只是叼起了第二根香烟。

确认龙已经离开、“中央楼层”恢复了安全以后，前往其他地区避难的居民排着长队陆续返回。擅长料理的人自然而然聚集到一起，用巨大的圆形深锅开始做饭。城市里的火焰虽然已被扑灭，但风吹过时还是会带起大量的灰烬在空中飞舞，如同下雪了一般。

深绿军团的基地帐篷布置在了Arknoah特别灾害对策本部的建筑周围。为维护世界观而燃起斗志的人们，每天都做着健身运动和射击练习。如果蛛巢作战成功的话，现在大家已经欢声笑语地在举杯庆祝了吧。然而由于没能将龙消灭，现在只能继续待命。

在本部与部长见过面后，我被带到了一间窗户上装有铁栅栏的房间。原本可能是要把我软禁起来的，但是由于丽泽与康亚姆·康尼姆的抗议，我获得了能够外出活动的特许。但是相对地，也要和身为普通市民的其他深绿军团成员一样干些杂活。我找到了哈罗盖特，睡进他的帐篷。虽然有配给的睡袋可用，但由于哈罗盖特的呼噜声实在太吵了，我还是每天都处于睡眠不足的状态。

“被破坏的建筑要怎样重建呢？”在居民区的公园中帮忙做饭时，我向哈罗盖特问道。我一边说着，一边把搅匀的汤盛进盘子，递给排在队伍前头的带小孩的母亲。

“放着不管就行。慢慢这个世界就会想起它原来的样子了。”

哈罗盖特的眼镜被汤上飘浮的水蒸气弄得一片模糊，他站在我旁边，和我一样盛着汤，然后把盘子递给一对老夫妇。据他所说，“中央楼层”的所有楼宇，都是在造物主创造这个世界时就已经存在了的，如同山川河流一般，并非人为建造。就像伤口会在不知不觉间愈合，慢慢地这些被破坏的痕迹也会消失掉。

“不过也有人说，是造物主趁我们不注意时偷偷重建好的。”

说着说着，远处的人群里传来一阵喧嚣。

“喂，伽瓦！再弹一首吧！”

深绿军团的一名成员正坐在篝火旁抱着吉他演奏。名叫伽瓦的青年帽檐拉得很低，几乎盖住了眼睛，身上穿的是破破烂烂的民族服装。回应着周围的呼声，青年的手指再次开始拨动琴弦。他所演奏的，是那种听到后令人感觉平静的音乐。聚集在食物派发区的人们，似乎也被这乐曲赶走了些许不安。

“不知道玛丽娜小姐和龙，现在会在什么地方做些什么呢……”哈罗盖特小声嘀咕着。

至今还没有搞清楚玛丽娜与龙的所在位置，虽然偶尔会有零星的目击报告，但也只能判断出他们大概的逃亡方向。

所有人都领到了汤，食物派发区的队列也随之消失。所有的圆形深锅都变空了，听了无数遍“谢谢”之后，我的内心也感觉温暖起来。

“能够被人感谢，真好啊！知道自己的存在对这个社会有价值，会让人觉得很自豪。”

就在我这样自言自语的时候，肚子突然被人狠狠揍了一拳。

“干、干什么啊！很疼的，好嘛！”

“艾尔你啊，应该多多反省。你这样一脸无忧无虑的，看得人实在火大。刚才我在本部时都听康亚姆·康尼姆说了。作战失败是谁的错啊？如果你能把前一晚玛丽娜找你商量的事随便报告给什么人，现在就不会是这样的结果了！”

眼前站着一个黑发少年，正用冰冷的目光看着我。是在消灭大猿的作战中跟我一起活下来的鲁夫纳。

3-3

坐在龙背上的感觉简直舒服得无法形容。每当翅膀扇动，如大象皮一般的粗厚的皮肤便会因肌肉的隆起而涌动波涛，为此，最初一段时间玛丽娜怎么也无法踏实坐好，经过各种尝试之后，她发现还是跨坐在长脖子的根部那里最为舒适。因为远离挥舞翅膀时带动的肌肉，所以就算飞在空中也不会有任何的不安稳。

植物编成的缰绳套在龙脖子上，如项链那样绕颈一周然后打了个结。这样一来即使龙在空中突然改变姿势，只要紧紧抓住绳子，就不用担心会掉下去了。

眺望着下方广阔的森林、草原和山脉，玛丽娜开始思考给龙起个名字。拉特纳普勒这个名字如何？忘记是哪里的语言了，意思好像是“宝石之城”。在风的包围中，她用手抚摸着带有花纹的坚硬皮肤，宣布说：“从现在起，你就叫作拉特纳普勒。”

这个世界由各种各样的房间组成，所以天空是有边界的。世界的边界处耸立着分割区域的巨大墙壁，垂直切断了大海和山脉。拉特纳普勒贴着墙壁飞行，寻找着开在地表附近的方形隧道入口。一旦找到，它便会降低高度飞入其中。

穿过隧道后风景骤变。有时遍布着难看的岩石，有时是绵延几公里的阶梯形瀑布。他们通过了漆黑海面上只有无数灯塔矗立的房间，也通过了整个空间被纵横交错的走廊切分的房间。

拉特纳普勒如果尽情地挥动双翼，是可以如喷气机一般高速飞行于天际的，但似乎是考虑到玛丽娜的安全，所以它一直飞得很慢。平时根本注意不到什么空气阻力，现在只要拉特纳普勒稍微提升一点速度，空气就变得厚重起来，仿佛扎进了一堵黏性墙壁。

玛丽娜刚开始觉得肚子饿，拉特纳普勒便降低了高度。Arknoah与外面的世界不同，这个世界在设计之初便考虑到了让人类远离饥饿的办法。只要留心寻找，总能发现几棵结满果实的苹果树或橘子树。拉特纳普勒巨大的身体降落在地面上，压折了森林里的不少树木，受到惊吓的鸟儿纷纷飞起来，天空一阵热闹。

拉特纳普勒一颗颗的牙齿间箍着类似矫正器的东西，玛丽娜把脚踩在上面站到了龙鼻子前，拉特纳普勒伸着长长的脖子，把玛丽娜举到高处，让她能够摘到树上的果实。

拉特纳普勒并不需要吃东西，但是把摘下的果实分给它时，它还是会高兴地吞掉。龙那张威严的脸上并没有表情，却依然能感觉到些微的感情变化。它呼呼地摆动尾巴把周围的树木全部碾折的样子，在其他人眼中只觉得龙又开始暴走了，但是在玛丽娜看来，却像是小狗难掩心中的喜悦。

夜幕临近，他们降落到一处适合露宿的场所。拉特纳普勒的眼睛在黑暗中也能看得很远，因此可以彻夜飞行，但玛丽娜还是需要睡觉的。睡在深山老林里本来是件非常恐怖的事，不过有拉特纳普勒守在旁边也就安心多了。

需要一点照明，玛丽娜想燃起篝火，于是让拉特纳普勒喷点火出来。

“只要一点点就好了哟！我想要的是非常非常小的火！明白了吗？”

拉特纳普勒喉咙中发出咕噜噜的响声，它微微打开双颚，小心翼翼地喷了点火。即便如此，火力依然强劲，歪七扭八的牙齿间喷出的火焰不仅把玛丽娜·金兹收集起来的柴火全部吹飞，还点着了周围一大片地区。

最开始的几天吃水果和蘑菇就很满足了，但是慢慢地玛丽娜开始想吃熟的食物。拉特纳普勒贴着地面飞行，寻找着有没有饭菜掉在地上。毕竟在这个世界中，还是很难保证真的没有那种东西存在的。

“有了！”

玛丽娜首先有了发现。在一片坍塌的山体斜面上，无数银色的东西正闪闪发光。那是犹如从土壤中露头的矿石一般的大量的罐头。很久以前她看过一部奇幻电影，里面有棵能结出午餐盒果实的树。这种只会出现在梦境中的情景，在Arknoah却成了现实。罐头可以从地下挖掘出来，也会顺着河水从上游漂过来。

降落后仔细一看，罐头的标签上还印着“牛至风味番茄煮鸡肉”“橄榄油虾仁意面”“蜜色浓稠洋葱汤”等菜名。玛丽娜吹了声口哨。然而有个关键的问题，这个世界的罐头，全都是要用罐头起子才能打开的类型，这么重要的罐头起子却偏偏不在手边。

“只要一小下就可以了，知道吗？要手下留情哟！”

她把罐头放在地上，向拉特纳普勒请求说。拉特纳普勒用前爪上的尖锐指甲抵住了罐头的上盖。与龙巨大的形体比起来，罐头只有芝麻粒一般大小。拉特纳普勒的体重压下去，罐头上盖立刻被它的爪子刺穿，咣地被戳开了一个洞。然而龙爪没有立即停止，而是带着飞溅的洋葱汤直接穿透罐头，深深地扎到了土中。

“没关系啦，不要失落成这个样子嘛。”玛丽娜安慰着龙，把尽可能多的罐头装进了麻袋。

之后她跨上拉特纳普勒又飞了三十分钟，终于看到一处麦田。田中各处都立着稻草人，麻雀群在田间飞来飞去。看到村庄后，玛丽娜向龙下令，在注意不要破坏农家的同时，降落到了广场上。

“一定要小心，尽量轻地落地哟，像蒲公英的绒毛亲吻地面一样。猛然落下去的话，房子的墙壁说不定会被震裂呢。”

龙翼带来的风卷起了地面上散落的麦秆碎屑，将它们扬到空中。虽然地面还是被震得微颤，但总算是成功地温柔着陆了。

真是一座小村庄。在地里忙农活的人们一看到龙出现，立刻吓得大叫着四散奔逃。他们一路跑回家中，将房门紧闭，只从窗户的缝隙间观察着外面的动静。寂静的村落中，只能隐约听见某户人家婴儿的啼哭声。

玛丽娜从龙脖子上落到地面，每当这个时候，龙总会乖乖地放低姿势趴在地上。她挨家挨户地打招呼：“我需要一把能打开罐头用的起子，可以借给我吗……”

没有任何反应。玛丽娜重复着同样的话语，在村落中走来走去，终于有一扇门战战兢兢地打开了。里面是个皮肤被太阳晒得黝黑且身形消瘦的大叔，他用惊恐的眼神盯着跟在玛丽娜身后的巨大怪物，然后扔了把罐头起子过来。

“这个，我就借用一下，用完了马上就还回来。”玛丽娜捡罐头起子时说道。

大叔使劲摇着头，脸上的表情好像在说“千万别”，他挥动双手，做出把起子送给玛丽娜的手势。

“真的可以给我吗？”

大叔浑身颤抖着点了点头。就在转身要走的时候，玛丽娜看到了大叔家房子外面横放着一个做到一半的稻草人。那些麦秆被扎成一捆，被人努力做成人偶的样子。

玛丽娜回头向大叔提议道：“那么作为回礼，我来试试帮你赶走麻雀吧。”

只要拉特纳普勒向空中喷次火，就应该能将它们一网打尽了。但是，这群麻雀也是这个世界的造物主设计出来的，所以还是不能以大屠杀的方式将它们抹去。那么，就用噪声把它们赶走吧。说不定能让麻雀们四散而逃，一段时间内再也不敢出现在这片麦田中。

玛丽娜踩着拉特纳普勒的前爪，爬回了它的脖子上。抓紧了如项链般绕在龙脖子上的缰绳，心中想着：好了，走吧。为了不把刚做好的稻草人吹飞，她先让拉特纳普勒步行到了不用担心风力影响的地方，然后才慢慢升空。

龙的左右两翼推着空气，像爬梯子似的平稳抬升高度。村落在下面越变越小，最后变成了视野中模型小屋组成的微缩景观。家家户户的门陆续打开，村民们走到户外，抬头仰望着升上天空的怪物。

到达足够的高度后，不停拍打的双翼向左右伸展开来，最大限度地乘着风。村庄周围是广阔的金色麦田，麻雀群如同黑烟一般徘徊在麦田上方。

玛丽娜攥紧了拉特纳普勒脖子上的缰绳，为接下来剧烈的运动做好了准备。龙的翅膀在风中一拢，随即开始向着麻雀群急速俯冲。拉特纳普勒的喉咙深处传出如同几千种弦乐器一齐奏响般的吼声，那声音令麻雀们感到生命受到威胁似的，一下子全部飞离了麦田，朝着四面八方逃开，犹如把咖啡粉撒入水中一般，星星点点地消失在天际。

龙驱赶着麻雀群，时而在空中急转，时而忽然下降贴着地面滑行。玛丽娜也暂时忘记了会摔下去的恐惧，爽朗地放声大叫。她的声音与拉特纳普勒的声音合而为一。每当飞到低处，翅膀卷起的风就会在绒毯般的麦田上推起波浪，麦穗摇摆，留下了玛丽娜与拉特纳普勒通过的轨迹。

3-4

吧台上摆着一排空空的罐头，用起子打开的盖子卷曲着留在罐头上。一共有五个。里面装的东西就在刚刚已经填进了我跟鲁夫纳的肚子。

四周静静矗立着烧成焦炭的建筑废墟，我们身处一家歌舞厅的废墟中。屋顶和大部分墙壁都已经不见踪影，残存下来的仅有这个烧焦的吧台和吧台后面的一堵墙而已。从我们站的地方到吧台的罐头之间大概有三十米，离得这么远，罐头看起来只有豆粒般大小。

幸亏我堵上了耳朵，才没有被震聋。咣的一声，那一排最左边的罐头像装了弹簧似的飞出去，撞到后面焦黑的墙壁，然后掉在地上。鲁夫纳拉动来复枪的枪栓，锈金色的弹壳飞出来落在脚下，四周飘起一阵冲鼻的火药味。

黑发少年抱着的来复枪足有1.2米长。我们在“卡斯尔顿剧院”地下时，曾看过一部很久以前的战争纪录片，战壕背景中的士兵们怀抱着的就是类似的枪支。我鼓起掌来，鲁夫纳却一脸无动于衷。

“从装填子弹开始练习吧。”

鲁夫纳公事公办地说着，把来复枪放到了木箱上。这个在火灾中逃过一劫的木箱，大小刚好够躲在里面玩捉迷藏。鲁夫纳从背包中取出子弹摆成一排。

“这支枪用的是7.62毫米的子弹。”

“欸，不是什么子弹都能用啊？”

“这种口径的子弹相对来说更容易入手。Arknoah狩猎的人比较多，用这个可以干掉鹿和野猪。”

“这是什么地方制造的？”

“是从地下产出的，被商人们收集起来，然后卖到猎人的村子去。”

这个世界没有战争，枪械大概只会用来狩猎野生动物吧。我将木箱当作操作台，按照鲁夫纳的指示，试着往来复枪里填弹。滑动圆头的金属枪栓，有个地方就会咔嗒一下打开，把航天火箭一样的子弹塞进去，一共能塞下五枚。将枪栓复原时，其中一枚就会填入弹仓，这样就完成了射击前的准备工作。重复这个顺序多次练习后，接下来就要进行试射了。

来复枪大约四公斤重，我还是第一次尝试自己开枪。我把木质的枪托顶在肩膀上，瞄准前面的罐头。保险装置应该已经解除了，扣动扳机之前我问道：“真的可以开枪吗……”

“好好瞄准。不过你是第一次，不可能射中就是了。”

“我还是有点犹豫……”明明还是孩子，真的可以用枪吗？

“那，就算了吧。”

“不行，不能算了。”

下定决心，我重新盯紧长长的枪身的前端。鲁夫纳已经打掉了一个罐头，还剩四个。枪的前端不停摇摆，非常难瞄准。

“武器是必需的。”我屏住呼吸在心里想道。连枪都不会开的我，与怪物战斗时，能做的就只有逃跑。为了不丢掉仅有的这条命，我只能躲在丽泽·利普顿、康亚姆·康尼姆或其他众多深绿军团成员的背后。这样下去是不行的。

我屏住呼吸，食指压住扳机，慢慢向后拉。来复枪内发生了极小的爆炸，火药燃烧产生的压力成为子弹的推进力。枪口啪地爆出一阵烟尘，我的握着来复枪的两只手，以及顶着枪托的肩膀都感到一阵猛烈的冲击。

一排罐头中的一个应声跳到空中，撞到墙壁后再次弹开，滚到了吧台后面。等枪的回声消失时，我将枪口朝向地面，回头望着身后。

鲁夫纳瞪大了眼睛："太惊人了，第一次开枪居然能打中！"

"嗯，我也吓了一跳……因为我瞄准的是最左边的那个罐头……"

而刚刚被子弹打下去的是最右边的罐头。

五发子弹全部射光，我把来复枪架回到木箱上。结果，剩下的四发连罐头的边都没擦着，以直接射进了后面的墙壁、砰地腾起一股烟雾告终。我揉着被冲击力震得发麻的手腕，宣布："至少第一发打中了，这是事实，对吧？"

"如果是实战，你已经把同伴的脑袋射穿了。"

现在轮到鲁夫纳了。他给来复枪装上子弹，枪口朝着吧台的方向，瞄准的同时开了一枪。然后滑动枪栓，弹出弹壳，将下一发子弹送入弹仓。三声枪响后，剩下的三个罐头也都从吧台上消失了。

这时传来一阵汽车引擎声，一辆古典款式的汽车停在歌厅废墟附近。开车的是汀布拉，这位头很大的中年绅士靠着驾驶席的窗口朝我们打招呼："你们好啊，在做射击训练呀？"

"您好，汀布拉先生。开车外出吗？"

我举起一只手向他挥了挥。鲁夫纳斜眼看了看他那边，手中开始了来复枪的清理工作。歌舞厅废墟距离Arknoah特别灾害对策本部的建筑大约有一公里远，也许他是听到枪声才找来这里的吧。

汀布拉说："我正在找人。你们有没有见到一个女孩子，锈金色头发、蓝眼睛，披着绿色的外套，腰上挂着金锤？"

我和鲁夫纳对视了一下。

"丽泽出什么事了吗？我记得她应该正在处理大量的文件，不是吗？”

“原计划是这样啦，本来她应该在卫浴齐全的房间里工作的。为了能集中精神，特意给门上了锁；为了避免打扰，门口安排了守卫；门下有个可以塞餐盘进去的缝隙，饭菜和点心会从那里送进去，这样一日三餐她也不用特意去食堂吃了。各方各面都考虑得很周到嘛。”

“这话要看怎么说了。”鲁夫纳有些厌烦地说。

“但是，她如何从这样的房间中逃走的呢？”

“似乎是用了午饭吃剩下的鸡骨头，真是个伶俐的小姑娘啊。她挑了根细长的骨头，插进锁眼，然后开了门，打晕了守卫，乘着运送食物的电梯到了一层后厨，然后偷偷藏在处理残羹剩饭的垃圾箱中逃了出去。你们两个，如果看到那孩子的话，要帮我拦住她啊。当然你们自己也要小心，那位大小姐可比受伤的狮子还要凶暴呢。”

汀布拉说着发动了汽车，引擎声渐渐远离了这片全是焦土的区域，最后连车的影子都看不到了。大概是去其他地方寻找丽泽了吧。

我们仿佛什么都没发生一样继续做自己的事。鲁夫纳熟练地清理着来复枪，用清洗剂和铜质的刷子刷洗干净子弹通过的小洞。然而，那个被我们当操作台来用的木箱上盖，在毫无前兆的情况下，突然从内侧被踹飞了。

鲁夫纳护住了来复枪，但是子弹却飞得到处都是。木箱里面伸出一只穿着红色鞋底橡胶靴子的脚。

我弯腰去捡地上的子弹：“如果出来时动静能小一点就更好了……”

披着深绿色外套的少女在木箱中伸了个懒腰，打着哈欠说：“睡了个好觉。刚才是不是有人说我坏话来着，什么比受伤的狮子还要凶暴之类……”

明明刚才耳边响着枪声时都还在睡，听到有人说自己坏话居然就醒了。我跟鲁夫纳当然都知道丽泽藏在木箱里，当时我们正在寻找适合射击练习的场所，头上挂着苹果皮、浑身散发恶臭的丽泽突然出现在眼前。

“好了，我们出发吧。”她体态轻盈得好像没有体重一般翻出了箱子。

“出发是指……去哪里？”

“当然是去追赶龙了。继续这样在‘中央楼层’逗留下去的话，我又会接到一堆无聊的工作了。”

“要扔下那些在本部集合的深绿军团成员不管吗？”鲁夫纳继续清理着来复枪。

“龙好像往北方飞了，我们先朝那边走。等有了龙的确切位置，再叫深绿军团成员过来。先由少数几个人去追，这样比较灵活。不过，这样一来就需要有人负责开车了。”

那一天，丽泽·利普顿忠实的司机正带着深绿军团的工兵前去拆除蛛巢作战时设置的爆炸物，要把它们一个个谨慎地回收，在不引爆的前提下妥善保管起来。

商业区的“卡斯尔顿剧院”前停着一辆属于Arknoah特别灾害对策本部的经典款汽车，驾驶席上掉落着狗毛似的东西。我、丽泽和鲁夫纳三人溜上车躲了起来。

过了一会儿，驾驶席的门打开了，来人伸手打算拿放在座位上的香烟时，终于注意到了我们。虽然脸上闪过一瞬惊讶的表情，但他还是冷静地说：“厌倦办公桌前的工作了吗，丽泽？”

“我想差不多也该走了。意思就是说，你也要跟着来，康亚姆·康尼姆。”

我从后座上探出身子恳求道：“拜托了，康亚姆·康尼姆，你不在的话，就要由丽泽来开车了。换句话说，我们就死定了。”

狗头耸了耸肩，坐进了驾驶席，打着引擎，把汽车发动起来。弥漫的沙尘被风卷起，我们沿着破破烂烂的商业区道路一直向北疾驰而去。

3-5

玛丽娜·金兹乘着拉特纳普勒穿过了一个又一个房间。有的房间幅员辽阔，光是从这头飞到那头就要几个小时，也有的房间转眼间就来到了边境。由于太小的空间无法容纳龙巨大的身体，因此像“小房间的集中地带”这样的地方就无法通行。玛丽娜希望尽可能地远离“中央楼层”，远离丽泽·利普顿与Arknoah特别灾害对策本部的那些人，跑到世界的尽头偷偷躲起来。

他们穿过了沙子从空中倾泻而下的房间。云端的屋顶上开了一个洞，大量的沙子从那里流向地面然后堆积起来，仿佛置身于巨大的沙漏之中一般。他们靠近分割世界的巨大墙壁，从黑暗的隧道中钻出来，在感到视野豁然开朗的同时，也察觉到空气的质感发生了变化，冰冷潮湿的空气瞬间包裹住全身。

这片区域根本看不到地面，玛丽娜因恐惧而抱紧了龙的脖子，手上死死抓住植物编成的缰绳。不仅是地面，屋顶也一样看不到，墙壁是弧形弯曲的岩层。这是一片向上下两端无尽延伸的圆柱形空间，仿佛地球从表面被巨大的钻孔机垂直凿穿一样。

岩壁上四处丛生着茂密的植物，群鸟沿着弧形的墙壁飞行。圆柱形空间的直径有几公里，就算拉特纳普勒转圈在里面飞，也不用担心翅膀会撞到墙。

如同蚁穴般的细窄沟壑在岩壁上延伸，有的是“之”字形阶梯，有的则是坡道，如螺丝上的纹路般贴壁绕行好几圈。这些供人们往来行走的小道纵横错落，交织如网。不过路面宽度倒也足够通行，有不少游商打扮的人赶着马车行驶在坡道上。

“从这里似乎可以去往其他楼层。拉特纳普勒，我们再往上看看吧。”

龙于是开始盘旋上升。岩壁上散布着许多供空气流通的小洞，有时候甚至会飘出朵朵白云。每当拉特纳普勒钻入云层，玛丽娜就会有种被湿气闷得呼吸困难的感觉。行走在岩壁道路上的旅人们因看到云中浮起的龙而纷纷发出惨叫。

上升气流和下沉气流不断干扰，拉特纳普勒很难保持稳定的姿势，每当这个时候，玛丽娜就觉得一阵胆寒。如果从这个高度摔下去，不知道要在空中下坠多长时间，也许在撞上地面之前，就已经被风吹到岩壁上拍死了吧。

岩壁半截的地方伸出了一块巨大的岩石平台，感觉可以停下一架直升机。上面是个广场，配备了带有防滑扶手的瞭望台。在与岩壁相连的根部，开着一个咖啡馆。

“我们休息一下吧。我还想去一下洗手间。”

拉特纳普勒轻轻落在了岩石平台上。看着眼前惨叫着四散奔逃的人们，玛丽娜满怀歉意地从龙身上跳下来。咖啡馆是凿开岩壁建成的，玛丽娜把派克硬币交给店主大叔，换了一杯热巧克力。

“引起这么大骚乱，实在抱歉。”接过饮料的玛丽娜向店主道歉说。店内的客人已经跑得一个都不剩，如今空空如也。

“啊，啊啊，不要紧的。欢迎来‘圆柱阶梯’。”

“‘圆柱阶梯’？”

“就是这个房间的名字。实际上坡道要比阶梯多得多呢……”

玛丽娜喝了一口热巧克力，醇厚香甜的味道在舌头上扩散开来。借用过洗手间，她坐在椅子上休息，透过岩石上开凿的窗户眺望外面的景色。

平台对面有一座巨大的凉棚，再往外是被白色雾霭状的云笼罩的另一边岩壁。人们躲得远远的，偷偷打量着收起翅膀在平台上待命的龙。它歪七扭八的牙和犹如蜥蜴的脸都朝着咖啡馆里玛丽娜的方向，视线所到之处，人们避之唯恐不及。

突然，一阵惊叫声传来。龙出现时引发的风波已经告一段落，周围只剩下紧张的寂静，所以这阵叫声立刻吸引了人们的注意。伴随而来的还有马蹄踏地的声音和货车车轮碾轧的声音。

“救救我！”

人们纷纷朝声音传来的方向望去，唯一静止不动的反倒是怪物龙。玛丽娜也站起来走到窗边。一辆马车正以风驰电掣的速度自坡道上驶来，转眼便到了眼前，马匹巨大的身体贴着咖啡馆狂奔过去，门口的招牌被马蹄踢翻，变成了纷飞的碎木片。

店主大叔高声叫道：“马惊了！”

马车掠过窗前的瞬间，玛丽娜瞥见了驾驶席上手忙脚乱的男人，以及后面货斗中一个小小的男孩子，他正死死扒着货物努力不让自己掉下去。

“拉特纳普勒！”

马车驶过的同时，玛丽娜大叫着冲到了外面。砰的一声空气爆响，拉特纳普勒猛然张开了翅膀。

玛丽娜一边跑向能更好地观察马车的位置，一边在头脑中指挥着龙起飞。根据她的判断，已经没必要骑到拉特纳普勒身上。相反，没有她的话，龙可以更加自由地做出急转急降的动作。

失控的马车已经跑出去很远，好在岩壁是弧形的，站在平台边缘就可以看到坡道前方的情形。玛丽娜只觉得气血涌上头顶，再往前不远就到了道路折回的转角，以这个速度冲过去，车上的人会因惯性被甩出弯道直接跌落下去。对这个世界的居民来说，死不是什么大不了的事，然而她还是不能见死不救。再说，可能正是因为自己，马才受到了惊吓。拉特纳普勒的出现导致马车失控，这种可能性哪里还需要别人告诉她。

拉特纳普勒挥动起翅膀，巨型身体蹬着地面升到了空中，带起的气流吹散了弥散在周围的薄云。龙的身影消失在岩石平台的另一边。围观的人们立刻冲到斜坡和台阶的护栏边，目光追逐着龙的影子。

失控的马车已经跑出去很远，从玛丽娜站的位置只能隐约听见惨叫声与马蹄声。它的速度非但没有变弱，反而越来越快，马的身体开始倾斜，摆出拐弯的姿势，侧滑的车轮带起一阵沙尘。突然，车轮的声音消失了。整个货斗被甩到了空中，而与货车连在一起的马，也被拖拽着朝凉亭的方向落下来。

被绳套固定在车上的货物在半空中纷纷散开，沿着岩壁与马车一同下落。忽然有个巨大的影子向它们靠过去，拉特纳普勒一面紧贴着岩壁下降，一面向马车接近。

龙几乎是沿着下坠马车的轨迹紧追其后，即使被散落空中的货物击中了面部也没有一刻移开目光。就在空中的拉特纳普勒追上马车的瞬间，它们一起冲进了盘旋在凉亭上方的云层。人们立刻朝下方寻找，却什么都没看到。

沉默持续了十秒左右。玛丽娜终于松了口气，从全身紧绷的状态中解脱出来。与拉特纳普勒感应同步的她，先于其他人得知了结果。

又过了十秒左右，龙的身影再次浮上云端。它的后爪上拖着刚才那匹马，而马也很老实地耷拉着四肢；它的前爪抓着驾驶马车的男人，歪七扭八的牙齿尖端挂住了小孩的衣服。看来它是在马车垂直下落的过程中抓住了被甩到空中的男人和小孩。虽然丢失了全部货物，但两个人和马总算平安无事。

从“圆柱阶梯”的凉亭再往上飞，冷空气扑面而来，这片圆柱形的空间内开始下雪了。玛丽娜感觉自己仿佛骑着龙在一颗巨大的雪花水晶球中飞行一般不可思议。在“中央楼层”购买的外套已经不足以御寒，正当玛丽娜冷得发抖时，拉特纳普勒喉咙中发出咕噜噜噜噜的低沉吼声，不一会儿，玛丽娜就感觉屁股下面变得温暖起来，似乎是它让自己体内充满火焰而产生的热度。温暖的范围不断扩大，龙的全身就像注入了热水的马克杯一样渐渐升温。

“烫烫烫烫……”

玛丽娜刚一感觉到热过头了，拉特纳普勒立刻停止了吼声，于是温度不再上升，感觉刚刚好。

终于到达了“圆柱阶梯”的边界。顶棚是半圆形的岩壁，但是感觉这里还不是世界的顶端，距离被称为“起伏之海”的世界尽头到底还有多远呢？告别了圆柱形的房间，穿过隧道，他们来到一片草木稀疏的寒冷荒地。不过，总算是看到正常的地面了。

玛丽娜寻找着能够容身的地方，希望有一片不会被任何人发现的土地，供她与拉特纳普勒相依为命。拉特纳普勒保护着她，将自身的温暖分给了她，无条件地关心她，爱着她，所以她也一定要全心全意地守护这头龙。和这份爱相比，以前让她耿耿于怀的那些烦恼简直微不足道。

突然，风中传来一阵恶臭，仿佛是鸡蛋变质的味道。拉特纳普勒掠过一片遍布岩石的空谷，岩石之间腾起了白烟。似乎是地面以下的瓦斯泄漏出来了。为了躲避臭味，他们决定前往下一个房间。

穿过昏暗的隧道，眼前出现了满目雪景，空气也更加寒冷了。为了不让玛丽娜感冒，拉特纳普勒再次让体内充满火焰。徘徊于空中的云，寂静地撒下雪花，远处一片迷蒙，无法判断出房间的大小。

几座险峻的雪山矗立在地平线上，穿梭其间，他们发现了一片冰封的湖面。

“拉特纳普勒！快看那个！”玛丽娜指着那片倒影大喊道。

冰冻的湖中心有一座小岛，虽然还够不上普通城镇的大小，但至少也能建座游乐园了。岛上耸立着一座带尖顶轮廓的城堡。高耸的城墙几乎环抱了整座岛屿，内侧无数的尖塔组成了针山直指天空。岛屿越靠近中间地势就越高，塔楼的高度也随之增加。玛丽娜和龙一面在上空盘旋一面观察，城堡里并不像有人居住的样子。拉特纳普勒擦着塔楼的缝隙下降高度，最终发现了一块类似中庭的区域，他们降落在地面上厚厚的积雪之中。

玛丽娜骑在龙上，抬头仰望着包围中庭的高耸城墙。这座建筑并不像灰姑娘的城堡那般光彩夺目，倒像住着魔女一般阴森。

玛丽娜回头对拉特纳普勒说：“要是有个大厨房就再好不过了。”

她擅自住进去应该不会有人介意吧。

3-6

从“中央楼层”出发的第二天，汽油就用光了。我们徒步走到临近的村庄，康亚姆·康尼姆跟村民交涉后买下了一辆马车。我们忧心着狼群的袭击穿过了“尖牙草原”，然后穿过了“倾斜十五度吊桥”，为“雷电之丘”的落雷而提心吊胆之后，又险些在“碾压岩地”变成肉饼。

“能不能选一些安全的房间走啊！”在“猫毛盆地”被挠得遍体鳞伤后我忍不住抗议道。

“这是最短的北上路线了！”同样带着爪痕的丽泽·利普顿也大喊道。

康亚姆·康尼姆发出了野兽般的吼声，鲁夫纳也用来复枪朝天鸣枪作为威吓。我们一边驱赶着凶暴的猫，一边继续朝北进发。

能够在有人居住的区域过夜已经算相当幸福了，毕竟可以睡在床上，也不用整夜担心自身的安全。每当丽泽·利普顿找到农家，向屋主请求“今晚能不能让我们借宿一下”时，大部分人都会脸上一僵。裹着绿色外套、拥有一双蓝眼睛的少女，对于居住在这个世界中的人来说，就是死神一样的存在。

但依然有不少露宿荒野的日子，我们围着篝火横躺在地上，好不容易才有了些睡意时已是深夜，我就强制性地被一脚踹醒。

“换班了，艾尔。”鲁夫纳打着哈欠说道。

我从睡意中挣扎着起来坐到了篝火边，留心防范着不让野狗和狼群接近。周围是沉沉夜幕，我却因为要轮流守夜而担心得睡不着。夜更深时，康亚姆·康尼姆慢吞吞地爬了起来。

“怎么了？”

“做标记。”

说着，他走到稍远些的地方去撒尿。等他完事后，野生动物真的很神奇地没有再靠近。

路过村庄时我们买了罐头，而康亚姆·康尼姆则通过电话与本部进行了联络，再将总部那边的情报报告给丽泽。

“龙从‘圆柱阶梯’垂直上升，应该是进入了靠近顶端的楼层。之后去了哪里就不得而知了。还有，隆涅菲尔德在电话里说的纸飞机是什么？”

“纸飞机？啊啊，是说那个啊，我给忘得一干二净了。被监禁的时候，我从早到晚都在做那个。毕竟眼前的那些纸用来叠飞机正合适嘛。”

“你说的那些纸，应该都是需要由你来签字的重要文件吧。”在一旁听着的我心里想道。

“要从‘圆柱阶梯’升到顶端去吗？那可是相当辛苦的。”鲁夫纳把买来的食物全部装上了马车。

“圆柱阶梯”是一个全长80公里的纵向房间，我们现在所在的房间刚好有一个通道能直达它中间高度的出入口。如果要去顶端，就还要再爬40公里的台阶或者坡道。玛丽娜有龙帮忙，可以转眼到达顶端，但我们就不行了。

“不可能的，放弃吧，爬到一半我就已经变成老头了。”我说着把装饮用水的桶往马车上搬，没想到竟会那么重，我差点被压倒在地。

康亚姆·康尼姆从后面扶住了我：“别担心，不是徒步爬上去。”

“又要坐热气球吗？”

丽泽·利普顿回答：“没时间调热气球过来了。早就考虑到可能会有这种情况，所以已经在‘圆柱阶梯’附近安排好了接应的人。我们可以一步台阶都不用爬，一天之内就能到达顶端。康亚姆·康尼姆，你去联系他们一下吧。”

我们又花了几天才到达“圆柱阶梯”，那是个直径数公里的圆柱形房间，弧形的墙壁上覆盖着岩石，将天空卷成了纵向的一长条。墙壁上开凿出了斜坡与阶梯，圆柱形中空的部分飘浮着淡淡的云雾，是个说不清是冷还是热的地方。下方有温暖的熏风吹上来，掀起了丽泽深绿色外套的衣角，随后又有从上方刮下来的冷风，撩开了她锈金色的头发。

与周围房间相通的隧道附近总是并排着许多纪念品商店。就在我们四个品尝着买来的圆柱形点心时，身后传来一个声音：

“锤子女孩大人，狗头大人，久等了。”

一个系着围裙的中年大婶站在那里，没看到她戴着臂章，那么应该不是深绿军团的人吧。我们在她的带领下一个跟着一个出发，马车和货物基本都要留下来，只带上必要的东西。听他们说，这位大婶是花了不少派克硬币雇来的。

“大婶就住在这附近，有一间很大的仓库，所以我们拜托大婶帮忙保存通信器、滑轮和细钢丝。为了应对现在这种需要在楼层间紧急移动的情况，我们预先在各个楼层都安排好了协助的人。”

大婶把我们带到了一个岩石平台前，舞台一样的岩体从石壁向着中空的凉亭延伸出去。边缘处设有防跌落的护栏，看起来如同一片广场。有位大叔已经等在那边，他脚下放着无线电台和皮质的带子。

康亚姆·康尼姆走过去对他说："看来准备工作已经都做好了。"

"我们这边的工作很简单。辛苦的是上面楼层的家伙们，还得提前把水桶和沙子运上去。"

我们抬头向上仰望。现在才猛然注意到，有一条极细的钢丝，穿过云层，贴着弧形的岩壁垂下来。钢丝前端吊着皮带，被风吹得不停摇摆，在空中画着大大的圆圈。这条钢丝是从距我们头顶四千米左右、通往上一个楼层的入口附近垂下来的。

我们开始逐个向一层移动。第一个使用者是丽泽·利普顿。中年大叔用前端带有"T"字形金属的棒子将钢丝拉下来，丽泽把钢丝上挂着的皮带绕在身上系紧。康亚姆·康尼姆拿着无线电台跟什么地方打了招呼，不一会儿，丽泽·利普顿的身体便开始离开地面缓缓上升。

"我先走了。"少女低头对我们说。伴随着绿色外套在空中飘扬，她的身影在钢丝拖拽下渐渐在头顶上越变越小。每当被风吹得要撞上岩壁时，她就伸出双脚蹬一下岩石。等她消失于云层中之后，别的什么东西随之降了下来。是盛着沙子的水桶，还不止一只，被系在钢丝的前端。

"太蠢了，居然用这么乱来的方法。"看着装沙子的水桶落在岩石平台上，鲁夫纳说道。

再往上一层的岩石平台上设置有滑轮，钢丝正是穿过滑轮垂下来的。水桶相当重，一旦下层的丽泽·利普顿挂上了钢丝，就跟上面帮忙的人联系，开始往桶里装沙子。当沙子的重量超过了丽泽与钢丝的总重，她的身体就会被拉起来，向上层移动。

“丽泽已经确认抵达了。”康亚姆·康尼姆用无线电跟上层联系后说道。大叔把钢丝这一头挂着的水桶卸下来，换上了皮带。他们似乎准备了多个可替换的皮带，大概上层也会以同样的方式卸下皮带换上盛着沙子的水桶吧。

“接下来谁想感受感受这种刺激的玩法？”康亚姆·康尼姆回头看着我跟鲁夫纳。鲁夫纳沉默地转身与我猜拳，结果是我输了。从云间垂下来的极细钢丝听说是由乌龙博士特制的，那么以我的体重应该不用担心它会断开吧。话虽如此，但心中还是很忐忑。

我将皮带固定在身上时，鲁夫纳说：“小心不要被风刮得撞在岩石上啊，碰到脸的话说不定会把鼻子削掉，如果撞的位置不对，还有可能导致脊椎折断，那你就别想再站起来了。不过别担心，一定会顺利的。”

“你这人太坏了！”

准备工作差不多结束时，康亚姆·康尼姆问我：“好了吗？”

“没好！”

他完全无视我的抗议，用无线电下达了开始指令。拴在身上的皮带立刻被施加了向上的力，被风吹成弓形的钢丝绷成一条直线。我变成脚尖着地的姿势，随后脚尖也离开了地面。开始上升了，我的身体沿着墙壁朝上方不断加速。

“圆柱阶梯”壁面上铺着小路，可以看到旅人和商人在上面来来往往。四目相交的一瞬，他们脸上的表情完全僵住了。丽泽·利普顿上升时无声无息，但我可是惨叫不断，相当引人注目。不过他们那些惊呆的脸也很快消失了，去了遥远的下方。

我很后悔没有事先上个厕所，现在晕过去的话，就要到处留下记号了。虽然确实被风吹得撞到了石壁上，但比起身体的痛苦，还是更担心这样的冲击会不会导致皮带或者钢丝断开。刚刚站立的那块平台已经消失到云层下面很遥远的地方，一点踪影都看不到了。

上升速度不断加快，我的身体好像变成了火箭直冲上天。半路上曾经有什么东西从头顶高速落下与我擦肩而过，过了很久我才反应过来，那应该是装着沙子的水桶。我和水桶分别拴在了同一根钢丝的两头，会跟它擦身而过说明我已经过了这段行程的中间点了。不过在如此高速的情况下只是擦肩而过，实在有点超现实的感觉。如果我的身体与水桶相撞，恐怕脖子就要断了。

就在我喊累了的时候，上升的速度开始放缓，头顶传来金属摩擦的尖锐声音。控制钢丝的滑轮上似乎装有刹车装置，丽泽·利普顿或者是安排在上一层帮忙的人为了让我软着陆而努力降低着速度。

抬头望去，能看到上方有一片疑似终点的岩石平台。安装在石壁上的滑轮，以及拿着双筒望远镜的丽泽出现在我的视线中。随着不断朝那个地方接近，又可以看到更多的人出现，他们一起接住了我的身体。

腿不停发抖，没人扶着我就连站都站不住，好在丽泽借了肩膀给我。想说话时，我才发现自己连嘴唇和手指都在发抖，根本发不出声音，只能安心地笑了笑。

“艾尔！辛苦你了！”丽泽看到我平安无事似乎很开心，并且难得地对我露出了温柔的表情，“那么，就尽快开始下一轮吧，把这条皮带换上。今天之内我们还要这样反复九次呢，必须抓紧时间。”

我们的目的地是“圆柱阶梯”中最靠近顶端的一层。上到这一层之后，接下来就要用更上一层的协助者放下来的钢丝重复同样的操作。

3-7

一片雪花擦着塔楼飘落下来，然而这白色的小点在半空中便忽然消逝，是被龙体内散发出来的热气融化掉了。

拉特纳普勒在被院墙包围的中庭里蜷成一团，它的体内制造着温度极高的热能，使得周围的积雪全部融化，变成了水洼。中庭大得足够龙转身活动。雪化掉之后，下面的马厩、鸡舍和水井都露了出来。拉特纳普勒身旁放着一个水桶，桶中原本被积雪填满，如今已经全变成了水。把手伸进去一试，竟然还很温暖。

“谢谢，拉特纳普勒。”

龙发出咕噜噜的声音甩了甩尾巴。玛丽娜把水桶提到了城堡中做饭的地方，将水倒入锅中，然后在灶台里燃起了火。等到水煮沸后，她泡了一壶茶。茶叶是在仓库中发现的。最初如同冰箱一般寒冷的城堡，沐浴着拉特纳普勒体内源源不断释放出的热量，渐渐开始解冻了。

龙体内的热量到底是用哪种能源置换来的呢？玛丽娜倚在窗边俯视中庭时想着。什么都不吃的龙却将无尽的热量分给了自己。据说怪物们会通过看不见的脐带从自己的造物主那里分得能量，如果真是这样，那么这种热能原本就是来自她体内的吗？拉特纳普勒正蜷缩在被城墙围住的中庭里，仿佛安心地睡在母亲臂弯中的孩子一样。

玛丽娜在城堡的藏书库中找到了两张地图，一张是这个楼层的地图，大大小小不同的房间相连在一起，仿佛是一座巨大的房屋的设计图纸。在一个叫“严冬湖”的房间中，画着尖锐的山峰、湖泊以及城堡的插图，看起来就是现在她所在的这个地方。

另一张是城堡的示意图，它被收在藏书库墙壁上的相框中。玛丽娜参考着这张图开始探索整个城堡。楼梯走廊相互交织，她走了几个小时依然没办法掌握这个庞大城堡的全貌。这里有无数的储藏室，还有给用人住的房间，有舞会用的服装，以及很多绘画收藏。有的走廊上铺着绒毯，有的则铺设着五颜六色的瓷砖。很多房间都被锁锁住了，看来必须先找到开锁的钥匙才行。

玛丽娜找到了一张带有华盖的大床和蓬松的被子，她幸福地睡了上去。若要说还有什么不满意的，那就是水电不通这一点。厕所也不是冲水式的，而是个开了洞的石头椅子。洗澡时也很辛苦，要特意在炉灶上烧好了水，再倒进浴缸。但玛丽娜还是很喜欢这个地方。

玛丽娜靠在可以看见拉特纳普勒的窗边，读着从藏书库里找来的书。日子过得如此安稳，既没有要加害自己的人，又有与自己心意相通的龙的陪伴，她可以望着空中飘落的纷纷白雪度过一天。每当透过塔楼高高的窗户向外看，眼前都是一望无际的雪景。厚厚的云层不曾散去，阴沉的世界中永远飘着无休无止的雪花，那些雪花落在湖面上，慢慢堆积起来。

某一天，问题出现了。在城堡厨房中的玛丽娜·金兹尝过一小口汤后，突然失落起来。

“拉特纳普勒，听我说，我在这个城堡中都找遍了，但就是没有发现盐。”

她跟中庭里的拉特纳普勒有心灵感应，所以即便不发出声音，也能够清晰准确地传达自己的意思。城堡中有数个食物仓库，大量的蔬菜、水果和肉都被冻在冰中保存了起来。玛丽娜试过用这些来做饭，但是没有调味料怎么也好吃不起来。

玛丽娜心意已决，她把锅从灶台上端了下来。中庭那边，巨大的生物也发出了活动身体的响动。龙昂起身子，等着玛丽娜骑上来。

“我们去找调味料。”

走出城堡，跨坐到拉特纳普勒脖子的根部，玛丽娜将植物编成的缰绳紧紧握在手中。龙体内的热量已经调节好，不会让她在骑乘时被烫伤。张开的翅膀刚刚扇动一下，卷起的风就把马厩的屋顶掀飞了。拉特纳普勒用翅膀拍打着空气，巨大的身体开始上升。

他们从“严冬湖”出发，向着其他房间移动，寻找可能有调味料的场所。根据藏书库发现的那张地图，好像不远处就有一个叫“冬村”的地方。那里画着许多排列在一起的民居图案，想必是什么村庄吧。如果前往那里，固然有很大希望找到调味料，但同时也会引起人们的注意。玛丽娜很清楚他们两个现在的身份还是逃犯。

她曾经梦见过披着深绿色外套的少女，惊醒之后全身都被汗浸透了。锤子女孩的存在对现在的玛丽娜来说是如此恐怖，一想到拉特纳普勒被杀死的情景，她就感觉自己要被撕碎了一般。

在叫作“盐柱遗迹”的房间，白色的遗迹星星点点分布于各处。降落到地面之后，玛丽娜试着舔了舔那些白色的柱子，果然和她想的一样，是咸的。看来这些遗迹都是用盐做成的。她用随身带着的小刀从柱子表面刮下一些粉末，然后收集进口袋。不过这样太慢了，她很快改为拿着口袋捡拾地上的遗迹碎片。

河川从遗迹中间流过，玛丽娜尝了一点河水，发现也很咸。可能是雨水把溶解的盐分冲进了水流吧。

“这个世界的海水也是咸的吧？说不定，就是因为这条河的水流进海中，才让海变咸的。”

此行的目的姑且达成了。玛丽娜爬回到拉特纳普勒的脖子上，小心地抓紧盐袋，返回“严冬湖”。他们擦着壁立千仞的雪山飞行，渐渐看到了城堡的剪影。龙在城堡正上方盘旋寻找着落脚点时，一个东西引起了玛丽娜的注意。

“拉特纳普勒，停下！”

她小心谨慎地探身出去观察，以免不留神摔下去。之前完全没有注意，房顶上也有通行的小道。紧贴着外墙的地方设有楼梯，从地面往上看的时候，会因为视线死角而看不到这个地方，现在却能清楚地看到那里放着一个宝箱似的东西。玛丽娜原以为自己已经探索过城堡内的每一个角落了，现在却发现居然还有未涉足的地方。

回到城堡中，玛丽娜甚至顾不上用找到的盐给汤调味，就翻出了城堡示意图研究起来。从空中看到的那扇门与那条小路都没有画在示意图中。这到底是怎么回事呢？玛丽娜就着蜡烛的光亮仔细研究示意图时，偶然地，在热气炙烤下，示意图上竟然浮现出许多记号。

经过数日在城堡中转悠，玛丽娜基本调查清楚了所有记号的位置，结果又发现了不少暗道。走廊装饰画的后面有一个跟墙壁同色的按钮，按下去后墙壁便开始慢慢转开，露出后面暗道的入口。此前以为只是普通的厚墙，现在却发现后面隐藏着被另外两面墙夹在中间的一条小路。隐蔽的暗道中到处都开着偷窥的小孔，可以暗中观察每个房间内部的情形。

就连华盖大床上方，都藏着通往天花板的出入口，而另一头则连接着外墙上的楼梯，再往下走便找到了那个被扔在外面的宝箱。宝箱中放着一个小小的女孩子样式的娃娃。虽然娃娃身上落满了灰尘，外表破破烂烂，但也能看出是某个人相当珍爱的东西。

大厅的墙壁中也藏着暗道。那条暗道的尽头有个把手，拉动把手，大厅的地板便会分成两半。这是个给入侵者设计的陷阱，陷阱底部一片黑暗。除此之外还有几处机关，比如房顶上会射出针扎穿入侵者，或者走廊中会涌入着火的油烧死入侵者。玛丽娜在地图上逐一记下了陷阱的位置。她总觉得在未来的某一天，这些可以用来保护自己。

3-8

枪声让我从睡梦中醒来，最先看到的是头顶的帐篷。这是个小型帐篷，顶多只够睡两个人。掀开质地坚硬而粗糙的阿拉伯风格的挂毯，我走到了外面。

所见之处尽是一片荒原。枯草被风吹得沙沙作响，头顶上方稍低一些的位置弥漫着灰色的云，遮盖住了木质的天空。山的另一边耸立着巨大的墙壁，在翻滚的沙尘中如梦似幻。

康亚姆·康尼姆在帐篷与帐篷之间做着吃的。石头搭成的炉灶中点了火，一口老旧的锅里煮着汤。康亚姆从口袋中掏出一把调料与风干的食材投到锅中，清汤的香味立刻飘了出来。

“早上好。好香啊。”

“艾尔·阿修比，不要紧吧？你好像一直在做噩梦啊。”长着犬科脑袋的男人用一把勺子搅动着锅里的汤。

“是个从高空坠落的梦，整个‘圆柱阶梯’都上下颠倒了。”

“我想大概还要持续几天吧。不过，你能开口说话就已经很好了。”

真是不堪回首的体验。我们通过用钢丝、滑轮和装着沙子的水桶来实现垂直移动的愚蠢方式，重复了十次才到达现在这个楼层。老实说，到第三次左右，我的记忆就已经很模糊了。康亚姆·康尼姆说半途中我的目光就变得呆滞了，跟我说话我也没有反应，他们只好像运行李似的帮我系上皮带。到达这个楼层后我很长时间还是不能说话，表情也一直僵硬着。

“总算没什么事了。只是现在不知为何看到圆柱形的东西就想吐。”

我伸着懒腰眺望周围的景色。这里是位于“圆柱阶梯”顶端位置的一层。有许多人做证说目击到玛丽娜·金兹和龙进入了这个楼层。虽然我们也追来了这里，但还是无法得知她所在的具体位置。

离开“圆柱阶梯”的时候，丽泽·利普顿雇来的帮手分给了我们各种各样的物资。虽然我受垂直移动的影响完全不记得这段了，但我们的行李中多了带毛里的外套、帽子和手套，还有帐篷以及毛毯，甚至连马都给我们准备好了。

康亚姆·康尼姆刚把锅里的汤搅拌好，鲁夫纳就从荒原的那头回来了。他肩上背着来复枪，手上提着一只已经死掉的兔子。刚才的枪声应该就是他在打猎。康亚姆·康尼姆舔了舔嘴唇，掏出小刀，给兔子剥了皮、放了血，肢解成几块。我有点不太敢看，躲到了一边。他把兔肉穿在棍子上，撒了盐和胡椒然后放在火上烤。香味刚刚飘起来，丽泽·利普顿便掀开帐篷摇摇晃晃地走了出来。她的头发还没有编成辫子，睡乱的头发在头顶翘起，整个人似乎还处于半睡半醒的状态。

丽泽走到火边坐下，伸手烤着火说：“好像很好吃的样子。如果涂上花生酱的话应该会更好吃吧？”

“给你自己的那份涂上就行了。”

“嗯，就这么办。”丽泽像被父母告诫的孩子一样老实地点了点头。

帐篷只有两顶，所以我们分为两人一组使用。丽泽和鲁夫纳睡一个帐篷，也不知道他们会不会感觉别扭。换衣服的时候要怎么办呢？

四个人一起吃饭时聊起了今后的计划。此时丽泽的头脑和语言都已恢复正常。

“首先需要进行物资补给，先去‘冬村’吧。”

“冬村”是这个楼层唯一一处人口密集的地区。我们必须去那里买些罐头，丽泽要买花生酱，康亚姆·康尼姆要买香烟。

“如果能买到‘烟谷’出产的卷烟就再好不过了。”

“那我要买些点心。有没有‘奶味洞穴’的糖果啊？”

“奶味洞穴”是一处墙壁上会渗出牛奶的奇异洞窟。来到Arknoah以后我尝过了各种各样的点心，“奶味洞穴”的糖果是最好吃的。

“鲁夫纳有什么想买的东西吗？”

黑发少年回过头来。鲁夫纳的餐盘已经空了，他正雕刻着什么东西，手里的小刀一点一点地削着一块木片。

“子弹。”鲁夫纳吹了口气，木屑立刻飞起来，他掌中的木片浮现出龙的造型。

叠起帐篷放到马背上，我又检查了一遍以确定没有遗落物品。帮忙的人分了四匹马给我们，每匹都瘦骨嶙峋的。我没什么骑术可言，就只能死死地把自己固定在马背上。康亚姆·康尼姆从他那匹马上伸过来一条缰绳拴住了我的马，熟练地牵着它行进。

穿过全是荒地的房间以后，我们来到了散布着巨石的房间。近看这些形态各异的巨石，会发现上面趴着许多尾巴发光的蜥蜴。

“没有城镇遭龙破坏的新报告，看来它是把凶暴的性格隐藏起来了。”丽泽·利普顿骑着马走在我旁边。虽然她握着方向盘时毫无章法，但骑马的技术倒是比谁都厉害。

说起来，还真没有哪个地方比“中央楼层”的商业区被烧得更焦了。

“那头龙在‘圆柱阶梯’还救过人呢。”

“救人？”

“它在空中接住了掉落悬崖的马车，救了马车夫一命。有目击者说起过这件事。不过艾尔当时正昏迷着，应该不记得了吧。”

穿过分割世界的墙壁上的隧道，我们进入了被称为“冬村”的房间。眼前是一片被积雪覆盖的世界，马匹艰难地行进着。

在小河的桥边我们发现了一块招牌，上面是面向游客的住宿和餐饮广告。一直在没有人烟的地方赶路，如今只是看到这样有人生活的迹象就觉得开心。有人乘着雪橇在雪原上移动，丽泽叫住他，询问有没有看到龙形的怪物，结果却没有得到任何情报。

我们按照招牌的指引进入森林，在顶上积雪的树林间发现了一个小村落。家家户户的烟囱中都冒着白烟，窗户中透出温暖的光亮，广场上还有小孩子堆的雪人。简直像是圣诞老人居住的村子。

锤子女孩和狗头到来的消息传遍了整个“冬村”，许多穿皮毛外套的人战战兢兢地挤在餐厅的窗口和门口向里面张望。我们在人们的视线中品尝着冒热气的奶油炖菜。村里人大多都有着雪一样白的皮肤、金色的头发，还戴了毛茸茸的帽子。年轻人都是身材苗条的俊男靓女，而年纪大一些的则大多有着酒桶一般的体形。

填饱肚子之后就是购物时间了。我们在村中的商店里采购了罐头和弹药。

我看着货架高兴地说：“快看，这里还有‘可可湖’的巧克力饼干呢。”

商品可谓相当丰富。据鲁夫纳说，这个村子临近“蒸馏湿地”，出产的美酒吸引了世界各地的商人前来。而村子西边就是“机械机关阶梯”，商品可以通过那里往来运输。

康亚姆·康尼姆去跟店主确认旅馆的空房。一层大厅设有餐吧，几个客人已经喝得满面通红。餐吧中摆着暖炉，我、丽泽和鲁夫纳围拢在那里。

店内灯光昏暗，得益于此，吧台边喝醉了的人们才没有注意到锤子女孩和狗头。他们一边喝酒，一边用含混不清的话语聊着天。我们坐在暖炉前，刚好能听到他们说的话。

“几天前，我去了一趟‘严冬湖’。”

“是吗，去干什么了？”

“想钓点虹鳟鱼。那边只能冰钓，在冻住的湖面上开个洞，然后把钓竿垂下去。”

丽泽哈着气让手指暖和起来。鲁夫纳盯着火焰一动不动。

“‘严冬湖’上有个城堡，你知道吧？冻住的城堡，就在湖中央的小岛上。很长时间以来我一直以为那边没有人住呢。可是啊，就在前阵子，我看到那里的窗户透着亮光。是不是有人搬过去了呀？会住在那种地方，得是多么奇怪的一个人啊。”

男人接着就自豪地讲起了冰钓的成果。可惜对方没什么兴趣，借着酒劲打起了呼噜。冷得直搓手的丽泽此时停下动作，我跟鲁夫纳交换了一下眼神。我们三个大概在考虑同一件事。这段时间怎么都打听不到的情报，竟然就藏在这样的酒桌闲聊中。

第四章

4-1

由“冬村”向北走个半天左右，就到了叫作“蒸汽谷”的房间。直达天际的岩壁成“V”字形向两边倾斜，中间是一条南北向的山谷。谷底的岩地上升腾着热气，弥漫着一股臭鸡蛋似的味道。这个味道来自溶解在温泉中的硫黄成分。地下涌出的温水填满整片岩地。丽泽·利普顿将消灭龙的前线基地设在了“蒸汽谷”的一片平地上。

“蒸汽谷”与北边的“严冬湖”之间仅有一墙之隔，非常适合一边观测龙的动静一边做战前准备。从“中央楼层”叫来的深绿军团成员正在着手基地的搭建工作，他们的人数每天都在增加。

康亚姆·康尼姆组织了侦察部队前往“严冬湖”。他们在正午刚过时返回，一进本部的帐篷，狗头便抖落着脸上的积雪开始汇报。

“正如情报中所说的一样，冰冻的湖中有一座城堡。虽然用望远镜观察过了，但是没有看到龙飞行的踪影。不过风中有味道传来，有点像铁，又有点像爬虫类的味道，非常奇特。我不会记错的，那个就是在沙漠和‘中央楼层’闻过的龙的味道。”

狗头穿的军服看起来相当耐寒，而且比沙漠地带中他穿的那身要方便行动得多。而跟着他的几个深绿军团成员则都冻得嘴唇发紫、浑身颤抖。

“谢谢。你们去泡一下温泉吧，真的很不错哟。”

丽泽说着低头看向自己脚下。她脱掉了长靴光着脚踩在水桶中，桶里装满了热腾腾的温泉水。第二天，康亚姆·康尼姆带着几个深绿军团的人再次前往“严冬湖”。他们的雪橇上装载着大量的炸药。

与此同时，我也默默地做着自己的工作，也就是洗衣、洗碗之类的杂活。士兵们为了消灭怪物而聚集于此，我的这点工作也变得繁重起来。要挨个儿帐篷去收集脏衣服，然后把它们泡进一眼温泉，用脚踩着清洗。虽然有可能会留下硫黄的味道，但应该没人介意吧。

补给部队往来于“蒸汽谷”和“冬村”之间，跟随部队行动的鲁夫纳给我讲了村子现在的状况。

“好多深绿军团成员聚集在那边，无论餐厅还是旅馆都满员了，他们聚在村子的广场上喝酒吵闹，有人甚至为酒精去了‘蒸馏湿地’，还有人醉得两天都爬不起来，不知道最后能有几成来到这边……”

“说起来，康亚姆·康尼姆准备干什么呢？好像看到他带着很多炸药去了‘严冬湖’。”

“他们是要堵住玛丽娜小姐的退路吧。”

“退路？”

鲁夫纳说，“严冬湖”东、西、南、北的墙壁上各有一个出入口，他们大概是准备只留下南边通往“蒸汽谷”的隧道，其余三个全部用炸弹炸毁。他的推测很快得到了证实。爆破的声音一直传到了前线的营地帐篷这里，康亚姆·康尼姆在报告中也说了同样的事。

“三个通道已经被碎石堵住，龙那么巨大的身体应该无法再穿过这里逃出‘严冬湖’了。”

龙和玛丽娜要想离开那里，就只能前往“蒸汽谷”。然而“蒸汽谷”的入口处已经设好路障，这次一定也在上面设置了钢丝炸弹。

“此前龙一直藏在城堡墙内没有露面，但是爆破之后它飞到空中兜了几圈，恐怕是在侦察情况。听到‘严冬湖’上回荡的爆破声后，玛丽娜·金兹一定已经知道你在向她接近了。”犬科军人对丽泽·利普顿说道。

广播报道已全面解禁，深绿军团在“蒸汽谷”集合并设置前线基地，不日即将开始向“严冬湖”进军的消息通过电波传到了四面八方。这方面的情报已经由丽泽·利普顿或者康亚姆·康尼姆直接向Arknoah特别灾害对策本部进行了报告。而电台那边则会参考本部放出的情报，根据自己的喜好做成新闻节目。既有回顾此前龙出现的原委，以及蛛巢作战失败的节目，也有为“冬村”的美酒做特辑的节目。

在我清洗餐具的时候，向“严冬湖”的进军就已经开始了。人们背着来复枪，在岩地升腾的蒸汽中向北而去。其中大部分队列有条不紊，走路的动作也整齐划一，应该是此前参加过无数次战斗的常规军吧。而那些看什么都新鲜、眼神乱瞟，一副心神不宁的样子，走路手脚乱摆的人，大概就是深绿军团的新兵。这些人的年龄、身材千差万别，有的人身形纤细，有的人则像大猩猩一样。唯独服装倒是全员一致，都是由Arknoah特别灾害对策本部发放的、橄榄绿的防寒服。他们的左臂上都佩戴着深绿色的臂章，肩上扛着来复枪。康亚姆·康尼姆鼓舞士气的声音在岩地山谷里回响。

丽泽·利普顿站在稍远一些的岩石上俯视着他们的行动。她单膝跪地，外套被风吹起，侧脸让我想起一头狮子在眺望自己统领的种群。

留下的深绿军团成员都聚在岩地上目送着行军的队伍。我也站在他们当中，向认识的人挥着手。是否参与进攻完全是个人自由，想战斗的人才会前往。Arknoah虽然没有战争，但是伴随怪物的出现总会诞生战场，去往那里的人们脸上也只有战意。只是并不会感觉悲壮，毕竟这个世界中人们的死亡是不同寻常的。死亡的代价也不过就是一时之痛和丧失一天之内的记忆而已。

“好羡慕你们啊。死后还能复活什么的，真是太棒了。要是外面的世界也有这样的神明该多好。”我对鲁夫纳说道。

“艾尔你不参战吗？”

“我为什么要特意去那么危险的地方呢？我的命可是只有一条，一定要小心使用。”

说这话的时候，我在行进的队伍中看到了一张熟悉的面孔。是那位总在吃晚饭时坐在篝火旁为大家弹奏弦乐器的青年。眼神相遇时，他对我露出了微笑。明明没有说过话，对方却好像认识我一样。记得大家好像叫他伽瓦来着，那是他的名字吧。

长长的队列一直向硫黄烟雾另一边很远的地方行进着，最终在北方的墙壁处消失。留在这边的我们就只能等待着他们平安归来。

4-2

“严冬湖”的空气寒冷得如同利刃一般，雪山高耸的锐角形峰脊连绵不绝。部队选择了迂回绕过雪山的路线到达湖边，这是他们从喜爱冰钓的人那里打听来的捷径。在大雪中行军并不轻松，赶上暴风雪的话，周围的景色一片模糊，连东、西、南、北都分不清，只能陷入进退维谷的境地，更不要说还有遭遇狼群的可能。但是这支队伍没有一人掉队，在出发六个小时后，全部平安来到了南侧的湖畔。

湖畔有一片广阔的针叶树林，从笔直的树干间可以窥见一片白茫茫的平面。冻成冰的湖面上积了厚厚的白雪，靠近湖中心的位置是一座小岛，满天飞雪中尖刺状的剪影若隐若现。那就是龙与少女居住的城堡。

侦察部队的帐篷隐藏在岩地之间，帐篷也都是雪白色的。根据他们的报告，龙一度盘旋在城堡周围确认是否有异常情况。刚刚抵达的深绿军团驻扎在河湾深处等待下一步指示，受限于地形，从城堡的方向刚好看不到这边。大家从针叶树林中收集了一些枯枝用来点燃篝火取暖，并且用绳套拴住较矮的针叶树顶端，将树枝拽过来盖在篝火上，以此来避免形成惹眼的烟柱。

部署在“严冬湖”的灭龙作战部队大约有五十人，蛇已经变成人的样子混进其中。冻得浑身发抖的深绿军团成员将手伸在篝火前取暖，他们坐在倒木上，盯着火光，一个传一个地喝着瓶装的蒸馏酒。已经到了夜幕降临的时间，周围却依然光亮，这个房间的昼夜区分似乎不是很明显。大家支好了帐篷，轮流去里面小睡一会儿。

“还要在这里待多久啊？”

“希望能在酒喝光以前出击。”

周围的深绿军团成员议论纷纷。蛇悄悄地离开了篝火旁边，它还有一件秘密的事情要办。蛇从配发的防寒服里取出了地图，比对着周边的地形，朝着标有记号的地方走去。它沿着“严冬湖”的湖畔移动，十分钟后便找到了自己的目标。岩地背阴处有一间破破烂烂的杂物小屋，用来存放冰钓爱好者在冰上开洞的钻孔机和钓竿、鱼饵等。得知这件事后，蛇特意跟“冬村”的居民详细打听了小屋的位置。

它把冰钻和钓竿拿出来，走上了冰冻的湖面。传说冰面的厚度有十米之多，存放的手摇式冰钻由数根棒子连接而成，这样才能让前端的钻头到达十米深度。钻开一个直径三十厘米左右的窟窿后，它将仿生鱼饵挂在鱼线上垂了下去。

“哦，钓鱼吗？好像很有趣呢。”

裹着深绿色外套的少女不知何时站到了它的身后。她正是灭龙作战的最高责任人、对蛇来说犹如天敌的丽泽·利普顿。丽泽毫无防备地探身朝冰洞内张望。她的外套里面还添了件防寒衣，头上也戴着一顶夸张的毛皮帽子。

“你是……第几次参战？”

“第二次了。”

蛇思考着要不要借这个机会杀死丽泽·利普顿。还是算了，杀了她明天也一样会复活，而且如果被她察觉到自己的存在反而会平添麻烦。于是它继续全神贯注地钓鱼。

“第一次是在哪里？”

“在‘大森林房间’。”

“大猿的时候啊。你活下来了？”

“没有。决战当天的事我都是听别人说的。”

“我也是。好不想中途退场啊，据说场面相当壮观呢。”

冰钓用的钓竿要比一般钓竿短一些。前端突然传来一股力量，蛇马上把钓竿提起来一看，一条十五英寸长的鱼咬在仿生鱼饵上。“拿回基地去收拾一下吧。”它想道。于是，它把活蹦乱跳的鱼从鱼钩上取下来，扔在脚下。不一会儿鱼就安静下来，冻得硬邦邦了。

“还不到出击的时候吗？大家已经闲得开始喝酒了，希望出击时不会摇摇晃晃站不稳。”

“特别行动队马上就要到达既定的位置了。”丽泽·利普顿天蓝色的眼睛望着远方，这里是河湾深处，视线被突出的地形阻挡，看不到城堡，“只要一有联络，进攻马上开始。你那个时候会不会死，全都要看玛丽娜·金兹的决定了。”

又钓到了一条大个儿的虹鳟鱼，丢在脚边之后，一样很快就被冻死了。

康亚姆·康尼姆用无线电发来联络是半天之后的事了，由特别挑选出的精锐组成的别动队到达了湖对岸既定的位置。一听说休息时间结束，深绿军团的成员立刻扔下了吃到一半的虹鳟鱼，大家检查了一遍自己的来复枪，清点过弹药后把它们装进防寒服的口袋。少女从列队在湖畔的士兵面前走过，挨个儿看着他们的脸。

“接下来战斗就要开始了。”丽泽·利普顿平静地开口说道。她的声音并不大，但每个人都能听得异常清楚。

“你们是诱饵。只要把龙吸引过来，你们就各自把握好时机尽快逃跑。”

深绿军团成员排成一横列，走上了被雪覆盖的冰面。丽泽·利普顿也在队列之中。离开河湾后，城堡的剪影渐渐显现出来。从南岸到城堡之间的距离，大概有五公里。

湖面上铺着纯白而平坦的冰层，雪花不断落下，然后堆积起来，一直没到了小腿，光是在上面行走就已经相当耗费体力了。所有人都沉默着，只能听见踩踏积雪和呼气的声音。越是接近，城堡的轮廓就越清晰，等到城堡巨大得需要仰望时，已经连塔楼和城墙的细节都能看得一清二楚了。高高的城墙一眼望不到头，仿佛将整座岛都包围其中。城墙脚下堆积了被风吹来的雪，形成一道白色的斜面。

“来了！”丽泽·利普顿的声音响起。

城墙内耸立着无数的塔楼，一个影子自那些塔楼的间隙升上了天空。

4-3

拉特纳普勒的巨大身体掠过玛丽娜所在的塔楼，升到了空中。皮肤上浮现着花纹的伟岸双翼一经张开，周围整片区域都跟着变得昏暗下来。

玛丽娜站在塔楼的窗边，用望远镜观察着。一整列横排的绿色小点从“蒸汽谷”所在的南方而来，那是身穿绿色防寒服的士兵们正踩着冰冻的湖面向城堡靠近。在队列正中的位置，可以看到裹着外套的少女的身影，是丽泽·利普顿。

“拉特纳普勒，尽可能不要杀死他们。”她对支配天空的龙说道。如果不出声阻止，拉特纳普勒可以在瞬间干掉所有敌人。然而玛丽娜还是希望能以和平友好的方式解决，她觉得越是互相残杀，谋求那种解决方式的可能性就会变得越小。

“我知道这很难，但是，拜托了。”

龙发出吼声。仿佛无数把弦乐器一同奏响的声音，在纯白的天地间回荡。龙两翼生风，徐徐升空，如同王者一般回旋的巨大形体突然掉转过来，瞬间变换了角度向下俯冲。长长的尾巴飘荡在身后，如同下落的云霄飞车一般。

就在即将撞上他们的时候，龙打开双翼来了个急刹车。带来的冲击波撞在冰面上发出砰的一声巨响，将地上厚厚的积雪连同深绿军团成员一起吹到了空中。

拉特纳普勒有着压倒性的力量与速度。分散到周围的深绿军团成员开始用来复枪迎击面前的龙，四下里传来砰砰的枪声，然而与龙的压迫感相比，那些枪的火力就如同玩具枪发出的一般。

玛丽娜与拉特纳普勒共享着视野，同时也可以用望远镜从塔楼的窗户里观察战况。就凭深绿军团成员手中的那些来复枪，根本没有击穿龙皮的可能，不，应该说，就连击中目标都很难做到。拉特纳普勒踩着冰面升到空中，以闪电般的速度从他们头顶横扫而过。

拉特纳普勒喷出了火焰，赤色的光辉一瞬间令人双目失明，等到视线恢复后，冰冻的湖面上已经耸立起了一堵巨大的火墙。仿佛神话世界中的情景。不过这一次，火焰没有夺走任何人的性命。龙以火焰在深绿军团成员与城堡之间筑成墙壁，仅仅是为了打消他们的念头，所以没有燃烧很长时间。但湖面的冰却已因此融化，腾起了一处处的水蒸气。

深绿军团成员仿佛瞬间丧失了战斗力一般，一个接着一个，掉头朝城堡相反的方向逃跑。他们拖着摔倒在地的同伴，往湖的南岸撤退。玛丽娜用望远镜看到这一幕后，终于放下心来。

她叹了口气离开窗边，沿着塔楼内部的螺旋阶梯走下来，穿过铁门下的出入口。这座城堡虽然有着数不清的塔楼，但是大多数都是相同的构造。回到城堡内，她坐在摆着桌椅的房间中喝了口红茶。闭上眼睛，拉特纳普勒的视野向她同步传递着战况。

龙不断地威吓，深绿军团成员仓皇撤退。偶尔有人用来复枪反击，也只是慌慌张张地回头一枪然后马上转身逃走。龙所看见的景物，在玛丽娜头脑中扩大开来，它已经将深绿军团成员赶到了湖的最南端。从战斗打响到现在不知不觉地过去了将近三十分钟。

“好奇怪。”玛丽娜放下了红茶杯。有什么不对劲，时间耗费得太长了，在她的预想中，对手早该逃回原处，而且不会再有什么反击动作才对。然而一旦拉特纳普勒停下追击，撤退中的他们就会跑回来继续开枪，仿佛要把龙叫回去似的。

“丽泽在哪里？”

拉特纳普勒停在空中转动着脑袋，马上就发现了裹着深绿色外套的少女的身影。她在冰冻的湖面上大声喊叫，挥舞着胳膊，向深绿军团成员发出指示。从她头顶上飞过时，有一瞬间龙看到了少女的眼睛，她目光灼灼地盯着它。那眼睛里闪烁着兴奋的光芒，如同发现了帅气的新型跑车，或是找到了特别强壮的独角仙一样。毫无败阵者的悲壮感。

湖畔有一片广阔的针叶林，一旦拉特纳普勒停止追赶，逃到那里的深绿军团成员就会返回湖面进行反击。然后等到拉特纳普勒开始进攻时，他们就再次躲进针叶林。如此反复。

“拉特纳普勒！这是陷阱！”

无论湖面还是针叶林中都看不到康亚姆·康尼姆的身影。玛丽娜把拉特纳普勒叫回了城堡附近，让它围着城堡盘旋，看看有没有什么异常的情况。不一会儿，龙就在北面的城墙上发现了数根垂挂着的带钩爪的绳索。

4-4

康亚姆·康尼姆的别动队潜入城堡后分成了两个小组。虽然事前多方打探，但依然没能获得任何关于城堡内部构造的情报，就连“冬村”的村民也没有踏足过城堡内部。自创世之初，城门就一直被冰封冻着打不开，没有任何人能进入其中。城堡内家具上的旧痕，以及那些仿佛有人使用过的痕迹，都是经由造物主之手，一早就设计好的。

石砌的通道与楼梯相互交错，似乎是特意设计成这种让入侵者容易迷路的结构。康亚姆·康尼姆动用他的犬科鼻子搜寻着玛丽娜·金兹的味道。包括他在内，别动队一共五个人，这已经不是他们第一次为了消灭怪物而进行秘密行动了。康亚姆只召集了这些经验丰富、身轻如燕的得力干将，迂回绕到了湖北岸，然后披着白色迷彩布料在冰上移动。等到龙飞起来，他们在前方战斗的掩护下来到了城墙脚下，用绳索进入了城堡，接下来只要找到玛丽娜·金兹并将她保护起来就可以了。将异邦少女与龙分开，再逃离“严冬湖”，这次的作战便可宣告成功。

怪物对自己的造物主相当执着，只要玛丽娜·金兹在他们这一边，龙必然会追过来，到时便有机可乘。

“听到翅膀的声音了，龙回来了，不要靠近窗边。”

犬科的耳朵捕捉到了龙划开气流朝这边飞来的声音，一起行动的深绿军团成员全部压低了脑袋。城墙上笔直的通道带有监视窗，细小的雪花从那里飘进来。龙巨大的身体几乎是贴着城墙飞过，空气都被震得发抖。两名深绿军团成员跟在康亚姆身后，还有两人从另一个方向搜索玛丽娜·金兹。

“绕着圈飞，就是不离开城堡呢，看来是在找我们。潜入行动已经被发现了。”一个深绿军团成员说道。

“放心吧，它应该不会出手的。要相信丽泽的话。”

城堡周围无遮无掩，如果遭到龙的攻击，既无处躲藏，也没法逃跑。不过进入城堡内部情况就好了很多，至少龙那巨大的体形没有办法跟进来。考虑到把玛丽娜·金兹也卷进去的可能性，它也不会随便进行大范围攻击。丽泽·利普顿是这样分析的。

铺着绒毯的走廊上排列着许多房门，康亚姆·康尼姆依次朝每个房间里望了望。不过他开门之前就已经大概知道玛丽娜·金兹不在里面了，虽然残留着一些味道，却并没有那么强烈，开门确认只是以防万一而已。可是，好温暖啊。印象中城堡内部应该也是冰冷刺骨的，然而越往城堡内部走，就越能感觉到从地板与墙壁中传来的暖意。

他们正在昏暗的通道中移动时，突然发生了地震。墙壁与地板在晃动中传出断裂崩塌似的声音。为了确认外面的状况，康亚姆贴近窗边，透过这里的窗户可以一览城墙内的景象。

立体交叉的通道与楼梯连接着一座座塔楼，构建起了一幅错综复杂的画面，而现在整个画面全被烟尘覆盖。墙垣间可见翅膀与长尾——龙降落在城墙之上，墙壁随之崩塌，如同砂糖做的点心一般，掉下零星的瓦砾。潜入后不久便分头行动的另外两人，大概因为太过靠近窗边，而被龙发现了。

“毫不留情的攻击呢，明显是满怀杀意的。”同行的一名深绿军团成员说道。

“要去帮他们吗？”

“不必，继续前进。龙既然能在那边如此毫无顾忌地大肆破坏，就说明玛丽娜·金兹不在那周围，所以我们只要朝反方向搜索就行了。”

康亚姆刚刚从城墙上窥见了外面的战斗，可以看出龙对外面的那些深绿军团成员是手下留情的，但是对于入侵到城堡内部的他们，可就没这么客气了。

接下来他们分成了三组。这座岛越向中心地势越高，全岛基本看不到裸露的地面，都被石板路与城堡覆盖着。城内设有多处冶炼厂与火药库，每一片区域都有单独的厨房和马厩，以及无数供来访客人下榻的房间。在打开某扇门的瞬间，康亚姆·康尼姆的鼻子捕捉到了强烈的属于玛丽娜·金兹的味道。

室内堆满了古旧的书籍。他抽动犬科的鼻子，分辨着混杂在空气中的各种味道的成分。没有看到她的影子，不过她一定频繁地出入这个房间。

远处传来一阵惨叫声，并不是玛丽娜·金兹，而是刚刚还跟着他的深绿军团成员的声音。康亚姆·康尼姆感到非常不可思议。如果是被龙攻击的，那么同时应该有建筑被毁的响动才对，然而他什么都没有听到。

康亚姆决定前往那边一探究竟。现场空无一人，他能够准确地判断出那名成员刚刚所在的位置，但他的气味就在这里突然消失。他就是在这里化为烟雾，被这个世界回收了。地上掉落着许多弓箭，仔细看的话，会发现对面墙壁上有发射弓箭用的小孔。

“这下可麻烦了啊，丽泽……”

康亚姆藏身于一个拐角处，来回巡视着四周。他在移动时更加留心观察，立刻发现有些地方的墙壁出乎意料地厚，说不定里面就隐藏着机关齿轮。康亚姆越发谨慎地行动起来。他在一个房间中发现了红茶杯子，弥漫着非常浓重的玛丽娜·金兹的味道，似乎就在刚才她还坐在这里。

当啷一声，有什么金属制的东西落到了地板上。康亚姆·康尼姆朝声音源头走去。通道尽头是一个开阔的空间，上面有高高的拱形穹顶。整个空间的正中心摆着一张巨大的桌子，大到甚至可以当作剧团表演的舞台，桌面被银餐具堆得满满当当。

有人的气息。是刚刚分开行动的一个深绿军团成员，正趴在桌子下面捡勺子。隐约也能闻出玛丽娜·金兹的气味，但还是看不见她的踪影。大概藏到什么地方去了吧。康亚姆·康尼姆走到了深绿军团成员的旁边。

“找到了？”

“还没有，康亚姆·康尼姆先生。到处都没看到。”

说话时，康亚姆在他拿着的勺子上也闻到了玛丽娜·金兹的气味。能够明确感觉到她不久前才握过这把勺子。

“这个是？”

“刚捡到的。我听到声音赶来这边，就发现桌子旁边掉了一把这个。”

话说到一半，康亚姆就后悔了。不该问这个问题，有那个时间还不如立刻掉头逃命。实际上，康亚姆·康尼姆也确实只听了一半回答就想抽身离开。

之所以能够在勺子上闻到玛丽娜·金兹的味道，正是因为如今躲在某个地方的她刚刚将之扔出来，而制造响动的目的当然是把对手吸引到这个地方来。

咣当，脚下传来沉重的响声，并且伴随着轻微的震动。康亚姆·康尼姆凭着直觉跳了起来，大厅的地面随之分成两半，露出底下漆黑的深洞，就陷阱来说也未免太大了。连那张巨大的桌子也一面倾倒着大量银器一面被黑洞吸了进去，如同发出惨叫的深绿军团成员一样。康亚姆·康尼姆伸手够向黑洞的边缘，然而很可惜，他的手划过空气，什么都没有碰到。

4-5

冰冷的风吹过，温泉的水蒸气顺着岩壁斜面飘散而逝。风中的冷空气是从“严冬湖”那边吹过来的。可能分割世界的巨大墙壁上有连通“蒸汽谷”的通风口吧。那么从严格意义上来说，连通这两个房间的出入口还有许多，不用担心龙会从那里逃跑。

“找出和穿越这些通道都非常困难，如果没有‘严冬湖’的房间地图，那几乎是不可能的。”鲁夫纳告诉我。黑发少年坐在我身旁的岩石上，手里一直削着木头。小刀在他手中唰唰飞舞，他用得得心应手。他的侧脸总让我有点心神不宁。这名少年看起来，比周围那些女孩子还要漂亮。

“等你消灭了蛇以后，就会回故乡去吗？”

“会回去一趟。不过可能还会再出发去旅行。”

“为什么？有目的地吗？”

“想看看这个世界。”

下方的岩谷中聚集着许多人，没有参加战斗的深绿军团的成员们挤在一起，等着迎接归来的士兵。直到天际的绝壁耸立于我们眼前，这就是“蒸汽谷”北面的墙壁。地面上有个类似大门的废墟，四角形的隧道入口便开在它身后，虽然那里设置了对付龙的路障，但留下的空隙也足够人们通行。

傍晚时分，通道中渐渐有人走出来。前去执行灭龙作战的深绿军团成员们陆陆续续地回来了，他们的肩膀上甚至还带着尚未融化的积雪。裹着深绿色外套的少女便是丽泽・利普顿。看到少女糟糕的脸色，前去迎接的深绿军团的成员们都被低气压震慑得纷纷让开了道路。少女走过他们身边，一直走到了营地的一角。“严冬湖”战斗的来龙去脉，早已经通过无线电告知了所有人。

除了潜入城堡的几个人，没有其他阵亡人员。大家都在传说，玛丽娜・金兹特别向龙下了尽量不要杀人的命令。曾经要焚尽世界的业火，如今却成为守护自身居所的铁壁。

然而，据说康亚姆・康尼姆与四名深绿军团成员组成的别动队，虽然成功潜入了城堡内部，却没有完成保护玛丽娜・金兹的任务。战斗的第二天早上，死后复生的四名团员从“严冬湖”的另一边返回，与丽泽的部队会合到了一起。只是康亚姆・康尼姆如今还落在对方手上。

“哎，为什么啊？”一个声音从稍远的地方传来。为迎接士兵归来而聚集在岩地上的人群中，一位深绿军团的女兵面露惊异之色。看起来她是刚刚从“冬村”赶来的，连自己的帐篷都还没顾上支。她背后背着行囊，身上挂着水壶，手里拿着自己的行李。

“怎么会呢，不可能啊。”

她的视线一直投向那名叫伽瓦的青年。伽瓦刚从“严冬湖”回来，跟几个同伴边说话边往营地走。那个姑娘似乎准备追上伽瓦，但是一不小心被我绊倒了。

“你有什么事吗？”感觉到她的样子有点奇怪，鲁夫纳上前问道。

“我刚刚看到了一个熟人。可是，不应该是这样的啊……”

姑娘说她是伽瓦的朋友，又说伽瓦现在应该还在“蒸汽谷”才对。

“昨天我们还一起在避难帐篷中收拾善后来着。他怎么可能同时又加入前往‘严冬湖’的队伍呢？我们也聊起过彼此的家庭，没有听说他是双胞胎啊。但是我肯定没看错，刚才那个人就是伽瓦。”

有另外一个一模一样的人出现在另一个地方，如此不可思议的事情，我和鲁夫纳却立刻猜出了原委。

“蒸汽谷”的夜晚长达十八个小时。与这个世界上大部分的房间一样，昼夜的区分非常明显。一旦到了时间，无情的管理人就会宣布熄灯，同时关闭电源，四周也就随之一下变得黑暗起来。

我和鲁夫纳穿过浓重的蒸汽来到岩石平台顶上。向下看，可以看到密密麻麻的帐篷。“蒸汽谷”中大部分的区域都是斜坡，但大家还是在其中找到了地势相对平缓的地方安营扎寨。正中央是总部帐篷，丽泽·利普顿黑着脸走了进去。

广场上堆着篝火，几个擅长厨艺的深绿军团成员在那边给大家准备晚饭，也有女兵在石头垒成的炉子里烤着面包，似乎平时是在镇上经营面包店的人。

“蛇在附近出没这件事，是不是应该向丽泽报告一声啊？”

但是帐篷里此时正回响着什么人乱砸东西的声音。

“还是晚些再汇报吧。现在离丽泽远点比较好。同伴被抓了，她想必很生气吧。话说鲁夫纳，你确定那家伙就是蛇吗？说不定我们这边的是真伽瓦，其他地方那个才是蛇变的呢！”

鲁夫纳一边往来复枪里填弹一边说：“怪物总是希望来到造物主身边，就像不愿意离开妈妈的孩子一样。”

蛇这个怪物拥有变身能力，只是它变成的目标人物自己并不知晓这一点，因为被杀之后他就会丢失当天的记忆。结果就是，这个世界上会同时存在两个一模一样的人，其中一个是本尊，另一个则是蛇。

“找到了。”

鲁夫纳一脸认真地盯着篝火附近，伽瓦就在那里。他怀中抱着圆形的吉他，被周围的深绿军团成员围住。今天的伽瓦披着一件华丽的民族风斗篷，伴随他演奏出的欢快乐曲，男人们开始跳起舞来。

夜晚的黑暗是我们的伙伴。我跟鲁夫纳藏在夜幕之中，兜了个大圈慢慢向他们靠近。随着距离缩短，深绿军团成员们的笑声与踏步声也越来越清晰。

我们躲在装食物的木箱后面，眼睛紧盯着篝火的方向，那边都是喝着酒、跳着舞、满脸笑容的深绿军团成员。在火焰映照下，伽瓦的黑影在岩地上长长地延伸开，每当风摇曳起火光，那个影子便也跟着徐徐扭动。

鲁夫纳架好了来复枪，枪口瞄准着伽瓦的侧脸。他们之间的距离比我们在“中央楼层”做过的射击练习要短很多，最多也就十五米。我旁边这位少年是不可能射偏的。鲁夫纳的眼睛眯起来，开始瞄准。

可是，突然开枪一定会引起骚乱吧。如果他不是蛇该怎么办呢？如果打到了别人又该怎么办呢？

“鲁夫纳，我看还是算了吧。我们确定那家伙就是蛇以后再动手不好吗……”

“闭嘴，我会分心的。”

黑发少年没有撤下来复枪。他现在要做的，就只剩扣动扳机而已。

弦乐器的音色令人意乱神迷。一个深绿军团的人注意到了我们，他满脸讶异。毕竟这边架着一杆来复枪，怎么看都觉得很可疑。再不开枪他可能就要喊出声了。

音乐停止了，人们鼓起掌来。琴弦奏出的余韵还在岩地上回荡，就在此时，鲁夫纳扣下了扳机。然而伽瓦恰恰在此时非常轻微地移动了一下。一个对演奏非常满意的深绿军团成员走过来，扔了一枚硬币给他，就在硬币即将落地时，伽瓦单手将它接住。正是这个动作，使他脑袋的位置发生了变化，子弹擦着他的后脖子，射入了他身后的水桶，水桶中装的饮用水顺着子弹射出的小孔潺潺流出。

枪声在岩地上回响，来复枪中弹出的锈金色弹壳从我的视野中滑过。紧挨着我的鲁夫纳懊悔地咬着嘴唇，已经准备好了第二次射击。

伽瓦回头看向这边，我们的眼神相遇了。就在那个瞬间，我确定了他就是蛇。奇妙的是，他在注意到我的存在后，露出了友善的笑容。时间仿佛在这一刻停止了。

还有人在为他刚才的演奏鼓掌，也许是醉得太厉害漏听了枪声。然而大部分人已经站起身来，看着手持来复枪的鲁夫纳和我，引起一阵骚动。

伽瓦手中的吉他掉在了地上，琴弦被震得乱响。那件华丽的民族风斗篷一瞬间被脱下来抛到了空中，展开的斗篷遮住了他的身影。

鲁夫纳开了第二枪。伽瓦扔起的斗篷立刻被射出一个洞，然而当斗篷落地时，他已经不见踪影。只要离开篝火的范围，夜色就笼罩了一切，而他也已消失在了夜色之中。

营地顿时一阵大乱。先是鲁夫纳被抓，然后我也被反剪着双臂按住。不过丽泽·利普顿从总部帐篷中冲出来后立刻释放了我们。因为失去康亚姆·康尼姆而心情极差的少女，马上用无线电和什么地方取得了联系。

“谁也不许离开这个房间。如果发现有人要走，他就是蛇。”

少女联络的对象是把守在“蒸汽谷”各个出口等待命令的深绿军团成员。很快，无数的爆炸声在我们周围响起，回声久久回荡不散。

“其实，在‘蒸汽谷’的各个出入口也装上了炸药，以便用碎石将通道堵死。这样一来，蛇就无法离开这个房间了。”丽泽·利普顿说着，从夹在腋下的大号花生酱瓶中挖了一勺塞到嘴里。

“啊啊，感觉精神一些了。很好很好，蛇先生，给我等着。计划改变，我们就先来收拾你吧。”

4-6

地下没有照明的窗户，所以玛丽娜·金兹点起了蜡烛。她沿着城堡的阶梯向下走。她手中的托盘上放着盛有饭餐的器皿，有豆子汤和咸味通心粉，她特别留意没有放洋葱之类犬科动物不能吃的食材。

由于不能去“严冬湖”以外的地方采购新食材，她只好靠食品仓库中现有的东西过活。如果像现在这样的封锁状态一直持续下去，说不定哪天就要饿死了。所以必须节约。

台阶下面连着一条通道，从左右两排铁栅栏的中间向黑暗深处延伸而去。铁栅栏后面是令人生畏的牢房，牢房里陈设简单，统共就只有一张看起来很硬的床而已。从最里面的一间牢房中，传来了狗头的喘息声。玛丽娜走过去一看，他正用手抓着房顶上突出的石头，做着引体向上运动。出声之前他就停了下来，仅用右脚落在地上。他的左脚上绑着绷带和一块支撑用的木片，看起来是骨折了，一段时间内应该走不了路。木片和绷带都是玛丽娜帮他弄上的。

“那个，我给你做了这些。”

“太感谢了。闻起来好香啊。”

铁栅栏下方有个开口，可以从那边把食物递进去。

康亚姆·康尼姆舔着舌头坐在地板上，舀起一勺豆子汤送到口中，发出一阵勺子碰撞牙齿的声音。

“这座城堡没有想象中那么冷呢。”

“因为拉特纳普勒在帮我给城堡加温。”

“拉特纳普勒啊。”

康亚姆·康尼姆又用叉子快速卷起通心粉放到嘴里，几根面条从他的牙缝中溜出来。初次相见时，她确实被他奇特的容貌吓了一跳，不过现在也渐渐习惯了。

“玛丽娜·金兹，你不想回到外面的世界去吗？”

“我回去的话，就必须杀死拉特纳普勒吧？”

“你可以在外面的世界创造出代替龙的东西。”

“说得简单。外面的世界可不像这里被创造得如此温柔呢。”

“对于你们异邦人来说，这个世界看起来是什么样的？”

“是个稀奇古怪的世界吧。不过，最不可思议的是，大家都是平等的。”

“平等是那么奇怪的事吗？”

“没有国家，也没有国王，更没有总统。社会到底是怎么运转的呢？”

“因为有造物主，所以才能确保Arknoah的安定。生活所必需的一切物资、动植物的数量，甚至人类的数量，都被维持在最佳状态。我们只要把全部身心都托付给造物主就行了。”

“就是说让神来解决所有的麻烦吗？”

“至少在你创造的怪物打破这种世界观以前，都是如此。而且，其实这里面多少也还是有些上下级关系的。”

“我一直觉得很奇怪，为什么你会听命于丽泽呢？”

“我倒是完全没有想过这个问题。毕竟最开始就是这么决定的，从这个世界诞生开始。”

“只是在扮演着神安排好的角色？”

“或许是吧。”

“那样也能算活着吗？”

“这个说法很有趣。”

康亚姆·康尼姆露出牙齿的时候总是很恐怖，虽然他只是苦笑一下而已。

“抱歉，好像我一笑，身边的人就会感觉有生命危险。艾尔·阿修比到现在见了我也还是畏畏缩缩的。”

“那你跟我很像呢。我只要笑着露出牙齿，班上的同学都会脸色一僵。我很讨厌自己的牙齿。你呢？也讨厌自己的脑袋吗？”

“倒不如说头以下的部分更让我不自在。我时不时就会产生一种四肢着地、长啸着在原野上奔跑的冲动。再没见过像我这样的存在，造物主到底为什么会把我创造成这个样子呢？”说完，他陷入了哲学家一般的沉思。

结束与康亚姆·康尼姆的对话后，玛丽娜·金兹登上了塔楼的屋顶，以便用望远镜观察周围的动向。自从康亚姆·康尼姆他们入侵城堡以来，她就再不敢放松警戒。

城堡四周是一望无际的纯白平面。每隔二十分钟，拉特纳普勒就会飞起来帮自己巡视一圈。有几个受丽泽·利普顿指挥的人在湖岸搭起帐篷以便监视这边，仅仅这种程度还不算什么。拉特纳普勒目力所及的范围要比人类远得多，它能够清晰捕捉到远方白色的兔子在雪地上跳动的身影。所以哪怕是一个影子，只要接近城堡，它也一定能够发现吧。

“要是有收音机就好了，至少可以听听音乐打发时间。”

玛丽娜将手肘支在天台的护栏上，盯着眼前纯白的景色，跟自己连着看不见的脐带的那头龙就在下面，她向它搭话说：“广播里好像正在报道我们的事呢，康亚姆·康尼姆说的。窦玛格先生和尼纳斯太太也在收听吧，特托雷和佩克也是。”

好怀念杂技艺人一家啊，大家的表演总是让村里的孩子两眼放光。窦玛格先生除了表演喷火外，还表演过小丑，他总是故意做出滑稽的动作惹孩子们发笑。有时候假装失败，有时候成心摔倒，能那样引人发笑真是太棒了。班上的同学就只会把人当傻瓜似的取乐。

有次在教室中，一个同学突然说：“你们觉得谁是这个学校里最好看的人？”所有人都憋着笑不说话。“那还用说吗，当然是玛丽娜了！谁让她长了那么好看的牙齿呢！”玛丽娜当时也在场。然而，为了不让气氛尴尬，她也只能配合地露出笑容。每次回想起这件事，她都会无比难过。

“在外面的世界中，只要人们聚在一起，就一定会有积极带动气氛的人，拼了命地逗人笑，仿佛这是什么电视节目一般。他们总会从人群当中选出一个弱者，嘲笑他的衣服、发型、说话方式等，并以此为乐。只要把一个人当作笑柄，在场的所有人就都会觉得开心。一共十个人的话，就有九个人是高兴的。大家都只是图一时之乐，第二天就会忘得一干二净。可是，被当作笑柄的那个人却会一直记得。我呢，就是很容易被选的那个人。”

一阵熟悉的凄惨感觉涌上心头，玛丽娜真想就此消失掉。不过，现在那种心情已经变得微不足道，比起从前，现在的她已经可以昂首挺胸地活下去了。

“我很后悔。在教室里被人取笑的时候，不应该为了配合别人而跟着笑，而是应该大声地表达愤怒，就算会破坏现场的气氛也无所谓。不能总是看别人的脸色活着。现在我终于明白了。”

如果能早点发现就好了。如果能在进入这个世界以前发现的话就好了。不，也许她就是为了发现这件事才进入Arknoah的。

4-7

“蒸汽谷”的斜面上点亮了盏盏橙黄的光。温泉腾起的蒸汽氤氲，点点光亮在蒸汽中缓缓移动。那些正是搜索蛇的踪迹的深绿军团成员们手中点燃的松明。

他们每过90分钟会回到营地休整一下，而每次休整时进行清点，都会发现人数在减少。

“看来它是在暗中下手呢。”

丽泽·利普顿用一种像是在清点库房存货般的语气说道。她坐在总部帐篷中的椅子上，舔着蘸满花生酱的勺子。总部的帐篷要比其他帐篷大很多，中间垂着一块布帘，将空间分割成里外两部分。外面这一侧放着桌子和椅子，里面则堆满了花生酱瓶子。现在，总部的帐篷中只有我和丽泽两个人。

“蛇现在是解除变身后的状态吗，还是说又变成了哪个深绿军团成员？”

“你这样看得人心烦，能不能坐下？”

“说的也是，抱歉。”

我坐到椅子上，然而丽泽还是很烦躁：“身体，放松下来。”

原来我下意识地在椅子上边抖腿边打着摆子，总之就是全身动个不停。

“因为找到了蛇，就意味着我说不定可以回家了嘛。”

“妨碍我想事情了。”

“你现在是在想抓住蛇的办法吗？”

“可以说是，也可以说不是。蛇的事、龙的事，还有玛丽娜的事，我都在想。不过最重要的还是康亚姆·康尼姆的事。”

丽泽踹了一脚桌子，眼神中透着慌乱：“那个笨蛋居然会被抓住，脑子短路了吗？因为任务简单就粗心大意，等他回来就开除掉，讲什么借口我都不听！”

“能那样我觉得再好不过。终于可以轻松悠闲地生活了，康亚姆·康尼姆也很想放个假吧。”

与龙相关的作战不尽如人意。龙开始频繁升空巡逻，警惕着再有敌人潜入。那头龙的视力好得惊人，就算盖着纯白的布与雪景融为一体，只要踩着“严冬湖”的冰面向城堡接近，总会在半途中被发现，然后被赶回来。而且它不会像人类那样感到疲倦，可以不分昼夜地进行巡视。

再者，就算能够成功潜入城堡，想接近玛丽娜也并非易事。毕竟连康亚姆·康尼姆都失败了。

“也许城堡内设有阻止入侵者的机关。”丽泽说。

康亚姆·康尼姆以外被释放的别动队成员都是死后复生而丧失了记忆的。因此，从他们那里几乎不能获得任何城堡内部的情报。里面到底是何种构造，对我们来说还是一团迷雾。

“避过龙的耳目进入城堡的办法还是有的。如果能够事先掌握城堡内部的构造，就万事俱备了。”丽泽说话的同时，用手指把瓶底仅剩的一点花生酱刮起来放到嘴里。

外面突然一阵大乱，四周响起深绿军团成员们跑来跑去的脚步声，以及互相嘱咐提高警惕的声音。两个深绿军团成员冲进帐篷，铁青着脸报告：“蛇出现了。”

“在哪里？”

丽泽在帐篷中打开了地图。

“北面。据目击者说，它在朝北面的墙壁移动……”

“如果它打开封锁通道的石块，进入‘严冬湖’的话，事情就有点棘手了……”

“为什么？”我在旁边插嘴道。

丽泽用手指点着地图回答：“我担心他们会联手。不是有句话说‘敌人的敌人就是朋友’吗？如果蛇被深绿军团成员追赶着逃进城堡，你觉得玛丽娜·金兹会选哪一边？”

她转头朝那两个深绿军团成员说：“能带我去目击到蛇的现场吗？”

二人紧张地点了点头。不过他们中的一个有条腿受了伤，并不是特别致命的伤，但看他单脚站立的姿势还是挺疼的。

丽泽问他："被蛇袭击了？"

"从岩地上摔下来弄的……"

"那你留在这边看着异邦少年，留下他一个人我也不太放心。"丽泽斜眼瞪着我，"要是敢偷吃我藏在帐篷里面的花生酱，有你好看！"

她一离开，总部帐篷中就只剩下我和那个受了伤的深绿军团成员。

总部帐篷是木头支柱上加盖布料的结构，每次刮风的时候，布料就被吹得啪嗒啪嗒响。能够让我留在这里待命，我还是很感激的。无论如何我都没有勇气眼睁睁看着那条怪物蛇被不择手段地攻击，最后浴血而死的样子。要如何才能接受一个一心爱着自己，还管自己叫爸爸的对象死亡呢？与舍弃自己的故乡也要守护龙的玛丽娜相比，我已经可以说是薄情寡义了吧。我只会随波逐流地生活，毫无胆识，什么都不敢正面面对。正因如此，珍妮佛才会用看蛞蝓似的眼光看我吧？回到原来的世界后，等待我的又会是什么样的生活呢？是不是还跟来到这里之前的日子一样一成不变呢？

桌上油灯里的火焰不安地晃动起来。

"过不了多久燃料就要耗光了。"留下来看着我的深绿军团成员眼睛盯着油灯说道。他一直站在出入口旁边，明明脚上还带着伤。

我连忙站起来，将椅子让给他："请坐吧。我是不会去动那些花生酱的。"

他满脸严肃地点了点头，坐到了桌对面的位置。走路时他总是特别小心着那条伤腿，仅仅是弯曲膝盖也会让他的脸皱起来。左腿上的那道裂伤从大腿一直延伸到小腿肚，鲜血一直往下滴，裤子也被撕破了。我站起来，转身找出了放在帐篷角落里的木箱，从中取出绷带、棉布和消毒液，在这名青年的身边单膝跪下。

我先用蘸了消毒液的棉布给他清洁伤口。换作以前，我是不可能这样帮人治疗伤口的，光是看到那些血说不定我就已经晕过去了。我用纱布盖住伤口，然后往裤子外面绑绷带的时候，他对我道了谢。

“谢谢你，爸爸。”

想要止血的话，绷带应该缠得紧一些才好吧。我忙于手上这些并不熟练的工作，一时间没注意到他的话。油灯中的火苗慢慢摇曳，发出细碎的声响，使得那映照在帐篷上的他的影子也跟着忽大忽小。

“……刚刚，你说什么？”

他没有回答我的问题，反而说起了别的。

“为了能让伤口皮开肉绽流血不止，我特意刮了一块尖锐的岩石。这是我故意弄的。我让自己受伤，就是为了避开搜查，到总部帐篷附近休息一下。”

他坐在椅子上，上身弯下来，把嘴贴在单膝跪地包扎绷带的我的耳朵上。

“丽泽·利普顿居然会让我来做守卫，真是幸运啊。她给我们创造了单独相处的好机会呢。”

绷带从手中滑落，我连忙撤回身。腿上有伤的深绿军团成员伸出食指压在嘴上，对我比画着不要出声的手势。

我本来应该惨叫的，或者至少应该大喊丽泽的名字，然而我最终没有发出任何声音。可能是受到惊吓与思绪混乱的缘故吧。又或者，是因为他希望我这么做。青年站了起来。

“跟我一起走吧。我就是来说这个的。之前你拒绝了我，但我想现在也许你会同意的。”

“你是逃不掉的，因为通道已经被石块……”

“靠近墙壁之后，可以往上面逃。像在‘大森林房间’时那样，先在房梁上休息一下，他们是不会轻易追到那边去的。我想跟爸爸一起走。”

它的眼中闪着光，可能是因为反射了油灯里的火光吧。外表看起来绝对比我大不少，个子也很高，这样一个人却管我叫爸爸，感觉真是太奇怪了。

“我不会跟你走的。如果这里有武器的话，我早就对你动手了。为了回家，没有别的办法。”

“我是爱着爸爸你的。尽管如此，你还是要杀了我吗？”

“不要装可怜。而且，也不要这么轻易地说什么爱不爱的。”

那家伙向我伸出了手。但是在那只手碰到我之前，不知何处传来了一个少女的声音：“到此为止！”

帐篷应声而破，无数刀刃出现在帐篷的裂口中。裂口继续扩大，整个帐篷变成了数不清的破布条，外面的寒风吹了进来。尖刀撤下去之后，换成了来复枪的枪口，数十个枪口全部指向眼前这个男人。一双天蓝色的眼睛从匕首划开的帐篷缝隙间射进了冰冷的目光。丽泽·利普顿就站在帐篷外面，她的视线直指站在我面前的深绿军团成员。

“最后关头你还是大意了。你说腿上的伤是摔倒造成的，但是你的手心和手肘上都没有擦伤的痕迹嘛。一般的人类呢，在摔倒的时候都会下意识地用手支撑。还是说，你本来的身体是没有手脚的，所以才想不到这一点呢？”

如果它现在还是蛇的形态，那么被鳞片覆盖的皮肤或许可以弹开子弹。然而根据我们掌握的情报，若是在变身前被射中，子弹就会贯穿它的身体。枪口全部对准了它的头部，数发子弹一起发射，瞬间就能把那颗脑袋打烂。

就连蛇也被丽泽的出现吓了一跳，一直强词夺理的它如今一言不发。只是，它的眼神充满哀伤。请不要用那样的眼神看我。如果我的内心真的对它抱有某种感情，应该会挺身而出挡在它与枪口之间吧。可实际上，我的脚没有挪动半步。可怜的蛇。可怜的怪物。就是因为有我这样的父母，才导致它只能在悲伤中被无数的子弹射穿。

“艾尔，离开那里。站那么近的话会被牵连到的。所有人都给我瞄准蛇，打偏的话有你们好看。”少女向举着枪的深绿军团成员下达指令。

“那个，等、等一下。我还有话要和它说……”

环顾四周伸进帐篷的枪口，从帐篷的缝隙间偶尔也能瞥见瞄准中的深绿军团成员的脸。有些人脸上充满了紧张与恐惧，有些人则是勇敢无畏，还有人带着浓浓的恨意瞪着蛇。

“爸爸，你走吧。”

蛇说着坐回到椅子上，眼睛望向左腿上缠绕的绷带。它的脸上露出些许欣慰的神色，大概因为那是我帮它包扎上去的吧。

“锤子女孩，对我来说你是相当可怕的人。是你赢了。”

“辛苦了。你也过得很不容易吧，连喘口气的机会都没有。”丽泽·利普顿的话里带着慰劳的口气，听得出她对怪物蛇这条生命也是充满敬意的。

“虽然只有一会儿，但是能跟爸爸说话，我已经很开心了。”

蛇依次望向直指自己的枪口，已经确定是自己输了，认清了自己的命运。

丽泽·利普顿的眼神则预示着她已下定了决心。她举起一只手，准备下达指令。

现在就差说出那个词了。就差一声“射击”。所有的事都会解决，蛇会死去，我会回到外面的世界。可是，我多希望他们能等一等。我还一点都不了解这个家伙，还有许多话没有对它说，就要这样让它消失吗？我正准备出声请丽泽·利普顿再给我一点时间的时候，蛇先我一步开口了。

“啊，不过，在此之前，我还是想交涉一下。”蛇仰起脸来，盯着丽泽天蓝色的眼睛。

“交涉？”它的话让丽泽始料未及，“真稀奇啊，怪物竟然会主动跟我说话。”

“我也是没办法嘛。”

“有什么有用的建议吗？”

少女的声音听起来兴致勃勃，不过周围的深绿军团成员却议论纷纷：“不能听它的！”“它是在拖延时间！”“快点下令吧！”然而少女依然等待着蛇的答复。蛇坐在椅子上，思考着什么似的望向屋顶。帐篷内侧映着它被油灯照出的影子，随着火焰摇摆不定。

蛇说：“我可以帮你们。”

“帮我们？”

“我可以潜入‘严冬湖’的那座城堡。”

“你是说你要做我们的间谍吗？”

“现在就这么杀了我很简单。不过事已至此，先杀死那头龙，再杀我也不迟嘛。这次我可以用原本的姿态加入深绿军团。只不过我没有能佩戴臂章的胳膊就是了。”

“我从哪里开始笑比较好呢？”

少女天蓝色的眼睛显得异常认真，她的大脑似乎在飞速运转。时间就这样在沉默中一分一秒地过去。深绿军团成员们依然用食指扣着扳机，用来复枪瞄准着蛇。既没有开枪射击的命令，也没有放下枪的命令。有些人由于太过紧张，枪口已经开始发抖，脸上冒汗。人们等待着少女的回答。

桌上油灯的火苗更加不稳了，灯里的燃料即将耗尽。灯光忽明忽暗地闪烁一阵，随即突然熄灭了。蛇大概就是在等这一刻吧，所以才一直拖延时间的吧。又或者这只是一个巧合？

一名神经紧绷的深绿军团成员被这突然而至的黑暗吓得扣动了扳机。随即枪声与火花四起。而我却在明暗交替之中看到了青年爬伏在地上的身影，以及那个身影逐渐变化的样子。

能够听到一种黏滑的、仿佛蛇从人类的身体中脱离出来的声音。液体和肉片四处飞溅，然后开始迅速蒸发，产生出一股高温的水蒸气似的东西。一阵射击过后，黑暗的帐篷中被烟雾充满。不过那也仅仅维持了数秒。就仿佛要将这烟雾驱散似的，覆盖着鳞片的巨大身体膨胀起来，一下就把整个帐篷由内而外掀飞了。

第五章

5-1

丽泽·利普顿那些忠实的手下在湖岸边支起帐篷安营扎寨后，到现在为止都还算老老实实。如果有什么奇怪的举动，拉特纳普勒一定会告诉自己的。外面的事就交给龙吧，玛丽娜·金兹自己还要忙城堡内部的准备工作。有些陷阱已经不能正常运转了，她要将这些一个个都修好。

每到饭点，玛丽娜就会准备两人份的食物，她将大量的牛排烤好，运往地下楼房。虽然心里想着要节约食物，但仓库里堆满了因拉特纳普勒带来的热量而解冻的肉，比起放到变臭，还是尽可能多吃一点的好吧。

“你是打算把我喂胖，让我无法从这间牢房里逃出去吗？”

康亚姆·康尼姆用刀叉把带着焦痕的牛排分切成小块，然后一口接一口地送进嘴里，他这样子看起来非但不像野兽，反而还挺高雅呢。

“这样烤过之后味道还可以吗？”

“能再多撒一把胡椒就最好不过了。”

“现在调味料紧缺。跟丽泽说的话，她会帮我拿一些过来吗？”

“只要她没有断你粮草的打算。”

这些日子她跟康亚姆·康尼姆聊了很多。从以往袭击Arknoah的怪物，到他与丽泽·利普顿的冒险，还有那些回到外面世界的异邦人。无论什么话题，他们都聊得很起劲。这个长着狗头的男人，虽然长得异于常人，内在却相当正经。

“再给我讲讲丽泽那把金锤吧。”丽泽·利普顿之所以被叫作锤子女孩，就是因为她的腰间挂着一把金锤。虽然大小尺寸上很普通，但上面镶嵌着宝石，金银雕刻的做工也非常精细。

“那东西是在哪个商场买的吗？”

“商场是什么？那可不是买来的东西，是一开始就有的。”

“没怎么见她用过那把锤子呢。”

“因为它不能随便使用。”

“有什么特别的机关吗？”

“倒不至于说什么机关，只是那把锤子敲在东西上会产生特殊的震动，能造成效果显著的破坏。它的材质是这世上独一无二的，比任何物质都更坚固、更强韧，即使发生毁灭整个世界的大爆炸，那把锤子也能完好无损地保存下来吧。”

“在你们冒险的过程中有没有丢失过呢？”

“即使脱手，也是一时的，不知何时它就会再次回到丽泽身边。

这大概是造物主的意志吧。”

说到这里，他那尖牙利齿的脸上也显露出了尊敬与畏惧的表情。Arknoah的人说到造物主时总是一脸严肃。不管是谁都有着不可动摇的信仰，每当亲眼看见，她就会感觉到自己与他们之间的差距。尽管外表和思考方式都很相近，但能够明确感觉到，他们是造物主创造出的人类，自己却不是。

那么，自己和艾尔·阿修比又是何种存在呢？外面的世界是没有造物主的，虽然有各种各样的宗教，却没有像Arknoah的造物主这样明确的存在。但是相对地，那里也更加自由，不用每天顾虑着造物主生活，可以追求自己真正喜欢的东西，就算是杀人这种恶行，能给予制裁的也不是造物主，而是跟自己一样的人类。

“这个世界的父母为什么也会爱自己的孩子呢？”玛丽娜想起了窦玛格一家。尼纳斯望着兄妹俩时无限温柔的眼神，明明就是毋庸置疑的爱……

“并不是经过痛苦的分娩过程从自己肚子里生出来的孩子呀。这个世界中的人从一开始就是现在这个样子的，对吧？无论是为人父母的责任，还是对孩子的爱，也都是造物主预先设计好的吗？”

“是的。造物主创造了一切。我们心中所有的感情，都是被设计好的。”康亚姆·康尼姆说道。

玛丽娜无论如何都无法接受。如果想起某个人的时候，心中如泉水般满溢出来的感情都是出自他人之手，这难道不是一种欺骗吗？

玛丽娜在城堡的仓库中找到了一把长柄刷，于是打算用它来给拉特纳普勒清洁下身体。一点点打磨着它的皮肤表面，花纹图案更加清晰地显现出来。皮肤整体上是和大象皮肤一样的颜色，花纹则由绿色与白色组成。乱七八糟的牙齿上戴着如同矫正牙套似的金属装置。

“你这里用来烘干毛巾最合适了，吐出的热气比吹风机里喷出的风还要热，一下就吹干了。”

说着，玛丽娜用布把龙的牙齿也擦拭干净。在此期间，拉特纳普勒的脸上虽然没有任何表情，却像只高兴的大狗一样，使劲在地面上拍打着尾巴。因为拍得太过起劲，中庭的一部分墙壁甚至都被它的尾巴尖拍成了碎石瓦砾。

当玛丽娜在城堡中散着步欣赏墙上装饰的绘画时，突然听到了拉特纳普勒的吼声。在城堡周围飞行巡视的龙，似乎有所发现，于是发出威吓的声音，并且用只有玛丽娜能够接收到的波段向她进行了报告。玛丽娜闭上眼，将内心调节成与龙同步，龙的视野随即出现在她眼前。

什么东西出现在“严冬湖”上，还在慢慢接近城堡。是个长长的奇怪剪影。

“不要攻击，拉特纳普勒，千万不要。”

玛丽娜跑到了城门边。城门在岛的最南端，那里有一块平台可以站上去俯视外面的情景。小岛周围是一片纯白的景色，在那片纯白之中，一条青铜色的大蛇正孤零零地穿行于满天飞舞的雪花当中。随着蛇慢慢接近，可以清楚地看到它身上的鳞片。

蛇的头部高昂着，鼻尖对准正在空中盘旋的龙。等它终于到达了城门下方，蛇又直直地望着探身瞭望的玛丽娜。它的瞳孔仿佛剑锋一般细长而神秘。玛丽娜还在猜想能不能跟它用语言沟通，转眼便注意到鳞片覆盖的巨大身体上背负的东西。看起来似乎是个人类。

玛丽娜大声喊道：“只要你保证不会攻击我，我就放你进来！”

这条蛇浑身是伤，鳞片剥落，流血不止，有些地方甚至可以看到翻出的肉。它竟然在这样的状态下守护着背上的人，把他带来了这里。那人一动不动，似乎晕过去了。而那个趴在蛇背上、四肢耷拉的人，正是艾尔·阿修比。

“我没有……袭击你的……理由，对吧？”

爬虫类的巨大头部说着人类的语言。声音让人联想到一个口齿不清的男孩。既然都是丽泽·利普顿的敌人，那么大家的利害关系就是一致的。

“是啊，我们一定能成为朋友的。联手起来，可以互相壮胆。”

蛇吐出细长的舌头甩了甩，提出了一点异议：“说得对。只不过我是蛇，所以没有手。这也是我常用的笑话。”

城门口落着包铁的木质栅栏大门。旁边有一根杠杆，通过它可以操纵沉重的滑轮装置。栅栏门升了起来，蛇巨大的身体驮着艾尔·阿修比滑过了城门。随后栅栏门重新落下，将城堡与外界隔绝起来。

玛丽娜近距离观察着蛇的身体。蛇全长在二十米以上，腹部着地的时候，覆盖鳞片的背部几乎与玛丽娜的腰等高。如此庞大的身躯在地面上自如地滑行时，能够感受到一种与龙完全不同的压迫感。

“好冷，快要冻死了……”

蛇的声音非常虚弱。它那爬虫类的身体早在雪地中穿行时就已经冻僵了。亲眼看到蛇感情充沛地讲话，玛丽娜受到了很大的冲击。在发声的时候，它巨大的双颚会维持着微微张开一条缝隙的状态，并不像人类说话时那样嘴巴不停开合，而是靠活动喉咙深处一块柔软的部分来发出声音的。

玛丽娜首先将他们带到了有暖炉的大厅。艾尔·阿修比紧紧闭着眼睛，嘴巴半开。自从“中央楼层”一别，玛丽娜还是挺怀念这张脸的。据蛇说，他是在被带着逃离“蒸汽谷”的营地时失去意识的。

蛇一面靠着暖炉中的火焰取暖，一面说：“我想着，你说不定能把我们藏起来避避风头。”

“你很会说话呢，跟拉特纳普勒完全不同。”

“拉特纳普勒是指……那头龙吗？你给它取了名字啊。”

只要这条蛇想的话，就能在一瞬间把她吞下去。不过艾尔·阿修比醒来后要是知道蛇干了这种事，一定不会原谅它的。所以，玛丽娜丝毫不担心地接纳了蛇与少年。

玛丽娜将艾尔·阿修比安排到了客房里，让他睡到床上。她在床边看了会儿书，然后起身去泡了一壶热腾腾的红茶。当她再回到客房的时候，艾尔已经从床上坐了起来。

“哎呀，早上好。”

少年挠着自己的脑袋，似乎一时间还搞不清状况。他回头望着玛丽娜，皱着眉头想了一会儿，终于吃惊地大叫：“玛丽娜？！”

“你昏过去了哟。”

“这里是？”

“我家。”

“家？那就是说，这里……是‘严冬湖’的城堡？”

他摇摇晃晃地下了床，走到床边眺望外面的景色，即使如此也还是一副难以置信的样子。

“是蛇带你来的。”

“蛇？啊啊，对了，可恶！我想起来了！”

艾尔抱着头喊起来。玛丽娜赶紧先让他坐回到床上，然后倒了一杯红茶给他。喝过几口之后，艾尔似乎终于平静了下来。

“为什么蛇会带我来这里呢？”

“为了安全着想吧。对你们来说，这里是最好的休息场所。只有在这里才不用担心被丽泽·利普顿追杀。”

“但是，我必须回到丽泽那边去。我这样擅自离开，她现在一定发火了。”

“留在这里吧，艾尔。你的怪物也是这么希望的。”

少年的眼睛里充满了困惑：“蛇吗？”

“去跟那孩子聊聊怎么样？”

“蛇是一定要被杀死的。”

“至少待在城堡的这段时间，能不能请你保持中立？”

对怪物来说，他们这些人就像父母一样。蛇一直把艾尔·阿修比称作“爸爸”呢。看到这个少年犹豫着是要接纳蛇还是否定蛇的样子，玛丽娜总算松了口气。他还是非常像人类的，跟Arknoah那些居民不同。他的内心至少不是造物主设计出来的。不断在迷茫中寻找确定自己内心情感的方法，也许只有这样他们才称得上是人类。

“中立”这个词在艾尔·阿修比的头脑中发挥了作用。

“中立吗……那样的话，我就不算是你的同伴，回到丽泽身边时，应该也就不会被她骂了。”

“看来你相当怕她呢。”

“你是这座城堡的主人，所以你说怎样就怎样吧。”

能跟同乡的人类在一起，确实感觉踏实了很多。

5-2

我跟玛丽娜聊着天，同时卧床休息。迷迷糊糊中，她不知何时已经不在房间里了。感觉休息得差不多了，我下了床，在城堡内溜达着寻找厕所。这座城堡几乎覆盖了整个小岛，城墙与塔楼错综复杂，延伸出了无数条走廊与石板台阶。沿着城墙之间狭窄的小道前行，稍不注意就会迷路。

在一处类似中庭的地方，我见到了龙。从头到尾长长的身体蜷缩成一团，好像游乐场的云霄飞车轨道一般。

“你好，还记得我吗？”

我战战兢兢地跟龙打了声招呼，然后走到一处能够清楚地仰望龙的位置，顿时感到浑身暖洋洋的。“严冬湖”上无休止的降雪都在半空中融化，变成雨雾。中庭的地面因此积了水，变成水洼。

“听说你有了名字呢。从‘中央楼层’分别后到现在为止，中间发生的事情玛丽娜都告诉我了。说起来，我正在找厕所，你知道在哪里吗？”

拉特纳普勒扬起长长的脖子俯视着我。四周都被它的影子遮挡得暗下来。龙一移动身体，就会发出山体滑坡一般的声音与震动。

“你已经忘记我了吧？我坐火车经过沙漠时，还被你袭击过呢。那天我们双方都被卷进了龙卷风，真是糟糕的经历啊。”

龙那铠甲一般坚固的面部皮肤没有透露出丝毫表情，不过它似乎想起了我，因为它突然将长尾扫过地面，将一大摊泥水掀到了我头上。我吐出口中的泥水，抹了一把脸。

“你生我的气是毫无道理的。都是……没错，都是丽泽·利普顿不好。我是非常反对争斗的。今后我们重新开始好好相处吧……”

龙又一次甩动尾巴，泼了我一身比刚才还多的泥水。它低下巨大的头颅，一直伸到我面前。呼哧一声，从它的鼻子里喷出股热气，灼热的风扑面而来，刚刚被泥水浸湿的衣服现在又散发出了蒸汽。

“爸爸。”

背后传来一个声音。全身覆盖着青铜色鳞片的怪物从凹进城堡内的阴影中滑出来，转而又藏进了另一片阴影。闪烁着斑斓色彩的眼睛在黑暗中望着我。

“早上好，爸爸。”

前面是巨大的龙，后面是会说话的蛇，简直是噩梦一般的场景。我捡起地上的木棍，双手握住，当作武器举在身前与蛇对峙。

蛇说：“我什么都不会做的。我只是觉得，到了这里，就不会有人打扰，我们也就可以慢慢地相处了，对吧？”

蛇从暗处探出头来，它的下颚紧紧贴着地面，以这样的姿势仰视着我。

“爸爸，你想……杀死我吗？”

我露出迟疑之色，扔掉了手中的棒子。“也许吧。不过现在是不会杀你的，在这座城堡中我会保持中立。”

“其实，我也是很怕死的。”

“明明杀了那么多人，现在却这样说。”

“话是这么说，但我总觉得，那些能够复活的人和我们这些不能复活的相比，生命的价值是不对等的。”

“我能理解你的意思……”

“爸爸，拜托你，把手放到我头上好吗……”

蛇巨大的身体贴着地面滑到了我身边，与龙相比，它的头已经算很小了，但依然可以把一个成年人生吞下去。蛇恳求似的看着我。实在挨不过那种眼神，我战战兢兢地用手心贴住了它额头上的鳞片。说是鳞片，但并不像鱼鳞，更像是鼓鼓的迷你小山包，规整地覆盖在身体表面。手心传来的触感非常光滑，也很有弹性。蛇的眼睛上没有眼皮，但是眼球表面覆盖着一层透明罩子似的东西。

“谢谢。我要走了。要去帮忙放哨。”

蛇这样说着，依依不舍地离开我，回到了城堡内的阴影中。回头看看，拉特纳普勒如同雕像一般用完全静止的姿态望着我们。

据说龙与玛丽娜之间连着一条看不见的脐带，这种能够与自己的造物主共享见闻的怪物以前也出现过。所以，我必须装作被蛇强迫着带来这里的样子。回到城堡内，把拉特纳普勒弄到我身上的泥水清洗掉，再去个厕所，然后就要开始寻找这里的密道与陷阱。这是我和蛇的任务。

蛇在“蒸汽谷”的总部帐篷中现身的那一刻，一时进入了战斗状态。就在它准备大开杀戒然后趁乱逃进暗处时，丽泽・利普顿出声制止了它。不顾众多深绿军团成员的反对，丽泽与蛇达成了协议。蛇弄伤了自己的身体，背上我来到“严冬湖”的城堡，这些都是在按照制订好的计划进行。

夜幕降临前，玛丽娜・金兹点燃了走廊中排列的烛台。这座城堡没有通电，黑暗中可以照明的就只有蜡烛。即便拥有了这么大一座城堡，她的生活依然很简朴。就算屋子里有的是皇家贵族使用的奢华餐桌，玛丽娜每天也只是在厨房角落中，就在给用人们吃饭的一张旧桌子上用餐。我同样凑在那边吃了她做的烤薄饼。就着盘子中的树莓果酱，我们讲起了彼此的旅行，安慰着对方的辛苦。

"我觉得最不可思议的，是这里的气压。"

"气压？为什么？"

"这个世界是楼层式的。按说，应该是下面楼层的气压高，上面楼层的气压低。但是我在楼层间移动的时候，却完全没有感觉到气压变化。所有地方把水烧开的时间都是一样的，身体上也没有任何感觉。你知道高原反应吧？"

"因为这个世界跟我们的故乡完全不同嘛。造物主在创造这个世界时就连自然法则都可以随心所欲地设计，所以发生什么都不奇怪。"

晚饭后，玛丽娜把烤薄饼装在餐盘里，朝地牢走去，我也紧跟在她身后。我们来到了城堡的深处，走下昏暗的阶梯，经过了一间士兵执勤用的屋子，进入排列有许多铁栅栏的通道后，就听见了康亚姆·康尼姆的声音。

"是艾尔·阿修比吗？"

他好像是通过脚步声和气味判断出了我的到来。我们刚走到最里面的铁栅栏门外，那颗犬科脑袋就立刻出现在了烛光中。

"好久不见，康亚姆·康尼姆。"

"你是临阵倒戈了吗，艾尔·阿修比？"

"不是啦。我是被蛇硬拉着带到这边的。"

"现在艾尔是中立的，不加入任何一方。"玛丽娜说，我跟着点了点头。

"和龙打仗实在太辛苦了，我果然还是反对争斗的。我们应该坐下来聊聊。扔掉武器，相互包容一些。"

狗头瘸着一条腿在牢房中走动，看上去脚上有伤。

"蛇跟你在一起吗？"

“它和拉特纳普勒一起去站岗放哨了。”

玛丽娜把装着烤薄饼的盘子推进了牢房，然而康亚姆·康尼姆并没有接过去，反而一直盯着我。

“能不能帮我把牢房的钥匙拿来啊？”

“做那种事会让玛丽娜生气的。”

“康亚姆·康尼姆先生，我希望你能继续留在这里一段时间。因为释放你实在太危险了。不过我倒是可以给你准备些打发时间的东西。书啊，桌面游戏啊，画画的工具之类。”

“有狗用的磨牙棒吗？”

“磨牙棒？”

“就是用来咬着缓解压力的棒子。树枝什么的也可以。”

康亚姆·康尼姆这样说完，不由得摇了摇头，他湿润的鼻尖忽左忽右地摆动。

“哎呀呀，真不好办啊。龙和玛丽娜·金兹还有蛇都聚到了城堡中，艾尔·阿修比又是中立的和平主义者，一点忙都帮不上。”

我和玛丽娜·金兹离开地下牢房后，就去帮他寻找磨牙棒。最后在仓库中发现了一些劈好的柴火，挑了根大小合适的拿给康亚姆后，他专心地咬了起来。

蛇用比我好百倍的演技取悦着玛丽娜：

“玛丽娜，你还记得吗？在‘中央楼层’时，我们……见过面的。我曾经……帮助你逃跑来着。我当时……装作一个……擦玻璃的小男孩的样子。”

蛇的鳞片现在每天都会出现在视野中。它还被玛丽娜指定为下棋的对手，因为比起我，蛇更能让她有危机感。

我在城堡中可以自由活动。无论是爬上城墙眺望“严冬湖”的雪景，还是戴上宝库中的王冠假装一位国王。经过数日对城堡的探索，我尽心尽力寻找的密道与陷阱依然一无所获。

“据说这座城堡中是有密道的？”某天吃饭时，我向玛丽娜问道。

“是啊。你听谁说的？”

“蛇好像偶然间发现了一处。”

“有很多个呢。如果有人潜入，我们就可以用那个逃走了，而且陷阱也可以发挥作用。”

“陷阱？”

玛丽娜站起来，不知从什么地方拿了张地图过来。是城堡的平面图。她说只有在烛光的映照下，上面的记号才会浮现出来。不过现在不用那么麻烦了，她已经用笔将密道与陷阱的位置、陷阱的种类和解除办法，都详细地记录了下来。

“你也了解一下比较好。丽泽他们潜入城堡时，这些都是会用到的。一定要把陷阱的位置牢记在脑袋里，否则我启动吊挂天花板的陷阱时，你也会被牵连进来的哟。”

那天晚上，我在房间里抄了一份地图，然后打开窗户把蛇叫过来。蛇的脑袋出现在黑暗当中，我们一起商量了接下来的计划直到天明。

早上，我打着哈欠起床，洗过脸之后，走到了吃早饭的厨房。架在火上的锅里正冒着汩汩热气。玛丽娜为我准备的早饭是鸡汤炖菜，她让我先尝了尝味道。

“感觉差点盐啊，还有胡椒。”

“这两样很紧缺的，忍耐一下吧。”

玛丽娜做饭时都很节约调料。“严冬湖”入口封锁之前她刚刚储备了一些岩盐，然而现在也已经见底了。胡椒则差不多已经吃完。

“去跟丽泽商量下怎么样，就说你想要一些调味料？”

“你觉得她会给我吗？”

“如果你说是想给康亚姆·康尼姆做更美味的饭菜的话，要多少都会给你的。”

玛丽娜稍微思考了一下，点了点头。

“那就稍微交涉一下看看吧。我写封信送到湖岸边的营地去。拉特纳普勒应该很容易就能办到的。”

“让蛇去怎么样？”

“为什么？”

“拉特纳普勒离开城堡附近总是不太好啦，这样我们就缺少守卫了呀。”

“没关系，凭那孩子的翅膀，五分钟都用不了就能回来。不过，也对，就这么办吧。只是从空中扔下这封信，也不知道他们能不能捡到。蛇会使用语言，不仅能够确保信交到对方手上，有什么问题还能当场交涉一下。”

中午前，她用钢笔和墨水写好了想要调味料的信，然后拜托我检查一下有没有错字。她的字真是好看。她将信纸装进信封后，又用熔化的蜡封了起来，然后在衣柜中找了个皮革做的包来装信，最后让蛇叼住皮包。

我对蛇说：“一定要办好哟。”蛇特意放下皮包回答我：“直接去……直接回来，对吧？不要到处乱逛，也不要做惹眼的事。”

我将抄好的城堡平面图一起放进了皮包。不过知道这件事的只有我跟蛇两个。蛇从城堡出发，在“严冬湖”上越走越远。

5-3

十个左右穿着厚重防寒服的深绿军团成员正在大雪中工作。他们搬运的是Arknoah特别灾害对策本部的开发部门送来的货物——前端带有钻头的大型机械。鲁夫纳想起在大猿消灭战中也见过这家伙，好像是叫挖掘机来着。鲁夫纳随深绿军团的部队一起到达了“严冬湖”，这个房间的大部分都被雪山与冰冻的湖面占据着。湖岸边还有一片广阔的针叶树林。

湖的形状非常复杂，他们选择了南端的岸边作为据点安营扎寨，这里左右都是向外突出的岩壁，可以作为遮挡不被城堡那边看到。虽然是来帮忙的，但是鲁夫纳不擅长力气活，只能做些准备食物之类打杂的工作。一到白天，她会按人头拿出冰冻的罐头，用起子打开，然后依次码在篝火边，等一会儿罐头变暖后就可以吃了。可要是没有控制好罐头和篝火之间的距离，也会有烧焦的可能，所以一定要小心。

“鲁夫纳，过来一下！”

趴在岩崖上监视城堡的人突然喊道。所有人都紧张起来。鲁夫纳放下罐头爬上岩崖，在叫她过去的那个深绿军团男兵旁边趴下身来。她用自己的望远镜向远处看去。纯白的雪不断落下累积在“严冬湖”湖面上，一条长长的剪影在上面移动，随后消失在湖畔的岩崖下面。

“虽然离得这么远看不太清楚，但应该是那条蛇没错吧？”

鲁夫纳冲他点了点头。是蛇，不会错的。一名深绿军团成员朝无线电台飞奔过去。要马上跟丽泽·利普顿取得联络，她应该是在不远处进行冰钓。

鲁夫纳滑下岩崖，拿起了来复枪。现在是禁止朝蛇开枪的，因为丽泽下达了这样的命令。可是，她不在乎。甩开前来制止自己的深绿军团成员，鲁夫纳一个人朝蛇消失的方向跑去。

她寻找着蛇的踪迹，突然听到小石子滚落的声音，转头看去，青铜色的鳞片正扭动而去。鲁夫纳架起来复枪扣下扳机，子弹打在岩石表面弹飞出去，腾起一股小小的白烟。

有个声音不知从何处传来，听起来像是个年幼的男孩子。因为唇舌的构造与人类不同，所以发音有点含混不清。

“鲁夫纳，住手。我们不是同伴吗？”

鲁夫纳压低了身体，朝向声音传来的方向。蛇应该是穿过岩地进入了针叶树林，有雪块掉下来，可能是它经过时碰掉了堆在枝头的积雪。

针叶树的树干发出被挤压的吱嘎声，同时微微摇摆，然后又是一阵树枝折断的噼啪声，满地都是掉下来的细小枝叶。有一个巨大的东西盘绕在针叶树顶端，蛇似乎正通过用身体缠绕住比邻树干的方式在头顶移动。

“同伴？别开玩笑了。反正你一定会背叛我们的。”

鲁夫纳让来复枪枪口朝上，针叶树的树干像钟摆一般摇晃，针形的叶子与小骨头一样的树枝纷纷落下，阻碍着她进行瞄准。尽管如此，鲁夫纳还是开了一枪，射击后的回声渐渐散去，子弹嵌入了树干。

“我是有任务在身的。丽泽在哪里？”

蛇同时缠住了好几棵树的树干，俯视着鲁夫纳。瞄准它的眼睛吧。子弹打到鳞片上很可能会被弹开，但是眼睛应该可以射穿，说不定还能破坏大脑。鲁夫纳手指上加了力，准备扣动扳机。正在此时，传来了丽泽·利普顿的声音：

“住手！”

什么东西飞了过来，鲁夫纳被一个冰凉的东西砸中了脸。那东西带着四溅的水花落在了鲁夫纳脚边。

“用这个让你的脑袋冷静一下，是我刚钓上来的。”

“居然朝着人扔鱼，太离谱了吧。”

鲁夫纳的枪口依然对着蛇，眼睛却瞪向那名少女。丽泽在防寒装备外披着绿色的外套，她放下手中的钓具，向头顶打招呼。

“蛇啊，在城堡里住得还舒服吗？”

树干上传来少年的声音：“锤子女孩，我完全……是照着你的要求做的。”

有什么东西从蛇所在的位置掉了下来，是一个老旧的皮包。丽泽将包捡起来，打开检查后，发现了那封用蜡封住的信。

“是玛丽娜给你的信。她想要调味料。这是爸爸给你的。”

除了信，还有一张叠起来的纸藏在皮包中，上面画的是城堡内部的地图，应该是出自艾尔·阿修比之手。丽泽满意地读了一遍信。

“康亚姆·康尼姆呢？他还好吗？”

“我们悄悄地见了面。看到我，他吓了一跳。他在牢房里，很自在。脚……骨折了。”

“帮我跟他说，让他治好。他真有这个念头的话，一个晚上就能好了。谁去各拿一袋盐和胡椒过来？”

丽泽一边将信收回信封，一边朝身后命令道。在远处围拢着观察动向的深绿军团中，有个人按她说的去取盐和胡椒。

鲁夫纳依然用枪口对着蛇：“怎么能相信这家伙！城堡的地图说不定也是假的，他们一定有所图谋。”

听说为了给玛丽娜·金兹出其不意的打击，决定让蛇潜入城堡时，鲁夫纳曾经强烈反对过。她觉得应该立刻把蛇杀死。

“不能试着相信它吗？”

“相信？那可是怪物啊！”

“艾尔希望能够拯救玛丽娜。只要艾尔是这么想的，蛇就会帮我们。”

“太乐观了，你绝对是看走眼了。”

“你一遇到蛇的事，就会特别愤怒呢。”丽泽耸了耸肩膀，“而且呢，这也是第一次跟怪物进行合作，对于研究今后的怪物或许也有帮助。”

鲁夫纳无可奈何，只得放下了枪。按照计划，灭龙作战成功的瞬间，他们与蛇之间的合作关系就会解除，幸存下来的深绿军团成员会全部出动寻找蛇，并开始攻击。当然，蛇也会预想到这种事的发生，而必定会全力逃跑。

一名深绿军团成员把盐和胡椒拿了过来，放到丽泽的脚下，然后撤回了后方。

少女向盘踞在树顶的蛇说：“准备好了，你把这些带给玛丽娜·金兹吧。顺便再帮我给她带个话：别把康亚姆·康尼姆喂得太胖了。还有，这个。”

她从外套里侧掏出一个信封放到了调味料袋子上。

“是给艾尔的信，里面写了作战的流程，一定要在玛丽娜看不到的地方交给他。”

“我也……可以看吗？”

“请随意。”

把后背朝向蛇可不是一件舒服的事情。她们迅速离开了现场。

丽泽一边走着，一边对鲁夫纳说：“有个工作需要你来做。马上就会有一件大型武器运过来，想请你加入负责操控武器的那一组。你的视力很好，记东西也快，我正好需要一个行动敏捷的人。”

“大型武器？”

“能够杀死龙的武器。”

那件武器是零零散散从地下挖掘出来的，然后在乌龙博士的研究所内组装而成。全世界仅此一件的特殊兵器，随着它的运抵，相应的射击训练也即将展开。

背后的针叶树林传来树干被挤压的声音，当她们回头确认时，装调料的袋子与上面的信都不见了。

5-4

城堡的藏书库堆积着各种各样的书，美术类、医学类、建筑学类等应有尽有。玛丽娜在其中找到了一本名叫《弗兰肯斯坦》，又或是《现代的普罗米修斯》的书，随即看了起来。

这是关于一个叫作维克多·弗兰肯斯坦的男人，将许多尸体拼接起来，打算创造出理想人类的故事。然而最终他完成的，却是一个面容丑陋的怪物。维克多·弗兰肯斯坦因此对这件事彻底绝望，将怪物赶走后回到了故乡，甚至没有给因自己而诞生的怪物起名字……

“儿童房里的木马玩具上带着伤痕，是有人使用过才留下的痕迹。原本住在这座城堡中的人们，都去了哪里呢？”靠在窗边读书的玛丽娜对艾尔·阿修比说道。

“最开始这里就是无人居住的啦。只不过是这个世界的造物主特意设计了带伤痕的玩具。不仅如此，更衣室中的旧衣服上，也有被人染上的污渍，还有缝补过的痕迹。我想这些，都不过是造物主的个人兴趣而已。”

当玛丽娜在食品仓库里为晚饭挑选蔬菜时，巡逻的拉特纳普勒发来了报告，说是雪景当中出现了青铜色的身影。她叫艾尔·阿修比打开了城门，蛇那巨大的身体立刻滑了进来。它嘴里衔着装有盐和胡椒的袋子，看来是完成了这次的任务。托它的福，晚饭可以做比平时做得更好吃的烩菜了。

到了晚上，玛丽娜一只手擎着蜡烛走在城堡中，给他们所需的活动范围内点上蜡烛。走廊的石砌墙壁上有处凹陷，那里立着数支熄灭的蜡烛。火苗不停摇摆，在黑暗的走廊中散发出朦胧光亮。

蜡烛的光明驱赶开楼梯下面的阴影后，覆盖着青铜色鳞片的身体显露出来。蛇以一种盘起的绳子似的姿态，待在那里一动不动。

“我在……想事情。”

长长的长着鳞片的身体一松懈，蛇头就露了出来。蛇头慢慢移动，时不时吐出细长的芯子，冗长的身体跟随着头部的轨迹移动。蛇悄无声息地绕到了玛丽娜背后，青铜色的鳞片再次消失于烛光未能触及的暗影之中，仿佛做了场梦。

“我喜欢……比较暗的地方。”

最终连它的尾巴尖都看不见了，只能听到声音。

“我也是。说起来，我该怎么称呼你比较好呢？要是你也有名字就好了。不知道艾尔能不能想一个好名字出来，回头我去跟他说说。”

爬虫类的瞳孔在黑暗中反射着烛光。

“谢谢，玛丽娜。如果我有手的话，现在一定会拥抱你的。”

“哎呀，就算没有手，也还是可以拥抱的嘛，用你长长的身体就可以呀。”

“会被……误解为……我要吃掉你。”

玛丽娜笑了笑，点燃了墙壁凹洞中的蜡烛。黑暗被驱散，然而已经不见蛇的踪影，也分不清刚才的对话到底是真的发生过，还是仅存于自己的幻想之中。

为了不让地牢中的康亚姆·康尼姆觉得无聊，他们策划了一场演奏会。玛丽娜与艾尔·阿修比一起，用乐器房中找到的小提琴和长笛进行了反复练习。然而在真正演出的时候，康亚姆·康尼姆却用两手捂住耳朵大叫起来。

“我什么都招！快停止这种拷问吧！”

“我们并没有那个意思啊。”

“把那把小提琴借我用一下。”

接过顺着铁栅栏的间隙递进去的小提琴，狗头为他们展现了惊人的演奏技巧。时而轻快，时而激昂，演奏完毕，等到最后一个音符的回音在地牢中消失，艾尔才如梦初醒地开始鼓掌。

“这个就送给你吧。还有其他想要的乐器也尽管开口。乐器房里还有单簧管和喇叭。”

“我不太擅长吹奏乐器，因为我的嘴唇很薄，气也容易从牙缝中漏掉，所以几乎吹不出声音。”

玛丽娜并不讨厌康亚姆·康尼姆，所以对于幽禁他这件事心中很是过意不去。打开牢房的钥匙就藏在卧室的镜台中，恐怕一段时间之内还是用不到它的。

“艾尔，给蛇起个名字怎么样？”

“我也正在考虑这件事，叫它的时候非常不方便呢。”

两个人边聊边在城堡中散步。少年提出了多个备选方案，但就是很难决定哪个最好。就这样日子一天天过去，战争终于开始了。

5-5

曾经口吐火焰震慑了整个Arknoah的龙，如今被玛丽娜赋予了如同取暖设施一般的使命。从它体内散发出来的热量，令城堡的地面和墙壁都变得暖融融的，我们也因此住得非常舒适。龙体内这种无穷无尽的能量，甚至可以永久地运转起一座发电站。

我坐在广场的长椅上，抬头望着灰色的城墙，心中思考着蛇的名字。每当有风吹过，龙的热气便会散开，让我周身一阵冰凉。如果塔楼与塔楼之间突然出现了它那巨大的翅膀，那就是拉特纳普勒升空执行侦察工作去了。乌云密布的天空中它的身影渐渐变成一个小点，那样子如诗如画。

我跟玛丽娜·金兹相对而坐，吃着早饭。

“之前我就一直想说，都没怎么见过你笑呢，是在介意牙齿的事吗？”

“多少总是有些在意吧。毕竟看了我的牙齿的话，说不定你会连饭都吃不下呢。”

“没那种事啦，是你想多了。”

玛丽娜的牙齿确实生长得很奇怪，每一颗牙齿都像在障碍赛跑中摔倒了被撞过一样。不过我已经习惯了，就对她说你可以不用介意放心笑的，她却依然只是紧闭着双唇露出微笑。

一起生活时最让我意外的，是她完全不理会拉特纳普勒的样子。并不会像养狗的人那样，拥抱龙来个亲密接触什么的。

“我们随时都在聊天哟。只要我闭上眼睛，就可以感觉到与它一起飞翔。因为我们是相通的。”

玛丽娜说，他们之间可以共享视野、思维等各种各样的情报，能够切实感觉到发自灵魂的爱，这要比其他任何交流方式都更真切。

“这种感觉非常好。艾尔和蛇如果也能这样就好了。只要打开你的心，让连接着怪物与自己的那条看不见的脐带变粗，就可以听到对方的声音了。”

我一直在踌躇该如何与蛇接触。蛇什么事都做得很好，把我抄画的城堡平面图带给了丽泽，与龙一起进行着城堡周围的守卫工作，还在暗中观察着玛丽娜的行为。蛇还瞒着她悄悄与地下牢房的康亚姆·康尼姆碰了面，并把接下来的计划告诉了他。

“一个晚上，把脚治好。只要你想，就可以做到。丽泽让我这么跟你说。”

蛇把丽泽的话带给了康亚姆·康尼姆。虽然我认为她这样的要求太离谱了，但康亚姆·康尼姆居然真的做到了。

距离零点还有五分钟的时候，他避开所有人的耳目上吊自杀了。他的肉体变成了白烟，被世界回收后，在第二天清晨又以毫发无伤的状态重新现身于牢房中。如果玛丽娜看到他脚上的伤好了，也许马上就会察觉到他昨晚自杀过，所以在她端饭过来时，康亚姆还是装作不能行动的样子，以便不让她发现他已经为即将到来的战斗做好了准备。

某天晚上，我躺在床上，看着丽泽写来的信。那是蛇偷偷带给我的，上面写着作战当天的流程。灭龙作战顺利结束后，应该就要开始执行杀死蛇的计划了，可是关于这一点，上面只字未提。

嗒嗒，有什么东西敲打着窗户。我从床上起身，举着油灯走过去。蛇的脑袋在窗户玻璃的另一边浮现出来，大得几乎遮住了整个窗口。它那巨大而冗长的身体挂住了好几个阳台。我打开窗户，蛇开始小声地向我报告。

“我知道……钥匙……藏在哪里了。偷看到的。在那孩子的……镜台抽屉里。”

“是吗？知道了。”

“但是我，其实……更愿意告别丽泽，永远地……躲在这边。”

“如果不消灭龙，你知道会发生什么吗？”

“可是玛丽娜，非常……伤心。”

“这也是为了让她能回到自己的故乡去。如果不杀掉拉特纳普勒，还不知道丽泽会把她怎么样。也许会用之前的那种炸弹，把我、玛丽娜和整个城堡都炸上天呢。”

“确实。没有这么做，也是……丽泽的仁慈。”

“明明自己并没有希望被生下来。”

想到龙和蛇的事，我不由得这样自言自语着。蛇吐了吐芯子，在油灯的映衬下，它的眼睛好像宝石一样。

“我……并不恨爸爸。我觉得……能被生下来……真是太好了。真的。”

窗户的另一边是光亮无法触及的黑暗。蛇的踪影消失在其中，仿佛它本身就是黑夜的一部分。

那天的早饭，我们吃的是面包和无花果干。烤出来的面包香气四溢，搭配甘甜的无花果，吃起来非常可口。中午前，湖畔广阔的针叶林中有片区域突然腾起了浓烟。我们跑上塔楼，并排站在屋顶平台上用双筒望远镜朝那边看。远处有红色的火焰在跳动，湖畔的几处针叶林燃烧起来。拉特纳普勒前去观察，看到了急急忙忙灭火的深绿军团成员的身影。

“大概是篝火把旁边的树木引燃了吧。”玛丽娜嘀咕着。

“没错，应该就是那样。”

我故作平静，装作去厕所的样子离开了塔楼。穿过庭院，进入城堡，通过走廊，最终我潜入了玛丽娜的房间。靠墙边放着一张镜台，拉开抽屉找了找，果然像蛇报告的那样，康亚姆·康尼姆所在的地下牢房的钥匙就在这里。其实即便不拿钥匙，只要拜托蛇用它的力量也可以掰弯铁栅栏的。

针叶林的火灾是有意图的，为的是确保我能够看到。丽泽的指示已经在信中写明，在特定的时间、特定的地点发生的火灾，就是给城堡中的我和蛇下达的作战信号，是准备工作已经完成的狼烟。之后还能有多少剩余的时间呢？三十分钟？或者一个小时吧……

5-6

湖畔上腾起黑烟，升至空中的烟扩散开来，消失在阴郁的云层间。拉特纳普勒焦躁不安的感觉逐渐流到玛丽娜的心中。如果用语言来形容那种感觉，就是不祥之兆。

“可能是错觉吧？”

玛丽娜用双筒望远镜观察着城堡周围，纯白的雪景中没有看到任何异常。然而龙心中的躁动怎么也无法平复。共享视野的同时，他们身体的感觉也是一致的，即便如此，她还是无法找到令龙如此不安的原因所在。

她觉得应该跟艾尔和蛇说一声，告诉他们龙异常的情绪，说不定接下来会有什么事情发生。

“艾尔！你在哪儿？蛇先生，在吗？”

玛丽娜一边呼唤一边在城堡中走着，空无一人的走廊中只有她自己的回声，没有任何回应。

“艾尔！我有话想跟你说！”

她不停呼喊着，穿过了大厅，走过了中庭，进入了平时两人一起吃饭的厨房。对她的呼唤充耳不闻，这不像是艾尔的作风。

玛丽娜决定去地牢找找看。在那里等待她的，是已经注定的一幕——应该被幽禁着的康亚姆·康尼姆已不见踪影。铁栅栏门就那么大敞着，锁孔里还插着牢房的钥匙。她藏在镜台抽屉里的钥匙，为什么会出现在这里呢？

玛丽娜掉头跑上楼梯。玛丽娜一边寻找着少年，一边不禁在心中大骂：艾尔这个笨蛋！虽然不愿承认，但结论只有一个，放跑犬科军人的，必定是那个少年。玛丽娜把目前的状况告知了龙，自己则继续寻找着少年。

路过走廊的时候，背后的响动让玛丽娜停住了脚步。她回头望去，只看到被风刮起的窗帘飘荡不止。窗户打开了。

“在这边。”

耳畔传来了年幼的声音，巨大的颚部就在自己脑袋旁边，细长如弓形的乳白色长牙排列在口中，齿缝间可以窥见鲜红的蛇芯子。鳞片覆盖的脑袋从天花板上垂下来。

蛇那巨大的身体慢慢落下来盘踞在绒毯上，发出布料摩擦似的窸窸窣窣的声音。全长二十米有余的体形该有多重，然而着地时却悄无声息，让人感觉非常不真实。

“你去哪里了？”

“请不要，记恨爸爸。你非常，温柔。跟狡猾的丽泽·利普顿，完全不同。”

“怎么回事？到底发生什么了？”

“我，和丽泽联手了。”

“你？和丽泽？”

“就连带爸爸来这里，也是她制订好的计划。其实，她也下达了命令，让我在这个时候抓住你的。”

一阵混乱之中，玛丽娜终于找到了头绪。被设计了。她太相信怪物与锤子女孩之间不可相容的敌对身份了。不，是他们让自己相信，然后又利用了这一点。蛇趴伏在地板上，眼睛朝上望着她，摆出的姿态仿佛在请求原谅一般。

玛丽娜问道：“你会咬死我吗？”

“不会的，虽然想做的话也能做到。”

“为什么？这样不是轻而易举就能决出胜负了吗？”

“会被爸爸，讨厌的，而且我，很喜欢你。”

“我也是呢。”

虽然只有仅仅数日，但毕竟是共同生活过。尽管它那覆盖着鳞片的爬虫类身体与自己毫无共同之处，可玛丽娜一想到蛇那颗无条件爱着艾尔·阿修比的心，就会涌起同情之感，就算深知它是残杀无数生命的凶恶之物。

“我，想来跟你，打个招呼。在逃走以前。”

“逃走？你不是应该把我抓去带给丽泽吗？”

“我不会，什么话，都听她的。我，必须，马上逃了。再耽误下去，会被抓住的。”

“抓住？被谁？”

“锤子女孩啊。”

丽泽·利普顿？可是，从湖岸边徒步走到这里至少需要一个小时啊。按道理她那时候应该还在忙于扑灭龙看到的那场火灾才对。

这时从远处传来了沉重的齿轮转动的声音。玛丽娜跑到窗边，虽然被林立的塔楼挡住了视线，但那恐怕是正门打开的声音。

“那个笨蛋……”

“请不要说爸爸的坏话。”

一定是艾尔干的好事。玛丽娜转身要向蛇提问，却发现蛇也不见了。

盘旋于上空的拉特纳普勒发出了警告的叫声，如同弦乐器被刮挠一般的咆哮回响在四周。通过共享龙的视野所看到的景象让玛丽娜大吃一惊，一瞬间她感觉浑身的血液都凝固了似的。

龙正俯视着下方的城门，有十几个人影出现在那边，他们的胳膊上都缠着绿色的臂章，是追随锤子女孩的士兵们。他们不可能逃过拉特纳普勒的视线啊，简直就像是从什么地方凭空冒出的一样。

她让拉特纳普勒扇动翅膀飞起来观察一下城堡周围，结果发现深绿军团成员正从稍微远离城墙一些的地面下方源源不断地冒出来。不，并不是地面。由于覆盖着厚厚的积雪使那里看起来像是雪原，但实际上那是湖上的冰层。深绿军团成员们在冰上开了个洞，正从那下面钻上来。

“拉特纳普勒！”

在玛丽娜叫出声之前，龙就已经开始急速下降准备攻击。它毫不减速地紧贴着城门内侧落下，仿佛一颗陨石砸了下来，造成的冲击波令周围一带瞬间化为废墟，在场的深绿军团成员全被震了出去。

整个岛都在震动，城堡内装饰用的铠甲一个接一个地倒塌下来。玛丽娜步履蹒跚地跑在走廊上。必须赶快启动城堡内的众多陷阱！尽量不要杀死对手的命令也暂时解除了——还是先想想怎样才能活过今天吧。

5-7

城门在岛的南边。可能一次都没有使用过的栈桥与小船已经冻在了门边。鲁夫纳从双筒望远镜中看到了急速下降的龙，她正从其中一条开在冰面上的垂直隧道里探出头，执行着监视任务。

冰面上一共开了五个洞，他们在距离城门五十米左右的地方完成了打洞作业。洞的内壁打上了铁质的楔钉，用来充当攀爬时的梯子。

龙一头猛扎在地上，带来的冲击将城门当场震碎，震动的余波扩散到“严冬湖”四面八方。鲁夫纳在洞内抓紧铁楔，依然被晃得掉了下来，还好在她底下的一名深绿军团成员充当了垫子，这才没有受重伤。

深绿军团的士兵们抽干了湖里的水，紧张地仰望着上方的冰面。覆盖在湖表面的厚重冰层受到挤压，不祥的声音在黑暗洞穴般的湖底回荡着，仿佛冰面随时会破碎然后砸下来似的。

“不要紧。已经计算过强度了，应该还能再撑一段时间。”

裹着深绿色外套的少女打开了花生酱的瓶盖，用手指蘸起来放到嘴里舔了舔。算是最后的燃料补给吧。她将空瓶一扔，瓶子沿着斜面滚落出去，冰层以下的小岛地面如裙摆般向外延伸。

丽泽·利普顿用钻头在“严冬湖”的底层上钻了个垂直的洞，大量的湖水夹杂着鲜活的鱼群全部漏到了下一层。所幸正下方的房间无人居住，不过从云端降下的大量冷水和鱼还是冲垮了山坡斜面，导致鸟类和其他动物为躲避泥石流而四散逃命。

经过数日排空了湖水之后，深绿军团成员就开始进行转移和运送物资的工作。湖底最深处与冰做的天花板之间有数十米高的距离，冰冷黑暗的广阔空间内只剩下水洼和鱼的尸体，冰顶厚得连阳光都透不进来，但也只有这样他们才能避开龙的耳目，把大型武器运到城墙底下。

“快点把高射炮准备好！”丽泽冲深绿军团成员喊道。

冰层与湖底之间的空间将将能容下那件武器，冰顶上开有一个朝着斜上方的洞穴，长长的炮筒就从那里伸出去。

这件用来干掉龙的高火力武器，叫作高射炮。顾名思义，它当然有一个很长的炮筒，用于发射的炮弹就连一个强壮的男人都很难抱动。据说这是由“杀戮遗迹”地下挖掘出的零件组合而成，并且经乌龙博士之手最终完成的。丽泽的作战计划就是用这个穿过冰洞瞄准龙开火。专门为炮筒打开的洞穴特意加工成了锥形，以便有调整射击角度的空间。

负责控制高射炮的几个人组成了高射炮部队，鲁夫纳也是其中一员。

丽泽·利普顿一边做着出发的准备，一边对他们说：“之后的事就拜托给你们，我要去参加城堡中的派对了，虽然连招待券都没有。”

5-8

我掸开覆盖在身上的细碎残片站了起来，没有受伤，手脚也都还能动。我身处于包围整个岛屿的高墙之上。把打开城门的操作方法告诉康亚姆·康尼姆以后，我爬上来给外面的深绿军团成员发信号。就在这时，龙猛地落了下来，然后就再也没有什么城门了。

先是听到了砖瓦崩塌的声音，如同空中炸开的雷鸣。在滚滚烟雾的另一边，可以看到龙尾像鞭子似的挥动，浮在空中的塔楼剪影中，有一个正倾斜着倒塌下去。

忽然刮起的风卷走了烟尘，龙巨大的身体自烟海之中升上了天空，不断有砖瓦碎块从它背上倾泻下来，那姿态是如此神圣。长长的脖子缓缓弯曲过来睨视下方地面，从头到颈，再到后背和尾巴，形成了一条优美的曲线，张开的双翼遮天蔽日。

石板铺成的地面凹陷出一个深坑，散发淡淡白光的烟雾从四处升起。垂摆的龙尾尖在城堡房顶上掀起了狂风，吹得瓦砾如霰弹般飞射向四周。只要被它们击中一下，我大概就再也爬不起来了。

清脆的枪声响起，幸存下来的深绿军团成员分散到各处开始射击。从声音来判断，并不是什么大口径的武器，至于子弹是打中了龙还是被龙的表皮弹开，就听不出来了。

龙的翅膀一挥，降落在了正进行攻击的深绿军团成员那边。刚想着它那样的身形说不定会把附近的建筑物全部压塌时，龙再次飞上了天。只是这样，枪声就全部消失了。像碾碎小小的芝麻一样解决了下面的人类，如此压倒性的破坏力，要怎样才能打倒它呢？

低空飞行的龙擦着城墙从我的头顶掠过，带起的风掀得我一下子坐到了地上。拉特纳普勒微微张开双颚，喉咙深处开始发光。爆炸般的火焰对准深绿军团成员出现的冰洞喷了出去，连空气都随之过电般颤动。烈焰撞在冰面上溅射到四处，一部分甚至冲到城墙这边，在外墙上熊熊燃烧。

喷火的时间是有限的，在将湖面厚重的冰层融化之前，攻击就不得不停止了。我胆战心惊地趴在被烤热的城墙上，一边小心着不要被烫伤，一边朝湖面望去。冰的表层部分已经融化成水，四周飘浮着蒸汽，不过好在冰下面的深绿军团成员平安无事。

想要消灭龙，最大的问题其实是如何在火焰中保护自己。小岛周围没有任何可以藏身的地方，而靠近城堡附近的话又很可能被火焰一扫而光。丽泽将湖水排空后，既能在不被龙察觉的前提下接近城堡，又成功开拓出了一块可以躲避火焰的地方。

融化的冰水流进了洞，同时有人从洞口爬了上来。那人在防寒服外面披着深绿色的外套，是丽泽·利普顿。我心中涌起的怀念之情仅仅持续了一瞬间，紧接着便不由得挥着手冲她大喊起来："丽泽！快跑！"

上空的龙已经因为发现了少女而掉转方向。嘎噜呜呜呜呜——它带着吼声俯冲下来，准备用爪牙进行攻击。正在这时，有什么东西带着爆炸的巨响朝着龙的方向飞了过去。空中瞬间出现了一道轨迹，是那炙热物体燃烧时留下的光线。

拉特纳普勒瞬间失去了平衡，肋腹附近有血喷出来，带花纹的粗厚皮肤被剜去了一块。龙停下了扑向丽泽·利普顿的动作，戒备地与她保持着距离。

一个冰洞中冒起了白烟，洞口可以看到金属筒状物的前端，击中龙的炮弹似乎就是从那里发射出来的。丽泽警惕着龙的攻击继续向前跑，她在浸水的冰面上移动，跳上城门的残垣断壁，飞身翻过。锤子女孩成功进入了城堡。

会合地点也是事先商定好的。在城堡内一层的大厅，头顶高处贴着五彩斑斓的彩色玻璃，中间高出地面的台基上摆放了一张王座，丽泽靠住王座的扶手站着，看到我来了，她抬手挥了挥。

“这里意外地暖和呢。”

“都是托拉特纳普勒的福。”

“拉特纳普勒？”

“龙的名字。玛丽娜给它起的。”

丽泽脱掉了穿在外套里的防寒服，做起了伸展运动。身材真是苗条啊。镶嵌有宝石的金锤垂在腰间，蓝色的眼眸配上金色的头发，让她在这样的环境中显得格外高贵。

好几组脚步声向我们靠近，康亚姆·康尼姆和数名从龙口中逃生的深绿军团成员跑进了大厅。

丽泽跟他们交换了一下眼神：“休假结束了啊，康亚姆·康尼姆。”

“看起来是呢。”

“你休息的这段时间的薪水，会被扣除的。”

“这应该由隆涅菲尔德来决定吧。”

康亚姆·康尼姆看向我，露齿一笑：“艾尔·阿修比，你还活着啊！”

然而突然间，他脸色一变，朝我扑过来。不，并不是攻击我，而是带着我趴倒在地后挡在了我上面。一阵令空气颤抖的低沉声音，头顶的彩色玻璃随之炸开，火焰涌进来，令大厅的天花板开始倾斜。不过在屋顶彻底崩塌之前，火焰最终总算熄灭了，天花板仅仅是烧焦了而已。窗户反而因此变得很好通风，滚滚的黑烟从那里疏散出去。

砰，一声爆炸从外面传来，是藏在冰下的武器发出的声音，可惜不知道有没有命中。四周彩色玻璃的碎片如天女散花般落下来，多亏了康亚姆·康尼姆，我才没有受伤。

他站起身说："这么大的声音，就是你们说的那个武器发出的吗？"

"那个叫高射炮，据说是能把飞机打下来的武器。要赶紧去把玛丽娜·金兹保护起来。康亚姆·康尼姆整合一下深绿军团成员，按计划他们会陆续从冰下转移过来。我跟艾尔先走了。"

丽泽掸掉落在外套上的玻璃碎片，转头朝向我："接下来就要拜托你带路了，告诉我怎么设置陷阱。"

5-9

玛丽娜·金兹把手放在了砖墙上，找到那块稍微松动的砖块后，将它拆下来，藏在后面的把手就露了出来。拉下把手，机关就被启动了。啪嗒，脚下传来沉重的声音。只要深绿军团成员追着自己踏进这条通道，地板就会分开，下方漆黑的深渊就会将他们吞没。而且过一会儿地板就会恢复原状，以待之后的猎物上门。

吹箭、悬挂的房顶、硫酸、捕兽网等机关依次启动，然后玛丽娜逃进了墙壁内侧的暗道。将将够肩膀宽度的狭窄通道中开着很多小洞，可以偷窥室内与走廊上的情况。

她将视野调整到与龙同步，观察着深绿军团成员的动向。从上空看去，他们像是一个个移动中的小点，陆陆续续离开冰洞进入了城堡。然而她犹豫着要不要让龙冲下去攻击他们，藏在冰下的武器太可怕了。

之前的几发都瞄准了飞在城堡上空的拉特纳普勒，发射出来的炮弹速度实在太快，想避开很难，甚至只是从身旁擦过，也会带来能把一块皮肤吹飞的冲击力。

“不要紧的，只要来回飞就不会被打到。那件武器似乎很难瞄准目标。拉特纳普勒，我要去城堡的北侧，拜托你从低空区域绕过来。”

玛丽娜把意思传达给了头顶上空的龙。冰下的武器是从城堡南侧进行发射的，那么城堡北方的低空区域应该是相对安全的。有城堡做掩体，炮弹应该是打不到它了。要舍弃这座城堡固然可惜，但也没有办法。之后再跟拉特纳普勒一起，去寻找新的住处吧。

玛丽娜正在密道中走着，突然听到了许多脚步声，于是从偷窥孔中观察着走廊中的状况，果然看到了深绿军团成员的身影。

“拉特纳普勒，刚才的话撤回，你暂时再飞几圈。”

玛丽娜咬住了嘴唇，由于牙齿排列得不整齐，施加在嘴唇上的力度也不一致。他们的目标应该是找出隐藏在城堡某处的异邦人吧。然而这些人并没有一间一间地搜索房间，反而径直朝北边移动，似乎是接到了这样的指示。

没有任何误算，入侵城堡的深绿军团成员所选的路线全部都是没有机关陷阱的走廊。玛丽娜心里清楚，因为他们手上拿着地图，每到一个岔路口，都会停下来进行确认。

艾尔那个笨蛋、傻瓜！一定是他泄露的情报。现在她藏在这里不动也很危险，恐怕这条密道的位置已经被他们知道了，不久便会找到这边来。

该怎么办呢？玛丽娜的头脑混乱起来，希望马上召唤拉特纳普勒来到身边，希望它现在就冲破墙壁，带自己突围出去。不，不行。墙壁被冲破的瞬间她也会被瓦砾压死，而在那之前，随意下降的龙也会成为炮弹的饵料。

这种混乱直接传递给了龙，龙担心得停住了动作。开炮的声音立刻在空中响起，炮弹擦着翼尖飞了出去。龙稍微下落了一段距离，但是马上又调整好了姿势。

玛丽娜重新平复了心情。她在心中向龙道歉，并且告诉它自己已经没事了。通过龙的视野，她看到正门附近的冰洞中升起了烟雾，那是火药燃烧的证明。

“首先要想办法解决掉那个。去除它之后，我们就可以逃走了。”

玛丽娜在暗道中移动的同时做出了指示。

5-10

除高射炮部队以外，所有的深绿军团成员都进入了城堡内部。鲁夫纳把头探出冰洞，用双筒望远镜观察着龙的行动。龙攀升到了城堡上空较高的位置，潜入下着雪的云层之间，大概是为了防备高射炮的攻击吧。

因火焰喷射而融化的冰，已经在周围冷空气的作用下再次冻结，表面看起来异常光滑。在稍远一点的位置上，拿着立体测距仪测量与龙之间距离的深绿军团成员从其他冰洞中探出了头，也可以看到拿着象限仪测量角度的人。

冰面以下有大约十人组成的高射炮部队在活动。这还是第一次在实战中使用高射炮这种武器，好在到目前为止都没有发生任何使用上的问题，这是他们提前在“蒸汽谷”中训练过的成果。先装填重达十公斤的炮弹，再用照准器瞄准目标，之后才能发射。高射炮的威力相当惊人，每次发射，带出的轰鸣声都会在冰面以下回响很久。干涸湖底荡起的回声，让人不禁担心会不会把冰做的顶棚震裂。射击产生的烟雾充满了冰面以下的空间，四处都是呛人的气味。高射炮使用的是一种叫作彻甲弹的炮弹，整体就是一个金属块。一共往这个楼层运来了三十枚炮弹，除去练习时试射掉的和刚刚已经发射出去的几枚，还剩下二十枚。

高射炮部队的男性指挥官从一个冰洞中探出头，向鲁夫纳问道：“龙呢？”

“飞到云里消失了。”

“是个脑筋很灵活的家伙啊。这下就很难瞄准了。”

他话音刚落，一阵撕裂空气的声音传来，回头望去的瞬间，冰面发出巨响，仿佛巨大的锤子砸在了上面。在数百米远的后方，一阵白烟腾起，龙的身影就在其中。它似乎是从高空俯冲下来直接用身体撞击了冰面，冲击令附近一带都产生了剧烈晃动。

紧紧扒住冰洞边缘的指挥官大喊：“它打算砸碎冰面！”

现在全靠着厚重的冰层保护高射炮，没有这个的话，整个部队立刻就会变得不堪一击。

龙从白烟中起飞，再次冲入了云层，到达了高射炮无法瞄准的位置。隐藏在冰洞中的炮筒只能瞄准城堡上空的一片区域，想掉转炮口朝向其他位置是根本不可能的。

龙继续重复着垂直下落撞击冰面的动作，它将自己的身体当作炮弹，把所有能量灌注到了冰面上。不祥的震动与声响在湖底的空间中回荡，躲在冰下的同伴开始发出惨叫声。顶上碎裂的冰块接二连三地落下来，不知道最终是会一齐塌陷，还是只有受到冲击的一部分掉落。

“快来人！把武器拿过来！”指挥官大喊道。

从冰洞中钻出了数名高射炮部队的成员，开始用来复枪对龙进行射击，然而完全判断不出有没有打中，距离实在太远了。

龙改变了行动模式，开始贴着冰面滑行，同时回旋着进行观察，似乎是在推算高射炮的攻击范围。距离近时甚至能清楚地看到它皮肤上的花纹。

深绿军团成员拿出了火箭炮，多枚同时从冰洞中对准龙发射，许多的光点拖着蜿蜒的烟轨朝龙飞去。龙改变了姿势，将翅膀折叠起来，在空中翻滚着躲开了火箭炮的炮弹。射偏的炮弹在龙背后炸成了火球，将周围的雪地都映成了橘红色。与高射炮相比，火箭炮的炮弹速度慢了很多，所以被龙轻松避开了。龙毫不在意地再次开始攻击冰面。

5-11

远处回响着低沉的声音，既不是开炮声，也不是爆炸声，而是某种极大极重的物体砸进地面的响动。不断有粉末从城堡的天花板上落下来。自从开战以来，伴随着多次的强烈冲击，墙壁和地板都出现了条条裂痕，上面涂的灰浆也全被震碎，变成极小的碎片，散落四处。

“这是什么声音？”

“龙准备打碎冰面。”

丽泽·利普顿仔细欣赏着墙面上的雕刻，雕的是一只狮子。她把两手放在上面一按，墙面缓缓向深处滑动，最终打开了一个洞口，看起来是其中一条暗道。丽泽四肢着地趴下来检查着地板。

“她应该没来过这边，我们去其他地方找吧。”

似乎是因为没有看到走路留下的脚印，我们决定继续找下去。这个城堡中一共有二十个密道入口，那些密道不是隐藏于墙壁内侧就是在房顶上面。而丽泽觉得，玛丽娜就藏在某条秘道之中。

“这么说来，蛇呢？逃走了？”

“不知道。不过，我确实没想到它真的会给你的计划帮忙，还一直担心随时都会被它背叛呢。”

我们一个个检查了密道的入口。这些入口藏在各种地方，比如搬动水池内的雕塑后打开的墙壁，或者按照特定顺序按下钢琴琴键后放下的梯子，还有抽出封面画着钥匙的书后横向移动的书架，等等。

我们在城堡中走来走去，路过厨房时正好遇到了搜索北侧城堡的深绿军团成员。他们扣翻了锅底，又把挂在头顶的厨具一个个摘下来摆在桌子上翻看寻找着异邦少女。玛丽娜一直用得很爱惜的杯子和托盘都被扔在地上摔得粉碎。看着他们的脚踩在上面，蹂躏着我们住惯了的城堡，我不禁感到阵阵心痛。

来到设有陷阱的通道前，我停住了脚步：“稍等一下。”

柱子上的烛台比平时的位置要低了一些，那个烛台应该是启动机关的开关。我捡起掉在地上的一块铠甲装饰，说话的同时扔向前方地板。一块看上去像图案的地板被铠甲的重量压得略微下沉，下一个瞬间，某种液体从房顶装饰的缝隙中浇注下来，淋到铠甲上立刻嗞嗞地冒出了烟雾。是硫酸。

“陷阱被启动了，说明玛丽娜来过这里。”

我抓住柱子上的烛台将它向上推，柱子内部的机关动起来，改为就算踩在地板上也不会浇下硫酸的设定。

“这样就没事了。”

“真的吗？不会再下硫酸雨了？好，那么，艾尔，请你先走。”

丽泽指向通道深处。那一块淋上了硫酸的铠甲还在发出嗞嗞的声音并飘散着白烟。

“……以防万一，要不还是走其他通道吧？”

“赞成。”

我们绕开这段路继续前进，在快到达通道出口的时候又找到了一条密道。楼梯转角处装饰着一块老旧的挂毯，上面织的图案是一扇紧闭的大门，整个挂毯大到需要仰头观看，质地也非常厚，所以要用打进墙壁的楔子挂起来。丽泽掀开看了看背面，结果只是普通的墙壁。

“手放开，这是可以感知重量的机关。”

让挂毯保持下垂的状态，我用力敲了敲紧闭的大门图案。墙壁里面的机关开始运转，发出咣当咣当的沉重声音。再掀开挂毯看的时候，里面的密道入口已经打开了。

“是脚印，还很新，朝里面去了。”

丽泽检查过地板后，我们一起往通道里面走去。因为里面只有肩膀宽窄，我们也只能一前一后地移动。

“这条路是通往哪里的？”

“好像是衣帽间的方向吧。”

突然，一股东西烧焦的味道传来，周围飘起了薄薄的烟雾，从墙上小孔中透出的光也变成了一道白线。

5-12

房间里堆满了参加贵族舞会才会穿的衣物。玛丽娜·金兹用手扒开那些造价昂贵的晚礼服和剪裁优良的男士小礼服，继续往前走着。房间外面传来了脚步声，玛丽娜停下来仔细听了听。是搜寻自己的那些男人在说话。她立刻躲进衣架上挂着的绅士外套。

远处传来低沉的声响，晚礼服和男士燕尾服一起晃动着。已经数不清这是第几次攻击了，拉特纳普勒正为了给“严冬湖”的冰面开洞而亢奋着。

脑内浮现出拉特纳普勒的视野，高耸的城堡上升腾着黑烟。龙的两翼乘着风，只是轻轻一挥，它的速度便会大幅提升。冰层还没有崩塌，竟然能够挺住拉特纳普勒的攻击，到底是有多厚啊。

龙将自己的身体当作破坏的铁锤，整个砸向湖面的冰层。它从遥远的上空向着纯白的平面俯冲，不减速地直坠下去，产生的冲击波震碎了冰层的表面。刚刚的那一下攻击过后，传出了不祥的吱吱嘎嘎声，似乎是厚重冰层深处的某个地方出现了裂痕。在冰面被打破之前，自己还是藏在这里比较好吧，玛丽娜想道，随便乱动的话，搞不好就会被发现了。

正在此时，她闻到了一股焦煳的味道，环顾室内，竟然已经被浓烟包围。发生火灾了。是有人放火吗？还是说，拉特纳普勒喷出的火焰点燃了城堡呢？

衣帽间没有窗户，一旦火舌蔓延到这边，她就会被浓烟堵住去路。她必须立刻决定，是待在这里不动，还是回到密道中去，又或者跑出房间寻找安全的地方。

下定决心后，她扒拉着四周的礼服朝房间出入口走去。确认了一下走廊中的情况，没有看到深绿军团成员的身影，但到处都冒着浓烟。走廊的尽头也被烟雾遮挡看不清楚，不过能听到那边传来了男人们的怒吼与杂乱的脚步声。虽然呼吸有点困难，但视野这么差对她来说却是件好事。

玛丽娜一边咳嗽一边爬上楼梯，前面有一个庭院，只要打开门来到户外，寒冷的风就能驱散浓烟，呼吸也就不会这么难受了。

庭院在城堡的中段，如果“严冬湖”能够暖和一些，对居住在城堡中的人们来说，那里不失为一个很好的休憩场所，周围林立着枯竭的喷泉与雕像。玛丽娜冷得发抖，因为作为热量源头的拉特纳普勒已经离开了城堡。她整个人暴露在冻结的空气中，呼出的气息都变成了白色。

穿过浓烟，可以看到一座塔楼耸立在庭院最远端。那座圆筒形的塔楼是这个城堡的最高点，外观上比建在悬崖上的灯塔要稍小一些。暂时到那里躲一阵吧。确认过周围没有埋伏的深绿军团成员后，玛丽娜向那座塔楼走去。

穿过看不到花草的花坛，绕过枯木上的秋千，玛丽娜来到塔楼的入口前。这是一座石砌的坚固建筑，她进去之后用门闩从内侧把门锁住。塔楼内部略显昏暗，一条螺旋状的楼梯贴着弯曲的墙壁向上延伸。一层基本用作储物，堆积着打理庭院所必需的各种工具。

拉特纳普勒的攻击还在继续，以下落地点为中心向外扩散的冲击波震撼着整个城堡。远处传来一种与此前的响动完全不同的破坏声。从拉特纳普勒的视野来看，冰块碎裂时产生的白烟从湖面多个地点同时爆发出来，冰层似乎终于被打破了。再来一下。只要能让那件兵器无用武之地就再也没有什么可怕的了。之后龙就可以到塔楼的屋顶来接走自己，再次一起逃去远方。这次去个暖和的地方好了。玛丽娜这么想着，继续在寒冷的颤抖中爬着楼梯。

5-13

通道的尽头装有梯子，梯子上面是衣帽间的地板。我们掀开地板探出脑袋，四周被纯白的布料包围，原来是在一件婚纱礼服里面。衣帽间保管着大量的衣服、鞋子和帽子。并没有看到玛丽娜·金兹的影子。

“你觉得她会去哪里？”丽泽·利普顿从充满浓烟的走廊探出头问道。

“如果是我的话，应该往右吧。”

“为什么？”

“左边是很长一段没有窗户的路，而往右走的话则可以走去外面。这边有个被她称为庭院的广场。如果不想变成熏肉的话，谁都会往右走的。”

少女点点头，开始朝我说的方向移动。我也随后追着那件深绿色外套赶了上来。走廊是一条直线，沿途经过了数个房门。走廊的前面连着楼梯，顺着楼梯爬上去，冷风立刻开始拍打脸颊。

庭院的景色尽展眼前。有枯竭的喷泉与雕像，还有供人坐下来休憩的石头长凳。站在庭院的角上可以俯视整个南部一带，大股浓烟正从林立的塔楼与连廊楼梯之中冒出来。在化为一堆瓦砾的城门对面，是望不到边的冻湖。可以看到龙在上空盘旋的身影，不过因为距离太远，所以感觉不到什么威慑力。不断有火箭炮对着龙发射，闪烁着如同礼花一般的光芒。

丽泽拉着我的手，把我带到了旁边一匹马的雕像阴影中。她用猎人一般的目光扫过整个庭院。不远处耸立着圆柱形的塔楼，出入口的那扇门正在被从里面关起来。只是一瞬间，熟悉的少女脸庞从门扉的缝隙中一闪而过。

“玛丽娜·金兹……”丽泽嘀咕了一声。

我跑出雕像的阴影向她喊道：“喂！别跑！”

脑袋上重重挨了一下。

“嘘！别出声！”

“为什么？”

“还不想被她发现。她有可能会把龙叫过来，如果我们被突袭不就麻烦了吗？”

远处空中飞翔的拉特纳普勒正在认真躲避着从冰面上发射出来的火箭炮炮弹。

“那头龙之所以不能接近城堡，是因为它在戒备冰面下的高射炮，所以会努力先把那边破坏掉。如果它发现了我在玛丽娜身边，说不定会无视高射炮的攻击，拼了命也要来接那孩子。”

我们谨慎地向塔楼接近，以免被发现。不过话说回来，还真是冷啊。白色的雪花在空中飞舞，没有了龙，这座城堡又会再次被冰冻起来吧。

塔楼是圆柱形的，屋顶上有一圈锯齿形的围墙。玛丽娜消失的那个出入口有一扇铁质的大门，我们试图打开的时候才发现它重得惊人。丽泽从外套里取出了一根绳索，绳索的一端挂着折叠金属钩爪。仅有的一扇窗户在十米多高的地方，说是窗户，其实也就是个四角形的窟窿。看来她是打算从那里入侵塔楼。

丽泽让垂挂在绳子一头的钩爪摆动起来，还不时向侧面偷瞄一眼，观察着拉特纳普勒的动向。龙巨大的体格自云层中现身，垂直砸到了湖面上。一片白烟腾起，如铁锤敲击似的声音回荡在空中。龙下降的同时，丽泽投出了绳索，钩爪挂在窗户边缘，带来的那一点声音完全被龙的动静掩盖过去了。

丽泽拉了拉垂下的绳索，确定不会轻易脱落。她把遮在脸颊上的金发拨到一边，回头看着我："艾尔，你在这里等着。"

"为什么？我也要去！"

"这堵墙你爬得上去吗？不行不行，还是在这里等我吧。"

"我能行的，这种很简单啦。不过那什么，要是你想先爬上去，然后回到一层，帮我把这扇门打开也是可以的啦。"

"为什么你这么想去呢？"

"我想去劝劝她。我们两个一起跟她说的话，也许她会接受的。"

"真是温柔啊。"丽泽眯着眼睛说，"希望你将来也能一直当个温柔的孩子。"

"干吗这么说？"

丽泽拽紧了绳索，开始敏捷轻盈地往上爬。到达窗口高度时，她先观察了一下室内的情况，然后伸手够到窗边，头伸进去后做了个前滚翻，就这样进入了塔楼。

接下来轮到我了。虽然我很不擅长运动，但也不可能在这边干等。我用双手握住绳索，接下来就准备把自己先悬挂上去。突然，张力消失了，上方的绳索落了下来。我以为是钩爪滑脱了，然而并非如此。

站在窗边的丽泽掏出一把小刀切断了绳索。她将窗户上的钩爪收回怀中，轻轻地朝我挥了挥手，然后那件深绿色的外套晃动一下便消失在塔楼深处了。

5-14

康亚姆·康尼姆在北边的城墙那里待命，跟几名扛着火箭炮的深绿军团成员一起，等着龙绕到那边。然而龙始终在南侧持续垂直下落攻击着湖面的冰层。而北面这边却被耸立的城堡挡住，连龙的行动都看不到。

“应该快了吧。”他掸着毛发上覆盖的雪花时，旁边一个冻得瑟瑟发抖的深绿军团成员将视线投向他这边。

“听到了，冰上已经有了裂缝，不久就要裂的。高射炮要被毁掉了。”

虽然人类的耳朵听不到，但犬科的耳朵却可以清晰捕捉那种声响。厚重的冰层内部，裂缝如同闪电一般移动，好几处地方同时破裂，虽然还没有崩塌，但也只是时间问题了。

旁边深绿军团成员们的脸色全都青了。人类的脸真是不方便啊，康亚姆想着，像自己这样，皮肤上覆盖着体毛，脸色的变化完全不会被发现。

他与丽泽·利普顿和艾尔·阿修比分开后，跟从冰下赶来的深绿军团成员会合。他们先在城堡北侧布好阵容，将房门一个不漏全部打开，并且在主要的通道上都安排了深绿军团成员把守。他们来回走动，尽可能制造出大的动静，从而将藏在某处的玛丽娜·金兹驱赶到城堡南部。因为异邦少女一直待在北边对他们非常不利，最理想的结果是能把龙吸引到南边高射炮的射程范围内。

“如果高射炮被毁了，这个作战会怎么样呢？”一个深绿军团成员问道。

“我正在想呢。那家伙应该已经做好准备了吧。”

他将视线投向南方的天空。灰色城墙的另一边聚集着阴暗的云层，无数的雪花从云间飘落下来，仿佛正在轻轻地给城堡盖上一块绒毯。

5-15

塔楼内部被楼梯分割成了几层，玛丽娜·金兹决定躲到最上面去等着。由于没有窗户，周围一片昏暗，几个积灰的木箱摞在一起，里面放的是打理庭院用的工具。玛丽娜在木箱上坐下来，将感觉与拉特纳普勒同步，从龙的视角去看世界。

向空中发射的火箭炮在身边爆炸，虽然没有直接击中拉特纳普勒，但也因为距离太近，被冲击力震得皮肤火辣辣的。而这种疼痛的感觉也传到了玛丽娜这里。虽然没有受到实际性的伤害，可只要龙受伤她都会感到一阵心痛。

早在来到Arknoah以前，每当凄惨落魄、悲伤难过的时候，它都一直在自己心中。那股没有形状的能量像旋涡一样没有出口，而现在，它终于得到了解放，拥有了翅膀，驰骋于天际，用无论多远都能听到的声音嘶吼着。

“加油，拉特纳普勒……”玛丽娜对它说。

远方无垠的雪景，火箭炮的炮弹不断闪烁的光芒，冒着滚滚浓烟的城堡，龙在其中劈风飞翔。脑海中呈现着一幕幕让人慨叹的景象。已经走了这么远了啊，玛丽娜心想。

房间出入口处的木门紧闭着，突然门被敲响了。停了会儿，一个声音在门外说：“玛丽娜·金兹，出来吧。请你投降。”

这声音很耳熟。玛丽娜的脑海中浮现出了包裹着深绿色外套的少女的脸。是丽泽·利普顿，腰间挂着金锤、人人畏惧的女孩子。

“让龙老实下来，然后我们谈判解决吧。”

“你是怎么来到这里的？”

“我们找了你很久啊，玛丽娜。”

玛丽娜站起身的同时通过意识向拉特纳普勒发送了信号。龙现在刚刚开始进行打破冰面的俯冲。

门打开了。其实本来也没有锁住，丽泽之所以特意敲门告知自己的到来，大概是为了避免让玛丽娜害怕吧。丽泽的身影出现在房间门口，四周太暗了，只能勉强看清她的轮廓。

“不要进来。你太过分了，竟然让艾尔当间谍。”

“我想不出除此之外的办法。只要接近你就会被龙的火焰驱赶。本来应该在变成这样之前多跟你聊聊的，应该跟你保持交流，应该给你准备好住处。”

“我没有什么可跟你说的，我自己也已经找到住处了。”

“拉特纳普勒。”玛丽娜在心中呼唤着龙来救自己。正在下坠的龙已经到达了冰面，爆炸般的冲击声响起。

堆积在房间里的木箱都跟着发出咔嗒咔嗒的响声。玛丽娜在晃动中摇了摇头。

“我们从根本上就是不同的。你们有你们的造物主，对吗？但是我和艾尔·阿修比，就没有这种东西。我们是无法相互理解的。”

周围的晃动一度停止下来。然而紧接着，爆发出一股与之前有本质差别的冲击波。这次的地震强到让人几乎无法站立。看来，那孩子终于成功了。

覆盖湖面的冰层开始崩塌。整个“严冬湖”回荡着物体之间相互挤压的声音，堆满积雪的平面上到处都在发生小爆炸，裂痕如同植物的根系一般蔓延扩大，破碎的冰块砸向抽干了水的湖底。险些被崩塌的冰面卷入其中的龙逃到了空中。冰块破裂产生的碎片变成白烟似的微粒，闪着零星的光芒飘上了高空。震颤与轰鸣无穷无尽，仿佛永远也不会结束。

“不要让那头龙过来这边！”

摇晃中的丽泽·利普顿大叫。然而一个倒塌的木箱吸引了她的注意。玛丽娜跑起来，用身体猛地一撞，将丽泽从背后推倒。

她夺门而出，飞奔上了塔楼的楼梯，一直跑到屋顶，从昏暗的室内一下来到了明亮的户外。

冷风吹得她不禁眯起了眼睛。崩塌的冰面扬起的碎冰已如同烟雾一般将城堡团团围住，并且不断向玛丽娜所在的塔楼涌来。破坏的轰鸣一直不停，反而在空中荡起越来越大的回音。

一堵红色的墙出现在眼前。拉特纳普勒对准冰下可怕的武器喷出了火焰。火焰的热量驱散了那一片的冰尘，龙的身影出现在空中。

“拉特纳普勒！”玛丽娜呼叫着它。已经没有人能够阻止龙的行动了。喷火结束，翅膀扇动起狂风，龙在空中掉转身体，画出一道优美的弧线。凭那双翅膀，用不了五秒，它就能飞来这座塔楼，之后只要接上她就行了。“严冬湖”的出入口似乎被碎石堵住了，从那里逃出去似乎有点困难，但也并非不可能。离开这里之后，再去找一处温暖的地方居住吧。玛丽娜在心里拿定了主意。那个身影越来越大，那张与她一样长着排列不齐的牙齿的脸正朝这边接近。

背后似乎站起了一个人，这样想的瞬间，咚的一声，后脑被坚硬的东西敲了一下。冲击感很轻，仿佛只是脑袋撞到了什么地方而已，然而手脚突然被抽走了力气，玛丽娜倒在地上。她还想站起来，却发现整个身体都不能动了。

视野的角落中出现了拎着锤子的少女，玛丽娜看到她嘴唇在动，却听不到她说了什么。看来，自己是被那把金锤砸中了。

广阔无边的天空中，飞舞着银白色的雪花，巨大的影子正从其中划过，是拉特纳普勒。本该张开翅膀降低速度来接自己的龙，如今却像没有意识的物体般坠落，擦着塔楼最终撞上了城堡。而这也是玛丽娜·金兹的意识陷入黑暗前看到的最后景象。

5-16

伴随着轰鸣，城堡的一部分沉没了。龙坠落于此处。

高射炮部队已经在冰面崩塌前撤退了。龙最后一次喷火还是烧死了几个人，如果再多喷几秒，鲁夫纳挡在身前的冰块就会融化，她也要性命不保了。然而龙没有专心焚烧高射炮部队，反而慌慌张张地掉头朝城堡的方向飞去。

龙以未曾见过的速度疾驰，却又在半途中突然失去了平衡，坠落在城堡中心附近。由于速度太快，对城堡来说龙那巨大的身形就如同一发炮弹撞过来。无数的塔楼倾倒，仿佛被地面吸进去似的，消失在腾起的烟尘中。

湖上的冰层碎成大小不一的冰块不断砸向湖底。鲁夫纳肩上背着受伤的同伴，爬到一块冰岩上眺望城堡。她紧张地戒备着，以防龙会从烟尘与瓦砾中再次起飞。然而什么都没有发生。一片寂静，连一声咆哮都没有听到。

鲁夫纳思考着到底发生了什么。使用了那个方法吗？那就真的太可悲了——如果丽泽·利普顿为了杀死怪物而不择手段的话。要是能成功用高射炮把龙击落就好了。丽泽一定也是这样希望的。然而这是那名少女自己的选择。战斗就这样突然地草草落幕，毫无预兆。黑暗突然造访。扛着伤员的鲁夫纳突然感到肩头一轻。白烟在风中飘散而去。

5-17

我能够活下来似乎并不是因为运气好。失去意识前，我最后看到的是大量砖头、碎瓦向我压过来的恐怖景象。然而，覆盖着青铜色鳞片的身体不知从何处出现保护了我。虽然没有被察觉到，但它应该是一直跟在我和丽泽·利普顿身后，打算一旦出现危险，就跳出来保护我。

脸颊上点点的凉意令我清醒过来，身旁已经没有了那家伙的踪影。雪花慢慢在视线中滑落，四周一片寂静。火箭炮爆炸的声音、来复枪射击的声音、翅膀扇动风的声音，全部都听不到了。我睡在城堡客房的床上。大概是怕“严冬湖”的寒冷空气会让我感冒，它为我盖上了几条毛毯。战斗已经结束了吧，又或者那些都是我的梦?

我从床上爬下来环顾四周，客厅的墙壁和一部分房顶都已经不见了，城堡被毁了大半，像一个被鞭炮炸开的婚礼蛋糕。我睡的客房就在断面上，雪直接被风吹进了屋子。

我站在地板破损的边缘向外俯视，深绿军团成员们徘徊在瓦砾上寻找着伤员。烟尘散去后，残垣断壁旁出现了龙横躺着的身影。拉特纳普勒已经不动了。人们聚在它的周围，抚摸着那惊人的尖牙与长尾，还有皮肤上的花纹。我向他们询问现在是什么情况。

“龙死了。”他们回答我，“玛丽娜·金兹也死了。”

尾声

1

正在上课的格雷·阿修比啧了一声。该死！稍远些的一个座位上的男生正用镜子碎片反射阳光，晃到格雷的脸上取乐。闪烁的光芒打在眼睛附近，又刺眼，又烦人。那家伙还带着一脸坏笑观察他的反应。只有在黑板上写数学公式的老师偶尔转头时，那家伙才会将镜子碎片收起来，装作什么事都没发生的样子。

从以前开始就一直持续在这间教室中的恶劣行径最近可喜地减少了，除了一部分过于好动又爱欺负人的男生还在继续以外，其他同学都或多或少对格雷亲切了一些。也许是出于同情吧。在他下落不明的这段时间，有关阿修比家两兄弟的新闻成了镇子上的热点话题，父亲早亡，母亲一个人边工作边抚养他们长大，这些事班上的同学也一定都从他们的父母那里听说了，因而多少有了些“不要再欺负这么可怜的格雷了”的气氛。如果哥哥艾尔·阿修比知道了，一定会说“运气真好啊，还能得到大家的同情”吧。

但是格雷不同，他觉得这种同情非常可恶，所以他还是像以前一样，仇视着所有人。“现在在上课，先让怒气平息下来。”格雷对自己说道。格雷从书包里拿出一副太阳镜戴上。这样就没问题了。老师转身时看到了戴着太阳镜的格雷，但也只是耸了耸肩，接着就继续回去写公式了。

放学以后，他捡了只死老鼠塞进了那个浑蛋的储物柜。旁边有孩子对他唱起新编的儿歌：“格雷生气啦，突然失踪了，不知道怎么啦？”

失踪之前，即使被欺负了他也不会反抗，就那么任由他们胡作非为，只有回家后才开始掉眼泪。但是现在不同了。虽然反抗后也有被教训得更惨的时候，但心情却比以前要好得多。

在他眼中，周围那些人仿佛都是死人。当然不是真的死了，不过自己可是曾经在战场中心活下来的人。跟那里相比，这个镇子简直就是幼儿园。

格雷·阿修比回想着异世界中发生的事。然而，那些都是真的吗？回到这个世界以后，随着时间推移，他越来越感觉自己仿佛是做了一场梦。

关于那个叫Arknoah的世界，他也试过描述给负责心理咨询的老师听，却发现怎么也说不清。回忆中的片段只能总结为非常抽象的只言片语，头脑中仿佛起了雾霭一般，无法勾勒出那个世界的样子，也就无法向他人表达清楚。

“……房间连在一起……有巨大的书架……人的身体变成白烟

……那里像一片乐园……然后……那个……该死！说不清楚啦！我不知道该怎么形容！一说起那个世界，我的脑子就变得像艾尔的房间一样，乱得简直让人绝望。”

警察和妈妈都很想知道艾尔·阿修比现在在哪里。可是在格雷拼命地解释后，大人们的表情却越来越困惑了。

“不用替艾尔担心，他不久就会回来的。他还总说想吃从超市买的冷冻比萨呢。只要他没有因为锤子女孩野蛮的驾驶技术而死在交通事故中就行了。”

关于锤子女孩与狗头的说明，大人们也同样无法接受。虽然格雷特意画了犬科脑袋男人身体的图，但也只是让精神科大夫皱紧了眉头而已。最终，大人们开始朝着他们兄弟是被这两个人诱拐后监禁起来的方向猜想了。格雷觉得跟他们说话实在太累了。“真受不了，就这样吧，这帮石头脑袋的笨蛋。”他心里想。

妈妈开车带格雷去超市的时候，又路过了那个房子。格雷跟哥哥被不良少年追赶时逃进的那间废弃的大屋。他们就是在那里迷了路，越走越深，最终进入了异世界。但是大屋正在拆除中，听说要用那块平地建个停车场。等红灯的时候，格雷把额头抵在副驾驶席的窗玻璃上，看着拆除大屋的施工现场。挖掘机破坏了外墙。那一天，他们在屋子里钻来钻去好几个小时，现在再看，发现它并不是那么深的建筑。

“艾尔在那边还好吗？”开着车的妈妈问道。关于异世界的话，虽然妈妈也不可能完全相信，却似乎比其他大人更能理解的样子。

“没有哭着抹鼻涕就不错了。妈妈，那家伙收藏的漫画可不要给扔了呀，艾尔让我这么跟你说的。”

“我才不会扔呢。我说，你们去过的那个奇异的世界，到底在哪里呢？”

“爸爸没说过什么吗？我觉得爸爸可能也去过那里。”

妈妈摇了摇头，似乎并没有从爸爸那边听说过什么。

一切开始于在爸爸的房间中找到的那本绘本，它被藏在衣柜的底板下面，名字是“Arknoah”。被大人们不停追问的时候，他也曾经拜托他们用科学的方法去检测一下这本绘本，然而大家只是一脸温和地说“嗯，明白了，没问题”。无可奈何之下，有一天，格雷决定自己去进行调查。

格雷放学后直奔图书馆，在那里有可以自由使用的电脑，他用它搜索着跟绘本相关的消息。这几乎算是他第一次上网，连用键盘输入文字都不是很熟练。将绘本名字打进搜索栏之后，弹出了一些汇总都市传说的网站，其中有几个似乎跟他要找的东西有所关联。

“上面都市传说中所说的那本绘本，是不是每次看里面的画都会发生变化？”

“听说有本专门吃小孩子的可怕绘本。”

“要注意一本A字开头的绘本。”

“在绘本中看到了自己的形象……”

“几百年前出版的？反复扩建的房子与悲剧事件。”

“被杀死的少女与宠物狗的诅咒吗？”

这些报道刊登在有吓人的背景图与彩色文字的网页上。

正文用的是小孩子很难理解的词语或诗歌。报道的内容都是关于受诅咒的绘本，不过并没有明确写出是*Arknoah*。每条报道最后都写着“征集情报”的文字，并且留有邮箱地址。好奇怪啊，格雷陷入了沉思。所有的邮箱地址都是一样的，难道写这些报道的也都是同一个人吗?

他没用过电子邮件这种东西，电脑方面的知识也很欠缺。光是在注册账号和写好邮件发送出去的过程中，他就不知道暴躁地咂了几百次嘴。

总之是将自己能说清的部分都写进了邮件，包括自己手上就有一本被诅咒的绘本、自己就亲身经历过迷失事件，以及如果可能，希望能详细告知这本绘本作者的情况。

几天后，格雷的邮箱中收到了回信。

成功了，该死的。

然而，信中的内容却令他非常困惑。首先注意到的是发件人的名字。当然，第一眼都会去看名字，不过这个名字却深深吸引了他。坐在图书馆的电脑前，格雷为接下来该怎么办而陷入了沉思。

格雷·阿修比先生：

搜索您的名字之后，出现了走失事件的报道。

您在邮件中所写的事，请务必与我详谈一下。

如果可以的话，希望能与您边饮红茶边做详谈。

比阿特丽克斯·利普顿 敬上

2

伴随着汽笛响起，火车缓缓前行。

火车穿过隧道，从墙壁的另一头驶出，窗外景色随之一变。蒲公英的绒毛覆盖了整个区域，一直铺到天边。火车经过时，带起的风吹飞了大量柔软的绒毛。康亚姆·康尼姆一边随着车厢晃动，一边侧耳听着座位旁的收音机。

担任广播员的是布鲁克邦德，她正在朗读Arknoah特别灾害对策本部部长的发言。是一篇普通的追悼文。那真的是部长隆涅菲尔德写的吗？又或者是他人代笔？答案不得而知。作战的全过程都已经向民众公开，无论是丽泽·利普顿临时与蛇合作的事，还是为了消灭龙而使用了金锤的事，都已经被全世界的人知晓。

令人吃惊的是，大部分的异邦人对Arknoah特别灾害对策本部对情报的管控都不是很关心。大概是因为世界形态不同吧。在他们的世界中，统治者会将大地分割开，建立属于各自的国家。据说也经常会有统治者控制言论，不让民众了解事情真相的情况。

Arknoah并没有国家，也没有统治者。因为这里有造物主，人们不必为了食物而日日奔波，也没有对死亡的恐惧，更没有需要用控制情报来保护的财富或权力。

康亚姆·康尼姆转动着收音机旋钮改变了频道。

“到处都是新闻特辑，似乎没有专门放音乐的电台呢。”

座谈节目反复说着灭龙作战的事。临时与蛇结盟的决策引发了很多反对意见。作战结束后，如果能把蛇找出来解决掉就最好不过了，可惜还是让它跑了。

不过对于锤子女孩使用金锤的事，倒是充满了正面评价。身处这个世界各个区域中的人们，那些在餐馆、咖啡厅或酒店大堂中的人，在自家的厨房或客厅中的人，对于现在这个世界中有了一具人类尸体的事，一定都会觉得很不可思议吧。

关上收音机后周围安静下来。火车席卷着大量的蒲公英绒毛继续行驶。如果把头伸出窗外，那些绒毛一定会粘到自己的毛发上。康亚姆掏出了香烟，但发现没有火柴。

“喂，把煤油灯借我用一下吧。”

坐在对面的少女露出一脸孱弱的表情：“要吸烟就去别的地方吧。去跟火车司机一起干活怎么样？还可以用那边的煤炭点火。”

“那边还是免了。汗流得停不下来，而且会被煤渣弄得跟一条黑狗似的。”

现在的金尖号是由车头、煤水车、客车和货车组成的。康亚姆·康尼姆与少女坐在客车车厢，除他们俩外再无其他乘客，艾尔·阿修比被留在了“冬村”。丽泽·利普顿会离开异邦人身边也算是异常情况，但现在确实没办法。艾尔的精神状况非常糟糕，而且现在带他去“叹息山脉”也太不近人情了。

最后一节货车车厢中放着棺椁，并用绳索固定好，以防止颠簸造成的碰撞。棺椁是木质的，样式很简单。他们专门请“冬村”的木匠帮忙打造，不过因为这个世界中并没有给人准备棺材的必要，所以需要康亚姆·康尼姆画好图纸，再把各种尺寸一一向木匠说明才行。

棺椁的盖上打上了钉子。帮忙把它抬上货车车厢的深绿军团成员在抬起棺椁的时候都为它的重量感到不安。对他们来说，肉体的死亡即新生的开始，化为白烟，随风而逝，而后伴随着朝露再次出现。但是对异邦人来说，死亡就等于棺椁的重量，放着不管就会腐烂，像苹果、鱼、猪肉什么的一样，最后还会发出恶臭。意识到这个事实的人总要好几天睡不着觉。

所以必须将异邦人的尸体埋葬起来。Arknoah只有一处留给人类用的墓地，寒冷的天气可以延迟腐坏的时间，但也要千里迢迢运送过去。往来墓地所在的“叹息山脉”一次就要十天之久。

“还好一具棺材就够了。”

“嗯。木匠也是很辛苦的嘛。”少女自嘲地摸了摸左边脸颊。

康亚姆·康尼姆突然想起了艾尔·阿修比那天的哭声。

在城堡中一间相对而言受损不那么严重的屋子里，丽泽·利普顿凑在暖炉边，向艾尔说明了自己所做的一切。然而少年却陷入了混乱。这也难怪。他扑向丽泽，在被制止之前打到了她的脸颊上，这个举动把艾尔自己也吓住了。

丽泽连脸都没捂，冷静地进行了反击。她绊住艾尔的脚将他摔倒，照着他的肚子来了一脚，然后不顾少年的呻吟，把金锤摆在他的鼻尖前说：“那孩子并没有感觉到痛苦。用这个敲在头上的话，产生的震动会让大脑松弛，就像泡在温泉里那样，慢慢地、舒适地睡过去。你想试试吗？”

艾尔的脸上满是恐惧。丽泽将金锤重新收回腰间，咣当一声重重摔上门走出了房间。留下少年就那样仰面躺在地板上，捂着脸呜咽起来。

“丽泽，我支持你做的事，世界上大部分的人也如是。如果当时放她逃走，就不知道还会不会有下一次的机会了。而且，一旦世界观被慢慢侵蚀，说不定连自然法则都会被改写。”

“我明白。这是我的工作嘛。仅此而已。”

进入隧道的蒸汽火车突然变得黑暗下来。少女在对面的座位上抱紧了双膝。靴子踩到椅子上了，不过这列火车都是属于少女的，所以她想怎样都可以。她将两条腿蜷进深绿色的外套，看起来好像自己抱住自己似的。她低着头把脸埋在两个膝盖上，看不到表情。康亚姆跟随丽泽的时间已经很长了，恐怕在造物主完成创造的世界之时，在所有生命动起来的瞬间，他们就在一起了。所以他非常清楚，丽泽这个样子一定是在哭泣。不过之后少女一定会说自己是睡着了。

3

结束了“严冬湖”战斗的深绿军团成员，回到“蒸汽谷”的帐篷营地中举杯庆祝，一个接一个跳进岩谷间的温泉。

即使回到了“冬村”，庆祝的宴会也还在继续。他们在村子正中的广场上摆放了长桌，上面摆满了岩盐调味的肉和从“蒸馏湿地”运来的酒。白雪皑皑的村中点亮了五彩斑斓的灯泡，世界各地纷纷发来贺电，慰劳着戴臂章的士兵们。

我裹着毯子坐在煤炉前，捂住耳朵不去听外面传来的醉酒喧闹声。数日来，我缩在“冬村”一座空屋的二楼上不愿出去。虽然房门被从外面上了锁，但如果我希望的话，还是可以在别人的监视下去参加广场上的狂欢宴会的。但是我完全没那种心情。

这座空屋似乎已经被Arknoah特别灾害对策本部买了下来，用来存放灭龙作战中使用的武器、资料和食物等，也可以在需要时当作深绿军团成员的简易住所。

炭火在铸铁的炉子里燃烧，闪耀着红色的光芒。我偶尔会用拨火棍捅一捅炭火，火星飞起来，在炉子里面打着转。看着这片红光，就会想起拉特纳普勒口中喷出的火焰，以及在城堡中共同生活过短短一段时间的少女。玛丽娜·金兹为弥补调味料的不足而下很大功夫做饭的身影，或是她靠在窗边读书的样子，都让我心中泛起一阵痛楚。

龙的尸骸在当天夜里便消失了，玛丽娜死后，它也不需要再保持形体。在某个无人察觉的时间点，横躺在城堡残垣旁边的带花纹的龙，仿佛融进了夜色一般消失无踪。那座城堡也永远不会再变得温暖了。

我无意识地用拨火棍咣咣地敲打着炉子外壁。铸铁制成的厚重构造，无论怎么打也不会有丝毫损伤。开始的时候我还比较注意力道，但是渐渐地，敲击的力量已经重得会把手震痛。

“艾尔，太吵了。”

上锁的铁门另一边传来了声音。是鲁夫纳。这个时间轮到他在门外把守了。

我没好气地回嘴：“别管我！我闲得无聊！”

“我给你拿本书来吧。”

“烦死了！让我一个人待着！”

把我监管起来，是丽泽·利普顿与康亚姆·康尼姆的命令。由几个深绿军团成员轮流把守在房门口。鲁夫纳之所以参加进来，是因为他考虑到怪物蛇有可能会跟我接触吧。没能在“严冬湖”抓到蛇，令这名少年非常不甘心。

“我给你拿点吃的来吧。”

“我什么都不想吃。鲁夫纳，那天你是在高射炮部队帮忙的吧？”

我放下拨火棍，靠在门上。

“是啊。”

“那，玛丽娜的死，你也要负一部分责任吧？”

“如果高射炮能射中龙，那孩子也就不用死了。”

隔着门我听到了鲁夫纳的叹气声。

“你这是在找碴儿。”

我确实就是想把玛丽娜的死归结到什么人身上然后攻击一番，不然的话就会难过得喘不过气来。

眼泪涌出来，我呻吟道："最蠢的人是我。"

"什么，原来你也知道啊。"

"烦死了！"

砰，我用力拍了一下门板，手掌传来阵阵疼痛。我本来是想帮助玛丽娜回到外面世界去的，是希望她能活下去的。然而从结果来说，我却将刽子手带到了她身边。丽泽或许从一开始就是这么打算的，却说谎欺骗了我。

我非常后悔，但已经无可挽回了。她在此以前的人生，存在于世的时间、记忆，所有这一切都不复存在了。如果不是迷失进这个世界，或许她现在还能平平常常地活着。虽然会因为牙齿而被人嘲笑，但总比死了强吧。

"用格雷的话说，这就是个臭狗屎的世界。"

"对异邦人来说，确实是这样吧。"

"丽泽也是，你也是，都一样是臭狗屎。Arknoah的人全部都非常可恶。"

我从口袋中掏出了一小块深绿色的布条，是我受伤时丽泽从外套下摆扯下来给我包扎用的。在加入深绿军团成为他们的同伴时，它被我当作臂章戴了起来。我将布条扔进了炭火炉，它很快便烧了起来。

"……是啊，明明是这么简单的道理。杀死蛇就能回去了，离开这个让人作呕的世界。这次的事真是让我打心眼儿里讨厌。鲁夫纳，我们赶紧去找蛇吧。"

"好啊。在这里一直听艾尔那些毫无意义的怨言我也痛苦得不行。"

"我去做准备，稍等一下。"

我穿好了外出用的防寒衣物，过了不久，就在我刚刚准备停当之后，鲁夫纳打开了门。

“冬村”的广场上飘荡着酒和饭菜的味道，通心粉与牛排源源不断地从旅馆一层的餐吧中运出来，摆到广场中的长桌上，堆得如小山一般。吃到一半的料理与餐盘多得从桌子一端撒落在地上，桌子下面遍布着酒瓶与醉倒的酒鬼。还有人在伴着吉他的弹奏跳舞。广场中央的篝火为附近带来一片温暖，连周围的雪都融化了。黑发少年背着来复枪扫视周围。

“大家都在看艾尔，气氛相当不友好啊。”

“为什么？”

“大概是你打丽泽脸的事已经传开了吧。”

深绿军团当中有很多人都非常崇拜丽泽，对他们来说，那名少女就是他们战斗的意义。喝到眼神发直的强壮汉子纷纷瞪着我。

“那该怎么办呢？”

“不要单独行动。他们有可能把你带到暗地里，再揍个半死。”

那些肉做的料理，应该是很好吃的，我却食之无味。桌上横躺着不少葡萄酒瓶，随着醉汉们一个个倒在桌上，它们像被击中的保龄球瓶似的四散开来。

我将瓶子一个个重新立好，同时跟鲁夫纳说：“蛇已经逃得很远了吧？又或者仍然在这个村子里？我觉得，它有可能又变成了某个人，在附近守护着我。”

“要不你找个高点的地方跳下来试试怎么样？蛇要是在这附近，应该会马上跳出来救你吧。”

“如果，它不在这附近怎么办？”

“不过就是受点看起来很蠢的伤罢了。”

鲁夫纳甩甩头掸掉了额头上的雪花。我拎着一瓶被喝掉一半的葡萄酒，向村子的入口处走去。鲁夫纳就跟在后面。

“喝酒可不好哟。你应该还不到那种年纪吧。”

“烦死了。我们去大人们看不见的地方。”

忘记了是何时，丽泽说过我是“连酒都不能喝的小孩子”。好像是沙漠地带被龙袭击之后吧，当时，穿着泳衣的丽泽正在绿洲中游泳。感觉已经是很久以前的事情了。

离开村子的中心地带后，四周不见人影，自然也就慢慢安静下来。风变得更冷了，我们走在雪中。村子的入口附近有个马厩，几匹拴在那里的马从鼻孔中喷出白气。我站在马厩边上，喝了一口带来的葡萄酒。一点也不好喝。我在鲁夫纳的注视下猛烈地咳嗽起来。

马厩旁边倚着一套雪橇，这个村子里的人都是将它搭在马上作为移动工具的。广场那边传来了音乐声，是首非常欢快的曲子。

我向鲁夫纳提议道：“我们这么办如何：我假装从村子里逃跑，你去叫深绿军团的人，就说‘艾尔·阿修比逃走了’，然后大家就会来追我？”

“接下来呢？”

“如果蛇还潜伏在村子里，一定会来追我，并且帮助我逃跑。这样就有机会抓到它了。”

鲁夫纳考虑着这个计划的可行性，脸上露出陷入沉思的表情。我在脚边发现了一块破布，偷偷将它捡了起来。广场那边吹来的风中夹带着大家的欢声笑语，马厩中的马打着响鼻，发出蹄子踏地的声音。我在心中向少年说了声抱歉，然后迅速将破布缠到了酒瓶上。比起直接使用坚硬的棱角，我觉得这样要好得多，毕竟不想让对方受太严重的伤。我将酒瓶倒握在手上，朝着鲁夫纳的脑袋砸了下去。

酒瓶碎在了缠绕的破布中，喝到一半的葡萄酒顺着布条滴落下来。少年倒在了雪地上。看来是没有死，肉体还保持着原本的形状。我的手中，鲁夫纳的头上，都洒上了浓浓的紫红色葡萄酒。那些酒也一滴滴落到了雪地上，看起来就像血一样。

好了，这下没法回头了。脚步微微打战，头阵阵发晕，大概是喝了酒的缘故吧。其实我并没有多想喝酒，只是为了能够顺理成章地远离广场而已。

我在衣服上蹭了蹭手上的污渍，拖着鲁夫纳的身体把他藏进了马厩，放在雪地上不管的话，搞不好他就会被冻死。用草料把他盖起来的话，不但可以隐藏踪迹，还能保暖。抱起他的身体时，比起重量，反倒是柔软的感觉更令我吃惊。简直就像是女孩子。

我将一匹马牵出来，套上了雪橇。直到我离开“冬村”为止，都没有任何人出现。这还是我第一次驾驶雪橇，只会挥动鞭子向马发出指令，导致雪橇差点就撞到了马厩上。还好，最终我还是成功地开始在雪地中进发。后方举行着庆功宴的村子越来越远，渐渐消失在了雪景之中。

我对丽泽·利普顿感到无比愤怒，无论如何都无法原谅她。虽然对不起这个世界中曾与我交流、亲切待我的人们，但我也已经忍无可忍了。脑海中全是那位死去的少女，罪恶感就快让心脏爆炸，想要大哭一场的不安吞没了我。

村子周围是一片森林，就算戴着手套，手指还是冻得生疼，大概是因为被葡萄酒泡过吧。穿过森林，眼前是一望无际的雪原，遥远的地平线上耸立着分割天空的绝壁。那面墙壁也同样被雪染成了白色。

被墙壁阻挡的风雪在墙根处堆积形成了巨大的斜面，找到通往隔壁房间的隧道后，我钻了进去。这里没有了雪，必须把雪橇卸下来。我试着挑战了骑马，可是还没等我骑上去，马就跑了，把我一个人扔在原地。

徒步穿过墙壁中的隧道后，景色为之一变。眼前是广袤无垠的荒原，植被稀疏，而且几乎都枯死了。夜晚降临后我躲在一块岩石背后忍受着严寒。既没有火柴也没有打火机，自然无法生火取暖。多亏穿上了防寒衣物，我才免于冻死，一直熬到了早上。

清晨，远处传来了搜寻我的深绿军团的动静。在荒原上飘荡的白雾另一头，无数的马蹄声响起，伴随着呼唤我名字的声音。我离开岩石，朝远离他们的方向逃跑，然而最后还是被发现了。荒原之上连个能藏身的地方都没有，白雾散去后，逃跑中的我就像秃子头上的跳蚤一般明显，从很远的地方就能看到。

“艾尔·阿修比！站住！”

三名强壮的深绿军团成员骑着马朝我跑来，将我团团围住后，他们撒下的捕兽网把我从头到脚盖住。我脚下一绊，摔倒在地上。

男人们跳下马，向挣扎着想钻出网的我走过来。肚子上被踹了一脚，我疼得呻吟着，强忍住了呕吐的感觉。

从网眼中看出去，他们正是昨晚在“冬村”广场上瞪着我的那几个人，平时也总能听到他们对丽泽交口称赞。如今他们个个脸色难看，喷着难闻的酒气，隔着网朝我脸上打了一下。

“你以为你逃得掉吗？”

“就算不被我们发现，也会在前面不远处被抓住的。”

“隧道已经被堵死了，你现在就是瓮中之鳖。”

在疼痛带来的眩晕中，我渐渐明白过来。在这个世界，要想从一个房间移动到另一个房间，大多数时候都要通过开在分割世界的墙壁中的隧道。深绿军团的人已经先一步绕到那里挡住了去路。我真是个傻瓜。不知是不是我失望的模样非常可笑，那些男人大笑起来。他们用手指着我嘲笑我的样子，让我想起了学校的那间教室。羞耻与悲惨的感觉冲上大脑，我觉得这种时候自己连一点存在的价值都没有。我只能默默忍受，闭上眼睛，等待痛苦的时间结束。可是心中依然翻涌着悔恨，该死的。该死。就在此时，他们的笑声停止了，取而代之的是一种湿滑的液体滴落的声音。等我又从中分辨出骨头折断的声音时，有什么东西倒在了地上。

我仰起头，看到三个人的身体横在眼前。他们都已经死了。肉体的轮廓开始变得模糊，最终消逝在风中。

“爸爸，你没事吧？”一个柔弱的声音说。

费了很大的劲我终于掀掉了捕兽网，覆盖着青铜色鳞片的躯体就在眼前。大约有粗树干一般的尺寸，光是看着这样的体形就仿佛能听到它在地面上滑行时窸窸窣窣的响动。虽然有着这样的重量，但它在出现时竟是悄无声息的。这家伙通过之后，起伏不平的冻土也会变得光滑。巨大的蛇头从高处降下来，然后停在了呆坐在地上的我的鼻尖前。刚才那些男人骑乘的马匹，都被蛇吓得四散而逃。

“你是怎么找到这里的？”我问道。

从它微张的双颚间，可以看到绳子一样鲜红的芯子动来动去。一人怀抱大小的眼睛好似水晶球，中间有一条让人不由自主想起新月的黑色瞳仁。

“我知道的，爸爸的位置，是在哪里。不过呢，我有事要向爸爸道歉。”

“要道什么歉？”

“是玛丽娜的事。我其实，猜到了，会变成那样的。”

“你说什么？！”

“我就觉得，有可能会是这个结果。可是，我没有管。”

蛇垂下了脑袋，虽然我不能准确确定从哪儿到哪儿算是它的脖子。

“我想着，如果丽泽杀了那孩子，爸爸也许就会，变得讨厌丽泽，然后离开丽泽了，然后说不定，就会跟我在一起了。”

“是啊，我就是因为有这个打算，所以才逃到这里的。我已经，不想留在丽泽身边了。Arknoah什么的，都去见鬼吧。变成什么样我都不想管了。”

我重重地捶了一下地面。蛇用水晶球般的眼睛看着我，我无法分辨爬虫类的表情，但是看它瞳孔中微小的抖动，似乎是在为什么事感到困惑。

蛇用柔弱的声音说：“可是，这样真的好吗？我，为了让爸爸回头，利用了，玛丽娜的生命。一想到这里，就觉得，越来越痛苦。看到，爸爸这么伤心，我，第一次，明白自己做了错事。这样的做法，是不对的。”

“你是在演戏吗？你该不会是故意装出反省的样子吧？”

“真的很难受，并不是在说谎。”

不知为何，我能感觉到它说的是真话。果然在我和蛇之间，也有看不见的脐带相连吧。在这个刚刚背叛了我的世界中，它那柔弱的声音听起来比谁都更像人类。

“希望能，原谅我。我想得到，爸爸的，原谅。”

我仰起头，看着比扩散在天空中的薄云还要高远的木质天花板，同时思考着。丽泽·利普顿为达到目的而利用了我；蛇虽然察觉到玛丽娜·金兹可能会死，却没有理会。

“别这样。怎么可能那么轻易就能原谅呢？关于那孩子的死，我知道你也是有责任的，甚至是罪孽深重。但是我不会责备你。没错，我不能责备你。因为我也同样犯了错。总之，我不打算回到丽泽那边，看来也只能跟你一起走了。”

“也许会，变成玛丽娜那样哟。”

“我知道。但是不跟你一起行动的话，也无法突破深绿军团对隧道的封锁。我只是个无能的人类而已。”

首先必须从这个楼层逃出去，躲开深绿军团的追捕。我已经是这个世界的敌人了，还是先找个不会被人发现的地方躲起来吧。在与丽泽对决的日子到来之前，我必须尽可能地做好准备。

干燥的风从枯草上拂过，掀起的沙尘擦着脚边流淌。我踏着冰冻的荒原前进，旁边跟着悄无声息的蛇。

从此，我成了一名逃犯。

名称由来

1.窦玛格：Les Deux Magots，巴黎日耳曼大街上著名的咖啡馆，常译为“双叟咖啡馆”。

2.康亚姆·康尼姆：Knyam，产自尼泊尔的珍贵红茶，有着如同大吉岭茶一般醇厚的芳香。前后两个音节为尼泊尔语 Knyam 的复读。

3.丽泽·利普顿：Lipton，立顿，著名的红茶品牌。

4.隆涅菲尔德：Ronnefeldt，德国著名茶叶品牌，中文名“隆福德”。

5.特托雷：Tetley，始创于 1837年的英国茶叶品牌，是世界第二大茶商。

6.佩克：Pekoe，香红茶，白毫，印度及斯里兰卡等国用嫩叶制成的高级红茶。

7.尼纳斯：NINA's，法国著名红茶品牌。

8.亚马德：Ahmad，亚曼红茶，英国著名红茶品牌。

9.特朗斯哈勃：Trans Herb，加拿大红茶品牌。

10.金尖号：Golden Tips，金尖茶，锡兰红茶的一种。

11.布鲁克邦德：Brookebond，英国红茶品牌。

12.汀布拉：Dimbula，顶普拉，斯里兰卡红茶产地，顶普拉茶也被译为“金佰莱茶”或“汀布拉茶”。

13.寇尔拉提：Koala Tea，澳大利亚考拉茶。

14.卡斯尔顿剧院：Castleton，大吉岭的著名红茶园。

15.伽瓦：Java，爪哇茶，亦称“猫须茶”。

16.哈罗盖特：Harrogate，盛产茶叶的英国北部小镇。

17.鲁夫纳：Ruhuna，卢哈纳茶，产于斯里兰卡的优质锡兰红茶之一。

18.梅洛斯：Melrose，创立于1812年苏格兰爱丁堡的红茶品牌。

19.拉特纳普勒：Ratnapura，斯里兰卡中央山区城市，僧伽罗语意为“宝石之城”。